NORNSWEAVE
PUBLISHING

AJ CAMPBELL

DER
TELEFONANRUF

AF139189

WIDMUNG

Für Billy, Edward und Josh.
Ich bin für immer stolz auf euch.

IMPRESSUM

Copyright der englischen Fassung:
© 2022 AJ Campbell
veröffentlicht bei Code Grey Publishing

Copyright der deutschen Fassung:
© 2025 Nornsweave Publishing

Original-Umschlaggestaltung von:
Tim Barber, Dissect Designs

Nornsweave Publishing ist ein Imprint der:
Nornsweave Publishing UG (haftungsbeschränkt)
Hangweg 12, 34549 Edertal
leserservice@nornsweave.de

Version 1.01, Januar 2025
Deutsche Erstveröffentlichung: Januar 2025

ISBN der eBook-Version:
978-3-68968-010-7

ISBN der Paperback-Version:
978-3-68968-011-4

DE25-0001-00008

Bibliografische Information der Deutschen Nationalbibliothek:
Die Deutsche Nationalbibliothek verzeichnet diese Publikation in der
Deutschen Nationalbibliografie; detaillierte bibliografische Daten
sind im Internet über http://dnb.d-nb.de abrufbar.

PRODUKTIONSTEAM

Übersetzung
Astrid Handvest

Lektorat
Finja Fölsch

Beta-Team
Volker Tesche
Anita Völler
Christian Wetzel

KAPITEL 1

SONNTAG

Während er auf den Anruf wartet, setzt sich Joey wieder nach oben ins Etagenbett. Er hält den Brief gegen das Licht und liest noch einmal die Details. Neun Tage, das ist alles, was er hat. Beunruhigende Bilder vom Klopfen des Gerichtsvollziehers an der Tür und was das für seine Familie bedeuten wird, gehen ihm durch den Kopf. Das und die Autoversicherung, deren Jahresprämie bald fällig ist. Er dreht sich auf die Seite, streckt seinen Arm aus und öffnet seine Hand. Er sieht zu, wie der Brief zu Boden fällt und schimpft mit sich wegen der rückständigen Sozialversicherungsbeiträge.

Frustriert rollt er sich auf den Rücken und starrt auf die Beulen in der Deckenverkleidung. Sterne blitzen wie Feuerwerkskörper in seinem Blickfeld auf, ein pulsierender Schmerz meldet sich hinter seinen Augen. Er verkrampft sich. Einen seiner unerbittlichen Migräneanfälle ist *genau das*, was er jetzt braucht. Er greift zu der am Bettrahmen befestigten Klemmlampe und schaltet das Licht aus. Er betet, dass die drohenden Kopfschmerzen vorbeigehen, bevor sie sich wie so oft festsetzen und ihm das Gefühl geben, sein Gehirn würde explodieren.

Das übliche abendliche Gepolter dringt von unten herauf. Niemand ist sich der Schwierigkeiten, in denen er steckt, bewusst. Das Telefon brummt. Er dreht das Display zu sich und sieht eine SMS von einem Kerl, den er aus dem Pub kennt. Die dritte Nachricht, die er in der letzten Woche von ihm erhalten hat.

> *Hast du meine SMS bekommen, Joey? Wäre es zu viel verlangt, wenn ich endlich die zweihundert Mäuse zurückbekomme, die ich dir an Weihnachten geliehen habe?*

Es brummt wieder. Dieses Mal ist es Becca. Schmetterlinge zucken in seinem Bauch. Das ist immer so, wenn es um sie geht.

> *Komm in die Kneipe. Die Leute sagen, dass sie dich schon lange nicht mehr gesehen haben. B*

> *Ich bin beschäftigt. Werde es versuchen. J*

Er schnaubt, denn er hat nicht einmal genug Geld, um für einen Zehner das Auto zu tanken, geschweige denn für ein Bier in der Kneipe. Wieder schaut er nach verpassten Anrufen, obwohl er weiß, dass er keine finden wird. Es sind erst zwei Minuten vergangen, seit er das letzte Mal nachgesehen hat. Zwei nervöse Minuten, in denen er darauf wartet, dass der Anruf kommt. Er will es endlich hinter sich bringen.

Es vergehen noch ein paar Minuten, bevor der Klingelton wie eine Sirene durch die Luft schallt. Die schroffe Stimme von Oz meldet sich in der Leitung und gibt die Information weiter, auf die Joey gewartet hat. »Wir treffen uns auf dem Parkplatz des *Coach and Horses*.«

»Warum dort?«, fragt Joey.

»Warum nicht?«

»Wann?«

»Um sechs Uhr.«

»Und alles, was ich tun muss, ist, ein paar Dokumente abzuliefern?«

»Das ist richtig.«

»Wohin?«

»Ich gebe dir die Adresse später.« Es entsteht eine Pause, bevor Oz hinzufügt: »Willst du den Job oder nicht? Wenn du keine Lust hast, suche ich mir jemand anderen.« Der Anrufer klingt verärgert.

»Ich werde da sein.«

»Komm nicht zu spät.«

Joey schaltet das Licht wieder an und redet sich selbst gut zu. Er wird es schaffen. Es wird ein Kinderspiel: Ein schneller Weg, um zusätzliches Geld zu verdienen, hatte Oz behauptet, als Joey ihn im Laufe der Woche traf. Nur ein paar Lieferungen außerhalb der Geschäftszeiten, wenn die normalen Kuriere nicht verfügbar oder zu beschäftigt sind. Oder für Sendungen, die nicht auf die Post warten können. Oz ist Geschäftsmann. Er sollte nicht in etwas Zwielichtiges verwickelt sein. Oder doch?

Er steigt die Leiter von seinem Etagenbett hinunter, springt von der mittleren Sprosse, und flucht bei der

Landung, als er auf einem der Schulbücher seines Bruders Dylan ausrutscht. Er findet ein paar Tabletten in der obersten Schublade seiner Kommode, steckt sie in den Mund und lässt sie mit einem Schluck aus der halb leeren Wasserflasche, die er vom Boden aufhebt, in seinem Magen verschwinden. Hoffentlich können sie die Kopfschmerzen vertreiben. Schnell wirft er sich einen Kapuzenpulli über und rennt die Treppe hinunter, wobei er die letzten drei Stufen überspringt und mit einem dumpfen Schlag landet. Seine treue Border-Terrier-Hündin wartet wie immer unten und wedelt heftig mit dem Schwanz. In ihren haselnussbraunen Augen leuchtet Hoffnung. Er streichelt ihren Kopf. »Nein, Hetty. Ich bin heute Nachmittag eine große Runde mit dir spazieren gegangen.«

Joey kommt in die Küche, wo Dylan einen Apfel-Crumble macht und seine Mutter den Teig für ihren hervorragenden Yorkshire-Pudding anrührt.

»Hey, Schatz«, begrüßt seine Mutter ihn, mit einem Blick, der zeigt, dass sie nicht wirklich da ist, sondern an einem Ort, an den sie eine Extra Dosis ihrer stärksten Schmerzmittel gebracht hat. Ihre Wangen sind blass, wie sie es oft sind, wenn sie einen ihrer Schübe hat. Die Kälte wird ihre Erkrankung nicht besser machen.

Aus dem Wohnzimmer dröhnt der Fernseher. Einer der Liebesfilme seiner Mutter konkurriert mit der ohrenbetäubenden Tanzmusik aus dem Handy seiner Schwester Megan. Sie posiert vor dem Bildschirm und verrenkt ihren schlanken Körper, während sie für ihr neuestes TikTok-Video übt.

»Du willst doch wohl nicht etwa weg?«, ruft seine Mutter über das Getöse des Handmixers hinweg und ein enttäuschter Blick löscht das Lächeln aus ihrem Gesicht. Noch mehr Schuldgefühle. Das Lächeln seiner Mutter gehörte bis vor Kurzem noch der Vergangenheit an. Aber sie hat einen neuen Mann kennengelernt – den ersten seit dem Tod seines Vaters – der es anscheinend geschafft hat, dass sich ihre Mundwinkel wieder heben. »Ich koche einen Braten. Du weißt doch, dass wir am Sonntag alle zusammen essen.«

»Heb mir einen Teller auf«, antwortet er ihr und nickt zu dem Ofen, der von abgenutzten, braunen Schränken umgeben ist. »Für später.« Er hat mehr als genug um die Ohren, um über Essen nachzudenken.

»Ach, übrigens, wir haben ein Problem«, sagt seine Mutter, schaltet den Handmixer aus und wischt sich die Hände an ihrer Schürze ab. »Der Heizkessel ist wieder defekt. Es gibt kein warmes Wasser. Der Tank ist kalt.«

Das hat ihm gerade noch gefehlt.

»Ich musste den Heizstab einschalten.«

Joey stöhnt. Auch das kann er nicht gebrauchen – eine weitere Erhöhung der monatlichen Stromrechnung. Er wirft einen Blick auf seine Uhr. Eine alte Swatch Automatic Chrono, die früher seinem Vater gehörte. Er hat keine Zeit für Essen und kaputte Geräte. Später. Er wird das alles später regeln. Er küsst seine Mutter auf die Wange. »Mach dir keine Sorgen. Ich rufe einen Klempner an.«

»Außerdem ist nächste Woche die Hypothek fällig. Ich werde ziemlich knapp bei Kasse sein. Das tut mir leid. Es waren ein paar schlimme Monate. Aber ich fange an, mich viel besser zu fühlen. Ich hoffe, dass ich bald mehr Arbeit bekomme.«

Joey runzelt die Stirn. »Wie knapp sind wir?«

»Dreihundert.«

»Keine Sorge. Ich kümmere mich darum. Ich bin dann mal weg. Wir sehen uns später.«

Joey sitzt auf der untersten Stufe und bindet gerade die Schnürsenkel seiner Turnschuhe, als Dylan auftaucht. »Wo gehst du hin?«, erkundigt sich Dylan.

»Raus.«

»Wohin?«

»Kümmere dich um deinen Kram.«

»Zu deiner Freundin?«

»Sie ist nicht meine Freundin.«

»Aber du wünschst dir, sie wäre es.«

Joey verteidigt sich nicht. Dylan weiß, was er für Becca empfindet. »Ich treffe mich nicht mit ihr. Ich muss ein paar Besorgungen machen.«

»Nimm mich mit.« Er macht sein *Bitte-Joey-Gesicht*: flehende Augen, ein leichtes Stirnrunzeln. Das Gesicht, das er oft einsetzt, um Joey noch fester um seinen kleinen Finger zu wickeln. Nicht, dass es ein bewusster Trick ist, um zu bekommen, was er will. Dafür ist Dylan viel zu lieb.

»Ich kann nicht.« Joey schlüpft in seinen Mantel.

»Warum nicht?«

»Ich habe noch etwas zu tun. Ich werde zu spät zurückkommen. Außerdem hast du morgen Schule.«

»Und?«

»Also, geh und mach deine Hausaufgaben.« Joey macht seinen Mantel zu und öffnet die Haustür.

»Was für Besorgungen?«

Joey tritt nach draußen. »Geht dich nichts an.« Er schließt die Tür und zieht sie noch einmal fest zu, weil sie nicht richtig zugeht. Noch etwas, das repariert werden muss. Die Kälte sitzt ihm im Nacken, der Wind zerrt an ihm. Er klettert in sein Auto. Der Motor springt erst beim dritten Versuch an, was nicht ungewöhnlich ist. Sobald er etwas Geld zusammen hat, muss er das Auto checken lassen. Das Armaturenbrett zeigt an, dass die Temperatur unter den Gefrierpunkt gefallen ist. Er schließt die Augen und atmet tief durch, während er seine Finger knetet und darauf wartet, dass die Windschutzscheibe frei wird. Dann legt er den Gang ein und tritt das Gaspedal durch.

Es wird Zeit, dass wir es hinter uns bringen.

Der *Coach and Horses* Pub, ein Gasthaus aus dem sechzehnten Jahrhundert mit charakteristischen Eichenbalken und einem einladenden Kamin, ist der Ort, an dem er sich mit Oz treffen wollte. Vom Dorf, in dem er wohnt, sind es nur zehn Minuten Fahrt in die Stadt. Auf der Hauptstraße bleibt er hinter einem Ungetüm von Streufahrzeug hängen und die Straßen sind teilweise vereist, was die Fahrt auf zwanzig Minuten verlängert. Als er Oz' Audi Cabrio in der Ecke des Parkplatzes sieht, hält Joey neben ihm an. Oz steigt aus dem Auto aus und geht zu Joey. Wie er sich ein so schönes Auto leisten kann, ist Joey ein Rätsel. Es ist zwar schon ein paar Jahre alt, aber trotzdem. Er hat es sich gut gehen lassen. Als der erste Lockdown begann, entdeckte Oz die perfekte Geschäftsmöglichkeit und wurde vom Angestellten des Supermarktes, in dem Joey und Becca arbeiten, zum Getränkelieferanten: *Ozwald's – Glück in einer Flasche! Ozwald's* ist inzwischen auf zwei Angestellte angewachsen und hat Oz ein ordentliches Sümmchen eingebracht, wenn man bedenkt, dass er sich einen Motor als Weihnachtsgeschenk gegönnt hat.

Joey steigt fröstelnd aus seinem Auto aus. Misstrauisch beäugt er die Hintertür des Pubs. Er will nicht von dem

Kerl gesehen werden, dem er zweihundert Pfund schuldet und auch nicht von Becca. Sie wird darauf bestehen, dass er mit ihr ein Bier trinkt.

»Du bist spät dran«, murrt Oz.

»Sorry. Die Straßen waren nicht geräumt.«

Oz ist ein stattlicher Kerl, der ein paar Zentimeter größer ist als Joeys 180 Zentimeter. Er hat sich kleine Schlitze in die Mitte seiner Augenbrauen rasiert und trägt einen kleinen Ring in seinem gepiercten Ohr. Er zerrt an der Kapuze seines Mantels und rückt seine Mütze zurecht. »Gib diese Postleitzahl in dein Navi ein«, ruft er über den böigen Wind hinweg.

»Ich kann nicht. Es funktioniert nicht«, entgegnet Joey.

»Was ist denn damit?«

»Weiß Gott. Ich benutze Google Maps.« Joey greift ins Auto und holt sein Telefon aus der Halterung. »Schieß los.«

Oz nennt ihm eine Adresse und übergibt ihm dann eine Versandtasche.

»Sollte ich beunruhigt sein?«, fragt Joey, während er die Versandtasche in der Hand hält. »Das fühlt sich nämlich nicht wie ein Haufen Dokumente an, die nicht auf die Post warten können.«

»Mach dir keine Gedanken darüber.«

Joey wirft die Tasche auf den Beifahrersitz des Autos. »Was ist mit meiner Bezahlung?«, fragt er und ist sich nur zu gut bewusst, wie viel Benzin noch in seinem Tank ist.

»Der Typ in der Werkstatt, CC, wird es dir geben, wenn du die Tasche übergibst. Du solltest dich besser beeilen. Er wird schon auf dich warten.«

KAPITEL 2

Als Oz im Pub verschwindet, steigt Joey wieder in sein Auto und dreht den Schlüssel im Zündschloss, aber es springt nicht an, auch nicht beim fünften Versuch. Er klopft mit der Hand auf das Lenkrad und atmet tief durch. Er versucht es erneut. Nichts. Wenn das so weitergeht, wird zu viel Luft-Treibstoff-Gemisch im Motor landen, sodass das mit der Zündung gar nicht mehr klappen würde. Wann wird das Leben endlich so sein, wie er es will? Ein bisschen Geld. Das ist alles, was er braucht. Er nimmt die Versandtasche vom Beifahrersitz und fährt mit den Fingern über die glatte Oberfläche. Er weiß, was drin ist – er wusste es sofort, als Oz sie ihm übergab. Genug, um seinen Schuldenberg zu tilgen, der von Tag zu Tag größer wird. Er studiert die Wegbeschreibung auf Google Maps. Es ist gerade noch genug Benzin im Tank, um ihn dorthin zu bringen. Er startet den Motor erneut. Dieses Mal springt er an, woraufhin er erleichtert aufatmet.

Baustellen erschweren die Fahrt über die Landstraßen und der Wind setzt seine Brutalität fort und schüttelt das Auto, während er über ein Stück offenes Ackerland fährt. Er fährt im Zickzack durch die kurvigen Gassen und verflucht sich dafür, dass er ein solcher Idiot ist und sich darauf einlässt. Es muss einen Haken geben. Seine Mutter sagt immer, dass es so etwas wie leichtes Geld nicht gibt.

Die gelbe Benzinlampe auf dem Armaturenbrett erinnert ihn ständig an den Spießrutenlauf, den er vor sich hat.

Die Garage ist ein kleiner, heruntergekommener Schuppen am Ende einer ansonsten leeren und trostlosen Gasse. Ein betonierter Vorplatz grenzt an eine hohe, rechteckige Werkstatt mit einer bodentiefen Metalltür, die leicht geöffnet ist. Das ist der einzige Hinweis auf menschliche Anwesenheit. Er parkt neben einem alten, ramponierten und mit Schlamm bespritzten Land Rover und zieht langsam die Handbremse an. Er zögert. Es ist dunkel und bedrohlich und er kann das Fett riechen, obwohl alle Fenster des Autos geschlossen sind. Er hatte sich ausgemalt, den Kerl zu treffen, ohne überhaupt sein Auto zu verlassen. Ein direkter Austausch durch das offene Fenster, während der Motor noch läuft. Aber dieser Ort sieht verlassen aus, keine Menschenseele in Sicht. Hat Oz ihm die richtige Adresse gegeben? Er starrt auf das Metallschild über der Tür, das in der Dunkelheit kaum zu erkennen ist. Er kann gerade noch die schwarzen Buchstaben auf einem Aluminiumschild erkennen: *CC Autos: TÜV & Service, Unfallreparaturen, kostenlose Kostenvoranschläge.* Joey sitzt da und wartet, während er den Stapel Ersatzreifen neben einer großen Wellblechklappe betrachtet.

Ein plötzliches Klopfen gegen das Autofenster schreckt ihn auf. Er dreht den Kopf und wird von zwei Augen begrüßt, die ihn intensiv und bedrohlich anstarren. Ihm wird übel. Ein weiteres Klopfen lässt ihn aufschrecken. Als er die Tür öffnet, winkt ihn ein stämmiger Mann zu einem Seiteneingang, den Joey nicht bemerkt hat. Ist das CC? Joey möchte nicht aussteigen. Er will das Auto wieder in Gang setzen und von dort verschwinden. Das sieht nicht nach einem Ort aus, an dem er sich aufhalten möchte. Warum hat er dem hier zugestimmt? Es muss doch andere Wege geben. Aber er weiß, dass es die nicht gibt. Nicht für Leute wie ihn.

»Bist du CC?«

»So nennt man mich. Du musst Joey sein. Komm mit mir.«

»Können wir das Geschäft hier machen?«, erkundigt sich Joey und weiß, dass er erbärmlich klingt. Er ist das nicht gewohnt. Solch einen Blödsinn macht man nur im Fernsehen, nicht ein Niemand wie er. Er schaut sich das Gebäude und die Umgebung an und sein Blick fällt auf einen Müllcontainer, der voller Gerümpel ist.

»Mach dir keine Sorgen. Ich habe keine Kameras, falls du das denkst. Ich möchte vermeiden, dass jemand sieht, was hier vor sich geht.« CC lacht schallend. »Folge mir.« Seine wuchtige Gestalt schreitet durch die Tür und lässt Joey keine andere Wahl, als ihm mit der Versandtasche zu folgen.

Joeys wackelige Beine können das Gewicht seines Körpers kaum tragen. Nicht, dass es viel davon gäbe. Seine Schulfreunde hatten ihn nicht umsonst ›Stick‹ genannt. Drinnen riecht es metallisch und rostig, wie der Geruch von Blut. Es ist eiskalt, sogar noch kälter als draußen, und abgesehen von einem schwachen Licht, das aus dem hinteren Teil der Werkstatt strahlt und das er bei seiner Ankunft gesehen hat, ist es dunkel. Er kann gerade noch ein paar Autos erkennen, die hochgebockt auf Hebebühnen stehen.

»Beeil dich! Hopp, hopp!«, ruft CC und beendet damit die unangenehme Stille.

Joey eilt zum Licht, wo er CC hinter einem Schreibtisch sitzen sieht, der in einem Büro, in dem es nach

Fertiggerichten riecht, Dokumente unterschreibt. Er trägt Anzug und Krawatte, wenn auch nicht besonders hochwertig. Manche Leute sehen einfach schmuddelig aus, egal, wie sehr sie sich anstrengen. Der Fleck auf seinem Revers ist nicht gerade hilfreich dabei. »Bin gleich bei dir.« CC hebt den Kopf und lächelt; ein strahlendes Grinsen mit weißen Zähnen, das Joeys Befürchtungen nicht zerstreuen kann. Die dunklen Augen verraten nichts. Ein tragbarer Heizlüfter an der Seite des Schreibtisches spendet heftige Wärme, aber es ist immer noch schockierend kalt, als wären sie unter der Erde. CC verschränkt seine Hände im Nacken und lehnt sich zurück. Er nickt mit dem Kopf und gestikuliert in Richtung dreier gestapelter Reifen. »Setz dich.«

Joey lehnt sich gegen die Reifen und starrt in den Raum. Kisten, die wie Autoteile aussehen, stehen auf beiden Seiten von ihm. Aktenschränke und ein hüfthoher Kühlschrank, auf dem ein Wasserkocher und eine Mikrowelle stehen, säumen die Wand hinter dem Schreibtisch. Die Kühlschranktür hat eine große Delle, als ob jemand seine Wut nicht unterdrücken konnte. Darüber hängt ein Poster mit dem Titel *Supercars*, auf dem Ferraris, Aston Martins, Lamborghinis und Jaguars der Spitzenklasse abgebildet sind.

»Was hast du denn für mich?«, erkundigt sich CC.

Joey reicht ihm die Versandtasche und versucht, seine zitternden Hände mit übertriebenen Bewegungen zu verbergen. CC nimmt die Tasche und streicht sich über seinen Holzfällerbart, der dringend gestutzt werden müsste. Seine Fingernägel sind mit einer Fettschicht überzogen, die Fingerkuppen sind grob und rissig. Er lächelt wieder. Er scheint viel zu lächeln. Joey ist nicht beruhigt, aber vielleicht ist er ja ungerecht. CC befiehlt ihm prompt, das Büro zu verlassen, indem er mit seiner rauen Hand auf die Tür deutet. »Bleib da draußen. Ich rufe dich, sobald ich fertig bin.«

Joey wartet draußen, aber er kann nicht anders, als seine Nase durch den Türspalt zu strecken. CC öffnet vorsichtig die Versandtasche und schüttelt sie, sodass etwa ein Dutzend gebündelte Fünfzig-Pfund-Noten zum Vorschein kommen. Joey hat noch nie so viel Geld gesehen. Was er damit alles anstellen könnte! CC teilt die Scheine in zwei ordentliche Stapel auf. Er nickt und schiebt einen Stapel zurück in die Tasche. Er stützt sich mit den Händen auf der Schreibtischkante ab und schiebt seinen Stuhl nach hinten. Er nimmt die Tasche und den Haufen Bargeld und geht hinüber zum Kühlschrank. Joey beobachtet fasziniert, wie CC das Plakat von der Wand hebt und einen eingebauten Safe zum Vorschein bringt. Er tippt achtmal auf das digitale Tastenfeld, öffnet die Tür und legt das Geld und die Tasche hinein. Er schließt den Safe, dreht sich um und geht zur Bürotür.

Joey springt rückwärts aus dem Blickfeld.

»Wo bist du, Junge?«

Joey wartet einen Moment und tritt dann nach vorn. CC nickt ihm zu und übergibt ihm fünf Zehner. »Alles in Ordnung. Du kannst gehen«, meint er und lächelt wieder.

Joey kann nicht schnell genug wegkommen. Fünfzig Pfund – wirklich? Wie einfach war das? Er schreitet auf den Ausgang zu und ist sich sicher, dass CC ihn beobachtet. Aber er wagt es nicht, sich umzudrehen. Er will einfach nur raus hier. Der Adrenalinschub, den er seit seiner Zustimmung zu diesem Botengang erlebt hat, hat ihn erschöpft.

Wieder auf dem Fahrersitz, versucht er, das Auto zu starten, aber es stellt sich wieder stur. Der Motor springt nicht an. Einmal, zweimal, dreimal. Er wartet eine Minute und fleht das Auto an, sich zusammenzureißen. Er versucht es erneut. Nichts. Er stößt eine Reihe von Schimpfwörtern aus. Auch nach fünf Versuchen hört er nur ein Klicken. »Um Gottes willen«, schreit Joey und schlägt mit der Handfläche auf das Lenkrad. »Nicht jetzt. Bitte, nicht jetzt.«

CC taucht wieder auf und klopft an das Fenster. Zögernd öffnet Joey es. »Hast du Probleme, Junge? Klingt, als bräuchte dein Oldtimer-Motor etwas Zuwendung.«

Joey täuscht ein Lächeln vor. »Es geht gleich wieder.«

CC schüttelt den Kopf, als der Motor noch ein weiteres Mal nicht anspringen möchte. »Hört sich nicht gut an. Hast du schon lange Probleme?«

Mit zusammengekniffenen Lippen nickt Joey und unternimmt einen weiteren Versuch.

»Wirklich eine Schande!« CC klopft auf die Motorhaube des Autos. »Ein Focus ist normalerweise ein treuer, kleiner Läufer.«

»Er ist nur manchmal etwas launisch«, mault Joey und kann das Grauen nicht aus seiner Stimme halten. Er kann es in seinen Knochen spüren. Hier möchte er nicht festsitzen. Es gibt sonst keinen Weg zurück, nur ein Taxi und das wird die fünfzig Pfund, die er gerade verdient hat, zunichtemachen.

CC klopft wieder auf die Motorhaube. »Wenn du Hilfe benötigst, ruf einfach. Ich helfe dir gerne.« Er schlendert davon, um seine Garage abzuschließen.

Weitere drei Fehlversuche und Joey macht sich ernsthafte Sorgen. Der Schweiß rinnt ihm den Rücken hinunter.

Er kann nicht glauben, dass ihm das passiert. Aber es ist so.

»Ich sag' dir was«, ruft CC. »Lass ihn hier bei mir. Ich schaue ihn mir morgen früh noch einmal an.« Er geht auf das Auto zu. »Hört sich nach der Lichtmaschine an. Ich werde ihn morgen Nachmittag für dich fertig haben. Mach dir keine Gedanken, du kannst ihn mir anvertrauen.«

Joey versucht es erneut und blickt vom Lenkrad zu CC, der den Kopf schüttelt. Er versucht es noch zweimal, bevor er aufgibt.

»Steig in mein Auto. Ich fahre dich nach Hause«, bietet CC an.

Joey zögert. Er weiß, dass es falsch ist. Er sollte sich nicht mit dieser Person einlassen. Seine Mutter hat ihm immer gesagt, dass es nichts umsonst gibt. Aber er sieht keine andere Möglichkeit. Er schließt das Fenster und klettert mit großem Widerwillen aus dem Auto.

»Beeil dich«, drängelt CC. »Ich habe nicht die ganze Nacht Zeit.«

Während der Fahrt zurück zu seinem Haus gibt Joey Anweisungen, während CC über kaputte Autos und kaputte Familien spricht. Eine Tochter, die er kaum sieht, obwohl Joey die Details nicht ganz mitbekommt. Er überlegt sich, wie er den morgigen Tag ohne Auto überstehen soll. Er muss Dylan zur Schule bringen. Sein Bruder ist früher mit seinem Kumpel mit dem Bus gefahren. Doch am ersten Tag nach den Weihnachtsferien, als sie den Bahnhof verließen, hielten sie an einem Laden an, um ein paar Snacks zu kaufen und wurden von zwei Schlägern überfallen. Sie klauten ihre Handys und die paar Pfund, die Dylan und sein Kumpel in ihren Jackentaschen hatten. Seitdem bringt Joey die beiden zur Schule und die Mutter von Dylans Freund holt sie ab, obwohl Dylan beteuert, dass er lieber weiter mit dem Bus fahren würde.

CC stellt Fragen, die Joey nicht beantworten will, sich aber dazu verpflichtet fühlt. Der Kerl hätte ihm schließlich nicht helfen müssen. Er ist Joey kein Gefallen schuldig. Er hätte ihn auch allein lassen können, um in der Dunkelheit und Kälte nach Hause zu kommen. CC hat Mitgefühl, als Joey ihm von seinem Vater erzählt. »Ich habe meinen Vater auch verloren, als ich jung war«, erwidert er. »Das ist hart.«

»Warum wirst du CC genannt?«, will Joey wissen, um das Thema zu wechseln. Er möchte mit diesem Mann nicht über seinen Vater sprechen. Es fühlt sich moralisch falsch an.

»Ich mag meinen Namen nicht. Habe ich noch nie getan.« Er rümpft die Nase. »Cameron Carling. Ich hasse ihn.« Sie kommen in einer Seitenstraße neben Joeys Haus an. »Sag mal, Junge, kann man dir trauen?«

Warum fragt er das? »Das würde ich gerne glauben«, antwortet Joey. Er meint es auch so. Joey Clarke ist vielleicht nicht der Schnellste – das Leben kommt einem in die Quere – aber wenn du Geld übrig hättest, würdest du auf ihn setzen, wenn du nach der vertrauenswürdigsten Wette suchst.

»Gut. Ich mag Leute, denen ich vertrauen kann. Ich habe noch einen Job für dich.«

»Schon in Ordnung, danke. Ich habe meinem Kumpel nur einen Gefallen getan«, erwidert Joey und wittert ein tödliches Meer der Gefahr, in das er nicht eintauchen möchte. So dumm ist er nicht. Es ist ein Meer voller heftiger Stürme und tödlicher Strömungen, die ihn von seiner Familie trennen werden.

»Einfache Lieferungen. Du könntest dir ein solides, kleines Einkommen verdienen«, bringt CC vor. »Klingt, als könnten du und deine Familie das gut gebrauchen.«

Joey öffnet die Autotür. »Danke fürs Mitnehmen und dafür, dass du mir mit meinem Auto hilfst. Wann kann ich es morgen abholen?«

»Wir sollten gegen vier fertig sein. Gib mir deine Telefonnummer. Ich schicke dir eine SMS, sobald es fertig ist.«

»Was denkst du, wie viel es kosten wird?«

»Alles hängt davon ab, was wir finden.«

»Ich bringe das Geld mit.« Joey zuckt zusammen. Wie soll er so viel Bargeld auftreiben? Er hat zwar fünfzig Pfund, aber die hat er in seinem Kopf schon ausgegeben. Er ist in die Enge getrieben worden, denn er braucht sein Auto.

»Sehe ich aus wie ein Typ, der Bargeld nimmt?«

Zum ersten Mal an diesem Tag lacht Joey. »Ja.«

»Ich mag deine Ehrlichkeit, Junge. Also in bar. Wir sehen uns morgen.« CC lacht kehlig und fährt davon.

KAPITEL 3

MONTAG

Ohne sein Auto kommt Joey zu spät zur Arbeit. Er kommt schnaufend und nervös an, weil er Dylan den Bus zur Schule nehmen lassen musste. Zum dritten Mal in dieser Woche muss Joey Mister Parasi sagen, dass er seine Frühstückspause ausfallen lässt, um seine Verspätung auszugleichen. Mister Parasi verdreht wie immer seine Augen, sagt aber nichts. Für einen Chef ist er nicht übel. Sie kommen meistens gut miteinander aus. Joey arbeitet für ihn, seit er nach dem Tod seines Vaters von der Schule abgegangen ist. Das war ein großer Fehler. Das weiß er heute, aber damals war es viel wichtiger, Geld zu verdienen, um die Familie zu unterstützen, und sich um seine Mutter zu kümmern, als eine Ausbildung zu machen. Jetzt gibt es natürlich auch noch den Vorteil, dass Becca dort in Teilzeit arbeitet.

Joey verbringt den Tag damit, Regale zu füllen, wie er es normalerweise montags tut, und versucht, sich ein anhaltendes Gähnen zu verkneifen. Er hat die ganze Nacht kaum geschlafen und fragt sich, wie er das Geld für sein Auto auftreiben soll. Nachdem er seiner Mutter von den fünfzig Pfund, die er von CC bekommen hat, etwas Geld für Lebensmittel und Toilettenartikel gegeben hat, ist noch etwas übrig, aber er weiß, dass das nicht reichen wird. Er muss mehr Geld beschaffen. Die Bezahlung seines Autos hat oberste Priorität, damit er sich CC vom Hals schaffen kann. Alle anderen Geldsorgen können einen Tag warten. Aber er kann sie nicht ignorieren. Sie quälen seine Gedanken, während er hirnlos die leeren Regale mit Dosen von Baked Beans und Gläsern mit Nudelsoße auffüllt.

Nach der Arbeit nimmt er einen Zug und macht sich anschließend auf den halbstündigen, gefährlichen Fußmarsch vom Dorfbahnhof zu CC. Auf einer schnell befahrenen Landstraße mit unübersichtlichen Kurven zwingen ihn die herannahenden Autos immer wieder auf den Grünstreifen, um sich in Sicherheit zu bringen. Schließlich hat er den Weg zu CCs Werkstatt geschafft.

Es ist mehr los als am Abend zuvor. Ein geschäftiges Brummen ist zu hören und die Luft ist mit einem starken Schweißgeruch erfüllt. Aus einem tragbaren Lautsprecher, der mitten auf dem Boden steht, dröhnt Tanzmusik, und zwei Mechaniker sind damit beschäftigt, die Motorhaube eines alten, verbeulten Fahrzeugs zu öffnen. Sie bemerken Joey nicht einmal. Sie sind zu sehr damit beschäftigt, auf Kosten eines jungen Mechanikers zu scherzen, der unter einem Auto arbeitet, das auf einer Hebebühne steht.

CC taucht zwischen den Autos auf und erschreckt Joey. Er trägt heute eine marineblaue Latzhose im Gegensatz zu Anzug und Krawatte von gestern, aber das passt besser zu seinen Arbeitern. »Sei vorsichtig. Die Hebebühne ist nicht ganz in Ordnung. Sie ist etwas launisch«, ruft er dem jungen Mechaniker zu. Joey beobachtet, wie CC gackernd einen Knopf an einem Seitenpfosten drückt. »Schnell, komm da raus.« Der junge Mechaniker huscht zur Seite und vollführt eine Seitwärtsrolle, während das

Auto heruntersaust. Ein kurzer panischer Blick huscht über CCs Gesicht, als das Auto auf dem Betonboden aufschlägt. Das Geräusch ist ohrenbetäubend. Es hört sich an wie ein knallender Auspuff oder eine abgefeuerte Pistole.

CC schimpft: »Mein Gott, ich wollte nicht, dass er komplett herunterrauscht.« Die beiden anderen Mechaniker brüllen vor Lachen. »Ihr solltet lieber mal die Federung überprüfen.«

Joey schlägt die Hände an den Hinterkopf und hält sich den Schädel vor Schmerz. Er findet den Streich nicht witzig. Ganz und gar nicht. Der Kerl ist ein Spinner. Er erspäht sein Auto an der Seite der Werkstatt und ist überrascht, dass es so sauber ist. »Wie ein Prachtstück geschrubbt, nicht wahr?« CC nickt in Richtung Joeys silbernen Ford Focus.

»Ihr habt ihn gewaschen?«

»Stimmt, das haben wir. Ich habe noch nie ein so dreckiges Auto gesehen. Jetzt sieht man sogar, welche Farbe er hat.« Er lacht. »Ich dachte, er wäre schwarz, als du gestern Abend aufgetaucht bist.« Er wendet sich an seine Mitarbeiter. »Hört auf, herumzualbern. Macht weiter mit eurer Arbeit. Heute Abend möchte ich nach Hause gehen.« Er winkt Joey zu seinem Auto hinüber. »Wann hast du das letzte Mal das Öl gewechselt?«

Joey zuckt mit den Schultern und dreht seine Handflächen nach oben. Er kann sich nicht erinnern. Hat er es jemals getan?

»Mehr als ein paar Jahre, so wie es aussieht. Ich bin überrascht, dass das Ding überhaupt noch läuft. Oder seine letzte TÜV-Inspektion bestanden hat. Hattest du einen Kumpel, der das gemacht hat?« Er lacht wieder herzhaft. »Er brauchte eine neue Lichtmaschine und eine verdammt gute Wartung. Ich habe noch nie so einen kaputten Satz Zündkerzen gesehen!«

CC zeigt auf die Windschutzscheibe. »Neue Scheibenwischer. Ich habe auch einen halben Tank Benzin für dich hineingeschüttet. Du bist sicherlich knapp bei Kasse. Fairer geht's nicht, oder?«

Vor lauter Nervosität platzt Joey mit seinem Dilemma heraus. »Ich habe ein kleines Problem mit dem Geld. Ich habe es nicht rechtzeitig zur Bank geschafft. Kann ich es am Wochenende vorbeibringen?«

CC verzieht die Lippen. »Eine Banküberweisung also. Dabei gibt es allerdings ein Problem. Ich muss es verbuchen und dir die Mehrwertsteuer berechnen. Das sind noch mal zwanzig Prozent mehr, weißt du. Aber das macht nichts. Komm mit mir ins Büro, dann gebe ich dir meine Kontodaten. Dann kannst du es direkt überweisen.«

Was jetzt? Joey weiß genau, was jetzt. Er ist nicht blöd. Er möchte keine Pakete mehr ausliefern. Aber er hat keine andere Wahl. Ein betrunkener Fahrer, der ohne Versicherung gefahren ist und seinen Vater getötet hat, hat ihm diese Wahl vor Jahren genommen.

Er wird mit seinem Auto von diesem Ort wegfahren.

Aber er weiß, dass er nicht direkt nach Hause fahren wird.

Er schluckt schwer und geht auf CCs Büro zu, um zu erfahren, wohin er sein nun nicht mehr ganz so schrottreifes Auto fahren wird, wenn er dieses Loch verlässt. »Lass uns nicht um den heißen Brei herumreden, Junge.« CC schwingt die Versandtasche, die Joey ihm gestern mitgebracht hat, in seiner Hand. »Wie wäre es, wenn du ein paar Besorgungen für mich machst, um deine Rechnung zu begleichen?«

Joey ballt die Fäuste. Nicht, weil er zu einem Kampf bereit ist, sondern weil er weiß, dass er geschlagen ist und sich selbst vermöbeln will, weil er sich in diese Situation gebracht hat. Er hätte den Anruf von Oz gestern nie annehmen sollen. »Erzähl mir von diesen Besorgungen.«

»Es sind nur zwei.« CC reicht Joey die Versandtasche, an der eine auf einen Post-it-Zettel gekritzelte Adresse klebt. Joey kann sich denken, was drin ist: die Hälfte des Geldes, das er gestern geliefert hat. Die Tüte fühlt sich schwerer an, als sie sein sollte, oder sind es seine Angst und sein Bedauern, die sie beschweren? »Warte hier«, meint CC und geht hinter seinen Schreibtisch, wo er sich bückt, um die unterste Schublade zu öffnen und ein Paket herauszunehmen. Joey kann zuerst nicht erkennen, was es ist, aber dann bemerkt er einen kleinen, schwarzen Rucksack. So einen, den eine Frau benutzen würde. Er schluckt. CC schreibt eine Adresse auf einen Zettel und reicht ihn Joey. »Das ist die zweite. Heute Abend um sieben Uhr. Sieh zu, dass du pünktlich da bist. Das ist das Wichtigste.« Joey tritt nach vorn und liest die Adresse. Sie liegt in der nächsten Stadt. Er kennt die Straße nicht, daher schaut er auf seinem Handy bei Google Maps nach. Es ist eigentlich eine Sackgasse. Regency Close. Nummer eins. Joey blickt auf seine Uhr und rechnet kurz. Nicht mehr lange und alles wird vorbei sein. Bei dem Gedanken, dass sein Vater ihn jetzt sehen könnte, rutscht ihm das Herz in die Hose.

CC schiebt den Rucksack über den Schreibtisch. »Sei nicht zu früh. Sei nicht zu spät.«

Joey hebt ihn hoch und fragt sich, wie viel Geld er enthält.

»Ruf mich an, wenn du den Rucksack abgeliefert hast. Dann sind wir quitt.« CC macht eine Pause, bevor er hinzufügt: »Wenn du das willst.«

»Kein Problem. Pünktlich um sieben«, nickt Joey und weil er keine Lust hat, noch einen Moment länger dort zu bleiben, rennt er zur Tür und springt in sein Auto. Es springt auf Anhieb an. Er kann sich nicht erinnern, wann das das letzte Mal passiert ist.

CC winkt und ruft: »Vergiss nicht anzurufen.«

Joey kann gar nicht schnell genug da wegkommen. Wenigstens läuft das Auto gut. Besser als je zuvor. Um fair zu sein, hat der Kerl gute Arbeit geleistet. Er wirft einen Blick auf die Benzinanzeige. Nachdem er die Pakete bei den angegebenen Adressen abgeliefert hat, sollte er noch ausreichend Benzin haben, um bis zum Zahltag durchzuhalten. Wenn er heute Abend nach Hause kommt, wird er nach Nebenjobs suchen. Nichts hält ihn davon ab, dieses Wochenende etwas Neues anzufangen. Er wird etwas finden, das wöchentlich bezahlt wird. Das ist es, was er benötigt. Ein zusätzliches wöchentliches Einkommen, um alle Nebenkosten zu decken, die sein Monatsgehalt und die Sozialhilfe seiner Mutter nicht abdecken können. Wenigstens hat seine Mutter wieder angefangen zu arbeiten. Zwar nur ein paar Stunden, wenn es ihr gut geht und sie arbeitet für die Reinigungsfirma ihres Freundes, aber es ist immerhin etwas. Aber da sie diese Woche einen Rückfall erlitten hat, ist nicht damit zu rechnen, dass sie zeitnah mehr Geld bekommt.

Er fährt zur ersten Adresse, einer Wohnung in einer großen, modernen Wohnanlage mit Blick auf den Fluss in der Stadt. Er drückt die Klingel für die Wohnung sechzehn, in Übereinstimmung mit dem Post-it-Zettel, der an

der Versandtasche klebt. In der Kamera des Eingangs-
systems kann er sich selbst sehen. Er schaut schnell weg
und an der Fassade des Gebäudes hoch. Es ist die Art von
Haus, von der Joey immer geträumt hat, als er von zu
Hause wegging. Damals, als Unwissenheit noch Glück
bedeutete und er nie darüber nachdachte, wie er seine
Träume finanzieren sollte. Er würde dort mit einem Mädchen wie Becca leben und einen Job in der Stadt haben,
bei dem er einen Anzug tragen muss. Die Eckwohnun-
gen haben Balkone mit Tischen und Stühlen und schicke
Bäume in Töpfen. Lorbeerbäume, glaubt er, nennt man
sie. Träum weiter, Joey. Hör nie auf zu träumen. Wenn er
freitags von der Arbeit nach Hause käme, würde er sich
ein Bier einschenken – für Becca ein Glas Wein – und
sie säßen zusammen und würden sich von ihrer Arbeits-
woche erzählen, während sie auf den Fluss blickten und
auf ihr chinesisches Essen warteten.

Eine männliche Stimme unterbricht seine Träumerei-
en. »Komm rein. Bieg rechts ab, es ist die letzte Tür auf
der linken Seite.«

Die Glastür klickt und surrt, als sie sich entriegelt. Joey
stürmt hinein und schreitet den schwach beleuchteten
Korridor entlang, wo ein Mann in den Dreißigern wartet. Er hat eine Haartolle und einen Ziegenbart und trägt
einen Designer-Trainingsanzug. Er nickt Joey zu, nimmt
die Versandtasche entgegen und schließt leise die Tür.
Joey steht da und starrt auf die polierten Chromnummern
eins und sechs, die an der Tür angebracht sind und ist
kurzzeitig benommen. Wie einfach war das denn? Vielleicht sollte er diesen »Lieferservice« als Teilzeitjob in Betracht ziehen. Nein. Denk noch mal nach, Joey. Denk noch
einmal nach.

Einer erledigt, einer noch übrig.

Das war's dann. Er ist fertig mit dieser Scheißshow, denn er ist nicht dafür gemacht.

Er hat noch etwas Zeit, bevor er den Rucksack in Regency Close abliefern muss. Er will kein Benzin verschwenden, indem er nach Hause fährt, also hält er auf einem Rastplatz, um zu warten. Nachdenklich starrt er auf den Rucksack auf dem Beifahrersitz. Joey wünschte, er könnte das Geld nehmen und weglaufen. Aber er weiß, egal, wie schnell er rennt, es wäre nie schnell genug.

Sein Telefon klingelt und er zuckt zusammen. Es ist CC. »Kleine Planänderung. Du kannst den Rucksack nicht vor morgen Abend abliefern. Zur gleichen Zeit. Lass ihn bis dahin nicht aus den Augen.«

Joey mag seinen Tonfall nicht. Wenn er ihm kein Geld schulden würde, würde er ihm sagen, dass er sich verpissen soll. Aber dann fragt er sich, ob er das tun würde. CC ist nicht die Art von Mann, mit dem man so spricht. Um ehrlich zu sein, ist Joey auch nicht der Typ, der jemandem sagt, er solle sich verpissen.

Frustriert fährt Joey nach Hause. Jetzt muss er noch einen Tag warten, bis die Sache gegessen ist. Auf dem Weg dorthin träumt er davon, was er mit dem Geld im Rucksack machen könnte. Er wirft immer wieder einen Seitenblick darauf. Immer, wenn er an einer Ampel anhält, starrt er ihn an, bis das grüne Licht in seinem Blickfeld erscheint. Er wettet, dass da genug drin ist, um sich einen Urlaub zu leisten, wenn er alle seine Schulden bezahlt hat. Genau genommen sogar zwei. Er könnte mit seiner Familie in den Urlaub ins Disneyland fliegen. Den, für den seine Mutter vor dem Tod seines Vaters gespart hatte. Mit ihrem Einkommen konnte sich die Familie den Luxus leisten, für den das Gehalt seines Vaters nicht ausreichte. Sie ahnte nicht, dass sie, als sie anfing, zweihundertfünfzig Pfund im Monat für den Familienurlaub im Freizeitpark zurückzulegen, diese hart verdienten Ersparnisse am Ende für den Sarg ihres Mannes verwenden müsste.

Amerika – eine Woche Disneyland – dorthin würden sie zu viert reisen. Er würde dafür bezahlen, dass Becca und er an einen exotischen Strand fliegen. Die Unterkunft wäre eine strohgedeckte Hütte mit Meerblick und einem Kellner, der Getränke serviert, während du auf deiner Sonnenliege am Strand döst.

Träume weiter, Joey. Hör nie auf zu träumen.

Zu Hause angekommen, überlegt er, den Rucksack im Auto zu lassen, aber was ist, wenn der Wagen aufgebrochen wird? Nein, er kann kein Bargeld darin lassen. Er kann sich nicht vorstellen, dass er seinen ausstehenden Verbindlichkeiten noch eine weitere Schuld hinzufügt. Er greift hinüber und hebt ihn hoch, um einen Blick hineinzuwerfen. Nur um zu sehen, wieviel da drin ist. Aber das wäre zu verlockend. Er würde am liebsten mit dem ganzen Geld abhauen.

»Joey! Hilf uns!«, schreit Megan, als er die Haustür öffnet. »Es ist eiskalt.«

Joey bleibt an der Wohnzimmertür stehen, der Rucksack liegt außer Sichtweite auf dem Boden. Megan und seine Mutter liegen zusammengekauert unter einer Bettdecke auf dem Sofa.

»Hast du meine SMS bekommen, Schatz?«, fragt seine Mutter. »Die Heizung ist jetzt defekt. Hast du einen Klempner bestellt, der sich das mal anschaut?«

»Ich kümmere mich jetzt darum.«

»Geh bitte auf den Dachboden und hol den elektrischen Heizlüfter runter.«

»Klar.«

»Soll ich dein Essen in die Mikrowelle stellen?«, ruft seine Mutter, als er auf die Treppe zugeht.

Essen ist das Letzte, woran er denkt. Alles, was er will, ist, den Rucksack zu verstecken und unter eine heiße Dusche zu springen. Die Ereignisse des Tages vermischen sich zu einem Gestank, den er nicht länger ertragen kann. »Später vielleicht.«

Oben sitzt Dylan in seinem Schlafanzug wie immer nach der Schule auf seinem Bett und macht seine Hausaufgaben. Joey nimmt den Rucksack von der Schulter und hockt sich hin, um eine Schublade zu öffnen. »Was hast du da?«, will Dylan wissen. »Ist das ein neuer Rucksack?«

»Vergiss es!«, schnauzt Joey und bereut es sofort, als er den verletzten Blick auf Dylans Gesicht sieht. Das hat sein Bruder nicht verdient. Er hat nichts falsch gemacht. Joey stopft den Rucksack unter einen unordentlichen Stapel von T-Shirts und schließt schnell die Schublade.

»Was ist los, Joey?«, fragt Dylan.

»Nichts, Kumpel. Warum?«

»Du verhältst dich ... nun ja, seltsam.«

»Was meinst du?« Joey ist überrascht, dass es ihm aufgefallen ist. Auf seinen Schultern lastet das ganze Gewicht des Universums, aber darüber sollte sich ein Zwölfjähriger keine Gedanken machen.

»Ich weiß es nicht.« Dylan hebt die Schultern und bläst die Wangen auf.

Joey geht hinüber zum unteren Bett und zerzaust seinem Bruder die Haare. Sie haben die gleichen schmutzig-blonden Locken, die sie in einem ›Gerade-aus-dem-Bett-gekrochen‹-Stil tragen. Auf andere mag das ungepflegt wirken, bei ihnen sieht es natürlich aus. »Mir geht's gut. Jetzt mach weiter mit deinen Hausaufgaben.«

Joey zieht seine Klamotten aus, stopft sie in den Wäschekorb und schnappt sich ein Handtuch vom Boden. Mit heißem Wasser und Seife kann er sich vorübergehend von seinen Problemen befreien. Er fühlt sich heute besonders dreckig. Aber als er den Wasserhahn aufdreht, spritzt kaltes Wasser über ihn. Er flucht und rennt zurück ins Schlafzimmer. Am Lüftungsschrank hält er inne, um den Heizstab einzuschalten. Mit einem Handtuch um seine Mitte gewickelt und einem weiteren in der Hand, um seine Haare zu trocknen, betritt er das Schlafzimmer und sieht Dylan neben der Kommode knien, mit einer Waffe auf ihn gerichtet.

KAPITEL 4

Was ist das?«, fragt Dylan. Sie starren sich kurz an und die Angst lässt ihre Gesichter zu übereinstimmenden Ausdrücken erstarren.

Joey weicht zurück, klammert sich an den Türrahmen und versucht, seine Panik unter Kontrolle zu halten. »Nimm sie runter. Sofort! Um Himmels willen, Dylan!« Joey späht durch den Türspalt und sieht, wie sein Bruder die Waffe auf den Boden fallen lässt. Er stürmt zurück ins Zimmer. Dylan ist sprachlos, sein Mund steht weit offen. Joey lässt das Handtuch fallen, mit dem er sich die Haare trocknen wollte und eilt zu seinem Bruder. Er kann hören, wie ihre Mutter sie ruft. Joey hebt die Waffe vorsichtig hoch und legt sie langsam in die Schublade.

»Bist du in Schwierigkeiten, Joey?«, will Dylan wissen, seine Stimme ist ein Flüstern aus Unglauben und Angst. Er schiebt seine Unterlippe vor und schüttelt den Kopf.

»Nein, Kumpel. Nein.«

»Warum hast du eine Waffe?«, bohrt Dylan weiter, seine Stimme wird lauter.

»Sie ist nicht meine.« Warum hat CC eine Waffe in diesen verdammten Rucksack gepackt?

»Wem gehört sie dann?«

Joey wirft einen besorgten Blick auf die Tür. »Sei still.«

»Sag es mir.«

»Das ist eine lange Geschichte.«

»Ich will sie hören.«

»Sei einfach still, Dylan.« Joey nimmt die Waffe wieder aus der Schublade und legt sie in den mit Handtüchern gepolsterten Rucksack. Er versucht, sich zusammenzureißen, während er innerlich zusammenbricht.

Dylan hebt ein schwarzes Stück Stoff vom Boden auf und reicht es Joey. »Sie war darin eingewickelt.« Seine Stimme schwankt, als könne er sich nicht entscheiden, ob er wütend oder traurig ist.

Joey nimmt die Waffe wieder aus dem Rucksack. Er faltet sie in das schwarze Tuch, als wäre er ein Zauberer, der sie verschwinden lassen will. Das klappt nicht. Er packt sie wieder in den Rucksack und vergräbt ihn unter den T-Shirts. Energisch knallt er die Schublade zu. Er kann nicht fassen, dass das passiert. Es ist, als wäre er eingeschlafen und hätte einen höllischen Albtraum gehabt.

Als Megan ins Zimmer stürmt, schrecken sie auf. »Mum ruft. Das neue Krimidrama fängt an. Ihr beide müsst sofort kommen.« Sie hält an der Tür inne und starrt auf ihre Brüder, die auf dem Teppich knien. »Was macht ihr da?«

Dylan springt auf. »Nichts. Raus hier.«

Megan stützt ihre Hände auf ihre schlanken Hüften. »Was ist hier los?«

Das ist alles, was Joey braucht. Er steht auf. »Wir kommen gleich. Wir sehen uns unten.« Er versucht, fröhlich zu klingen, aber er spürt, dass seine Stimme einen alarmierten Unterton besitzt, auch wenn sie es nicht merken. »Los.«

Megan keucht und schnaubt, bevor sie verschwindet. Joey schnappt sich den Rucksack und durchsucht den Raum nach einem anderen Versteck. Das Letzte, was er braucht, ist, dass seine neugierige Schwester ihn findet. Dass Dylan es weiß, ist schon schlimm genug. Er schaut sich im Zimmer um und entscheidet sich für das Versteck unter seinem Kopfkissen.

»Ich habe Angst«, meint Dylan.

»Hey, Kumpel, das brauchst du nicht. Ich bringe das morgen zu jemandem und das war's dann.«

»Zu wem?«

»Denk nicht darüber nach. Aber Dylan, du musst es mir versprechen. Sieh mich an.« Joey packt das Gesicht seines Bruders und nimmt sein Kinn in seine Hände. Dylan weigert sich, ihn anzuschauen. Joey schüttelt sein Gesicht, bis er sich unterwirft. »Du darfst nie jemandem davon erzählen. Hast du mich verstanden? Keinem Menschen.«

Dylan presst trotzig seine Lippen zusammen. Joey schüttelt Dylans Gesicht erneut. »Wenn das jemand herausfindet, bekomme ich großen Ärger. Ich meine es wirklich ernst. Versprich es mir.«

»Ich verspreche es«, antwortet Dylan.

Ihre Mutter steckt ihren Kopf durch die Tür. Dylan gibt einen erschrockenen Schrei von sich. »Habt ihr mich nicht rufen hören?«, fragt sie stirnrunzelnd. »Hast du den Heizstrahler schon vom Dachboden geholt?«

»Ich mache es jetzt und bringe ihn gleich runter«, verspricht Joey.

Sie beäugt ihre Jungs misstrauisch, bevor sie geht.

»Ich treffe dich unten«, sagt Joey zu Dylan. »Verhalte dich normal.«

Joey ruft kurz einen Kumpel an, den er aus der Schule kennt und den er gelegentlich im Pub sieht: Pat, den Klempner. Als er die Nummer wählt, merkt er, dass er Pat schon eine Weile nicht mehr gesehen hat, aber Joey geht auch nicht mehr so oft in den Pub wie früher, denn er kann es sich einfach nicht leisten. Pat willigt ein, einmal vorbeizukommen. »Es wird aber früh am Morgen sein. Ich bin im Moment komplett überlastet.« Ein Gefühl der Angst vor den Kosten verstärkt Joeys Sorgen. Er beendet das Telefonat, als Megan ihn genervt auffordert, sich zu beeilen und den Heizstrahler zu holen.

Joey hasst es, auf den Dachboden zu gehen. Er ist bis unter die Decke vollgestopft mit den Besitztümern seines Vaters, von denen sich seine Mutter nicht trennen will. »Ich will nichts davon hören«, sagt sie jedes Jahr am ersten Dezember, wenn Joey sich durch das Durcheinander kämpft, um die Weihnachtsdekoration herauszuholen. Jedes Jahr versucht er, sie zu überreden, sich überhaupt Gedanken darüber zu machen. Aber die Kisten mit Kleidung, Schuhen, Büchern und Medaillen von den Erfolgen seines Vaters im Boxring in jungen Jahren bleiben unangetastet.

Joey findet die Stange zum Öffnen des Dachbodens, hakt die Luke aus und zieht die ausziehbaren Stufen hinunter. Ein kalter Luftzug trifft ihn, als er hochklettert. Er greift nach dem Lichtschalter, aber er funktioniert nicht. Na toll! Die Glühbirne muss durchgebrannt sein. Nur mit der Taschenlampe seines Handys als Orientierungshilfe bahnt er sich einen Weg durch das Durcheinander, findet den alten Heizstrahler und bringt ihn zu seiner Familie herunter.

»Was ist denn in dich gefahren?«, bemerkt ihre Mutter, als Dylan ihr Angebot, Schokolade zu essen, unerwarteterweise ablehnt, während sie alle vor dem Fernseher sitzen und sich unter ihre Bettdecken kuscheln, denn trotz der Heizung ist es bitterkalt. Megan hat sich an Joey gekuschelt. Sie vergräbt ihren Kopf immer wieder hinter seiner Schulter und wartet auf den nächsten Schreckmoment. Eigentlich ist diese Folge zu blutig für sie, aber sie besteht darauf, zu bleiben und sie mit ihrer Familie anzusehen. Sie genießt die gemeinsame Zeit, so wie sie alle.

Dylan schnaubt und verschränkt die Arme vor der Brust. »Nichts.«

Joey sitzt vor dem Fernseher, aber er kann sich nicht auf das Krimidrama konzentrieren. Er hat genug mit seinem eigenen Drama zu tun. Vor allem aber hat er Mitleid mit Dylan. Sein Appetit verging ihm, als er die Waffe in der Hand seines Bruders sah. Er findet einen fröhlichen Ton. Das ist nicht schwer. Er hat viel Übung, wenn es um seine Familie geht. Er war derjenige, der sie über den Verlust des Mannes hinwegbrachte, den sie alle geliebt hatten. Derjenige, der die Räder der Familie in Bewegung hielt, während die anderen stillstanden, unfähig, vorwärtszugehen. »Lass ihn, Mum. Bleibt mehr für uns«, meint Joey mit einem gespielten Lächeln.

Seine Mutter zieht die Augenbrauen hoch und schaut über ihre kaputte Brille. Einer der Bügel ist mit Tesafilm am Gestell befestigt, sodass die Brille schief auf ihrer Nase sitzt. Das geht jetzt schon seit Monaten so, aber sie haben kein Geld, um sie zu ersetzen, und da sie sie nur zum Fernsehen benutzt, stand das nicht ganz oben auf ihrer Prioritätenliste. Sobald Joey etwas Geld übrig hat, wird er ihr eine neue Brille kaufen. Wann auch immer das sein wird.

Nachdem der Film zu Ende ist, bringt seine Mutter Megan und Dylan ins Bett und fragt Joey aus. »Was ist in Dylan gefahren?«, will sie wissen.

»Wachstumsschmerzen«, versucht Joey abzuwiegeln. »Hast du heute Abend etwas von deinem neuen Verehrer gehört?«, fragt er und wechselt das Thema. Sie hat Adrian – Ade – bei einem Klassentreffen kennengelernt. Die Veranstaltung war schon dreimal wegen Covid abgesagt worden und fast wäre sie auch dieses Mal nicht hingegangen. Es benötigte die Überredungskünste all ihrer Freunde, auch von Joey, um sich aufzuraffen und mitzugehen, wenn auch nur für eine Stunde. Aber schließlich blieb sie den ganzen Abend und ihr Telefon hat seitdem nicht mehr aufgehört zu piepen.

Sie lächelt und wirft einen Blick auf ihr Handy auf der Sofakante. »Ich habe vielleicht ein paar SMS bekommen.«

»Er ist also scharf auf dich?«

»Er möchte mich morgen Abend zum Essen einladen. Würdest du auf die Kinder aufpassen? Nur für ein paar Stunden. Vorausgesetzt, ich fühle mich besser.«

»Klar. Kein Problem.« Das ist es auch nicht. Joey würde alles tun, um seine Mutter wieder glücklich zu sehen. Er weiß, dass sie nie darüber hinwegkommen wird, was mit seinem Vater passiert ist. Wer würde das schon? Wenn dein Mann eines Tages zur Arbeit geht und nie wieder nach Hause kommt und du feststellst, dass jemand anderes schuld daran ist, kann das Leben nie wieder so sein wie früher. Aber er hofft, dass sie wieder ihr Glück findet. Immerhin ist sie erst vierundvierzig. Aber sie sieht viel älter aus, mit ihrem schütteren Haar und der schlaffen Haut, weil sie nach dem Tod ihres Mannes eine Menge Gewicht verloren hat. Alle dachten, das läge an der Trauer, die sie zu Boden geworfen und jede Zelle ihres Körpers verschlungen hat und zum Teil war es das wohl auch. Aber die Trauer wurde von unerklärlichen Schmerzen begleitet, schlimme Schmerzen am ganzen Körper, die sie fast zwei Jahre lang auf dem Sofa leben ließen, bis die Diagnose Fibromyalgie ihr Leiden erklärte. Eine Krankheit, die ihre Muskeln und Knochen angreift, ihr Schmerzen bereitet und ihr den Schlaf raubt. Das alles verdirbt sie langsam und führt dazu, dass sie tagsüber immer wieder für längere Zeit ins Bett zurückkehrt.

»Ich muss morgen einem Freund bei etwas helfen«, lügt er. »Ich werde also nicht vor acht Uhr zurück sein.«

»Das ist in Ordnung. Ich werde ihm sagen, dass er mich nicht vorher abholen soll.«

»Wann treffen wir uns denn mit diesem Ade?«, erkundigt sich Joey.

»Lass mich ihn erst kennenlernen.«

»Du kennst ihn doch schon seit über dreißig Jahren, oder nicht?«

»Nicht so«, lächelt sie. »Ich kannte ihn nicht so gut, als wir in der Schule waren. Er war in einer anderen Klasse und hing mit einer anderen Clique herum.«

★ ★ ★

»Das gefällt mir nicht«, flüstert Dylan, nachdem Joey ein paar Ibuprofen eingeworfen hat und sich ins Bett legt.

Joey tut so, als würde er nichts hören. Er kann seinem Bruder nicht ins Gesicht sehen. Er versucht, sich zusammenzureißen, obwohl er weiß, dass er neben einer Waffe liegt. Wie ist es nur so weit gekommen? Er weiß nicht, wie er am besten vorgehen soll. Wenn er sie zu CC zurückbringt, wird der die Bezahlung für sein Auto einfordern. Eine Forderung, die Joey nicht erfüllen kann. Joey fürchtet sich davor, wie CC darauf reagieren wird.

Er hat keine andere Wahl. Er muss diese letzte Lieferung ausführen. Dann wird er einen Pakt mit sich selbst schließen. Er wird auf keinen Fall mehr solche Aufträge annehmen. Er wird Mister Parasi um mehr Stunden im Supermarkt bitten. Dann wird er sich einen anderen Job suchen. Die Restaurants suchen händeringend nach Personal. Er könnte leicht ein paar Abend- und Wochenendschichten jonglieren. Er wird sich für den Abendkurs anmelden, zu dem Becca ihn ermutigt hat. »Es ist nie zu spät«, behauptet sie. »Mach das Abitur, das du schon in der Schule hättest machen sollen.« Es lief so gut, bevor er seinen Vater verlor. Er war einer der fleißigen Schüler gewesen. Aber dann verlor er seinen Mentor, seinen besten Freund, seinen Fokus und nichts im Leben war mehr wichtig. Was hat das für einen Sinn?

Dylan tritt mit der Spitze seines Fußes von unten gegen Joeys Matratze, wie er es oft tut, wenn er seinen Bruder nerven möchte. »Das gefällt mir nicht.«

»Schlaf einfach«, zischt Joey.

»Ich kann nicht.«

Joey rollt sich auf die Seite und lässt seinen Kopf über die obere Koje baumeln, bis er Dylans Gesicht im Schein des Mondlichts, das durch den Spalt in den Vorhängen scheint, gerade noch erkennen kann. »Soll erst Mum hier hereinkommen?«

»Was machst du wirklich mit einer Waffe? Willst du jemanden erschießen?«

»Um Gottes willen, für wen hältst du mich?«

»Warum hast du sie dann? Wir sind hier nicht in Amerika, Joey. Die Leute haben keine Waffen.«

»Ich wusste nicht, dass sie da drin ist.«

»Wie kannst du das nicht wissen?«

»Ich dachte, es sei etwas anderes.«

»Was?«

»Ich weiß es nicht. Ich liefere das als Gefallen für jemanden aus.«

»Für wen?«

»Nur jemand.«

»Du machst mir wirklich Angst.«

Joey zieht seinen Kopf zurück. »Nicht so sehr, wie du mir Angst machst. Hör auf mit den Fragen und schlaf. Ich kümmere mich schon darum.«

KAPITEL 5

DIENSTAG

Laut Google Maps liegt die Regency Close etwa sechzehn Kilometer entfernt in der Nachbarstadt. Doch während Joey seine Flucht aus dem Käfig plant, in dem er gefangen ist, gehen ihm nagende Gedanken durch den Kopf. Gedanken, die ihm sagen, dass er nicht den ganzen Weg fahren und dabei auf einer Videoüberwachung auftauchen würde. Heutzutage gibt es sie überall. Nicht, dass Joey ein Experte wäre. Aber er kennt einen Typen aus der Kneipe, der eine eigene Sicherheitsfirma besitzt, die Videoüberwachung installiert und behauptet, er sei ein Meister seines Fachs. Er hat früher für die Stadtverwaltung gearbeitet, bis er sich selbstständig gemacht hat. Damals war er erst zwanzig. Er ist ein ziemlicher Angeber, was Joey irritiert, aber er bewundert ihn trotzdem. Warum kann er nicht auch so etwas machen? Jeder scheint sein eigenes erfolgreiches Unternehmen zu gründen. Wenn er doch nur etwas Ähnliches machen könnte, um finanziell abgesichert zu sein. Joey hat den Typen schon lange nicht mehr gesehen. Wahrscheinlich ist er zu beschäftigt mit all den Jobs, die wie Schnee vom Himmel fallen und seinen Terminkalender für die nächsten Monate füllen.

Unter Berücksichtigung all dessen, was er Joey über die Art und Weise erzählt hat, wie Kriminelle die

Videoüberwachung umgehen – indem sie Nebenstraßen nehmen und die zwielichtigen Viertel der Stadt meiden – plant Joey die Fahrt in die Regency Close, weil er nicht einschlafen kann. Er sucht sich auf Google Maps einen Parkplatz in einer Seitenstraße, hinter den Garagen der benachbarten Reihenhäuser. Dann prägt er sich die zwanzigminütige Strecke ein, die er in die Regency Close laufen will. Während er den Plan noch einmal im Kopf durchgeht, schläft er tief und fest ein.

★ ★ ★

Joey kämpft damit, aufzuwachen und kommt wieder einmal zu spät zur Arbeit. Mister Parasi schaut auf seine Uhr und schenkt ihm ein Lächeln. Er hat schon immer eine Schwäche für Joey gehabt. Er kannte Joeys Vater von früher, als er noch Obst und Gemüse in den Laden geliefert hat. Aber Joey treibt sein Glück auf die Spitze. »Du hast die Lieferung verpasst«, murrt Mister Parasi und fährt sich mit der Hand durch sein kurzes, graues Haar.

Lieferung. Es hört sich an, als hätte er dieses Wort geschrien.

Herr Parasi rückt seine runde Brille zurecht. »Ozwald hat eine Getränkelieferung gebracht. Fang schon mal damit an.«

»Ich werde die Zeit reinarbeiten«, schlägt Joey vor. »Ich komme morgen Nachmittag an meinem freien Tag vorbei.«

Joey verbringt den Morgen damit, die Regale im Getränkemarkt zu füllen und versucht, sich ein Gähnen zu verkneifen. Kisten mit kohlensäurehaltigen Getränken und Flaschen mit stillem und kohlensäurehaltigem Wasser auf der einen Seite, Bier, Wein und Spirituosen auf der anderen. Er weiß nicht einmal, wie lange er diesen Job noch behalten wird. Der Supermarkt von Herrn Parasi ist eine aussterbende Branche, die sich den Wert lokaler Produkte bewahrt und gleichzeitig der ständigen Bedrohung durch die Supermarkt-Riesen widersteht.

Joey fragt sich oft, was er jetzt machen würde, wenn er seinen Vater nicht verloren hätte. Vielleicht hätte er wie Becca ein Studium begonnen. Sein Vater hatte ihm immer gesagt, er sei dazu geschaffen, die Welt zu beherrschen. So weit würde Joey nicht gehen, aber er weiß, dass er mehr tun würde, als in einem Supermarkt Regale zu füllen und mürrische Kunden zu bedienen, während er zwielichtige Lieferungen in Erwägung zieht, um die Reparatur seines verdammten Autos nicht bezahlen zu müssen. Er kann sich nicht konzentrieren. Morgen in einer Woche wird ein Gerichtsvollzieher an seine Tür klopfen, aber im Moment hat er ein dringenderes Problem und sein Knoten im Hals erinnert ihn immer wieder an Dylans Gesicht, als er die Waffe gefunden hat.

Er arbeitet seine Mittagspause durch. Obwohl er das Frühstück ausgelassen hat, weiß er, dass er nichts essen kann und das den roten Punkt, den Mister Parasi heute Morgen hinter seinen Namen gemacht hat, auslöschen wird. Er macht eine kurze Pause, um sein Handy zu überprüfen und wünscht sich, er hätte es nicht getan. Eine E-Mail vom Gerichtsvollzieher, in der er ihm Wege zur Begleichung seiner Schulden aufzeigt und ihn an seinen bevorstehenden Besuch erinnert, falls er seine Schulden nicht begleichen kann, deprimiert ihn nur noch mehr. Genauso wie eine SMS von CC, in der er ihn bittet, nicht zu vergessen, ihn anzurufen, nachdem er die Lieferung heute Abend zugestellt hat.

Der Nachmittag zieht sich noch länger hin als der Morgen. Joey versucht sein Bestes, seine Sorgen zu vergessen und verliert sich im Scannen von Artikeln in der Kasse, aber es hilft nicht. Die Angst vor dem, was der Abend für ihn bereithält, drängt sich immer wieder in seine Gedanken. »Würdest du heute Nachmittag eine Stunde länger bleiben?«, fragt Mister Parasi. »Ich muss den Laden für eine Weile verlassen.«

»Kein Problem«, antwortet Joey. Die Schmetterlinge flattern wegen Becca in seinem Bauch. Wenn er noch eine Stunde länger bleibt, wird er sie sehen können. Sie studiert im letzten Studienjahr Psychologie, wohnt aber noch zu Hause und arbeitet dienstags in der Spätschicht und samstags den ganzen Tag. Deswegen ist Samstag sein Lieblingstag in der Woche. Die eine Woche, in der sie nicht kam, weil sie eine Magenverstimmung hatte, war eine der größten Enttäuschungen in seinem Leben. An diesem Tag Ende Oktober letzten Jahres, als er einen dumpfen Schmerz der Enttäuschung in seinen hängenden Schultern trug, wurde ihm bewusst, wie viel Becca ihm bedeutete. Dieses Gefühl hatte er noch nie zuvor erlebt.

Joey stellte ihr Mister Parasi vor, als sie nach ihrem Studium einen Teilzeitjob suchte. Sie lernten sich vor Jahren im *Coach and Horses* Pub kennen, als Joey draußen an der Backsteinmauer saß, wo die Raucher abhängen. Sie tauchte auf und fragte ihn, ob sie ihm Feuer geben könnte. Das war der Moment, in dem er endlich verstand, was die Redewendung ›Liebe auf den ersten Blick‹ bedeutet. Von da an entflammte ihre Freundschaft. Joey wollte mehr. Wie sehr er das wollte. Sie ist alles, was er sich unter der perfekten Freundin vorstellt, auch wenn sie manchmal eine richtige Quasselstrippe ist: nett, witzig und hübsch, mit viel Energie und so verdammt sexy mit ihren langen, blonden Haaren, ihrer cremefarbenen Haut und ihrem durchtrainierten Körper, den sie beim Laufen bekommt. Aber er wusste immer, wo sein Platz ist und angesichts der Anforderungen seiner Familie und seines Lebens hatte er nicht die Kraft, über sich hinauszuwachsen.

In letzter Zeit sind sie sich aber viel näher gekommen. Aber er zögert, die Beziehung auf eine intimere Ebene zu heben. Sie tut es auch, das merkt er: Beide wollen nicht riskieren, die wertvolle Freundschaft zu verlieren, die sie aufgebaut haben.

Becca winkt und kommt ihm an der Kasse entgegen. Sie schiebt einen Wagen mit Kartons, ihr Haar ist zu zwei Zöpfen gebunden, die bei jedem Schritt unbeschwert hin und her schwingen. Sie begrüßen sich mit einem Faust-check. »Wie ist das Leben so?«, fragt sie.

Das willst du nicht wissen.

Er seufzt. »So lala. Wie ist der Umzug gelaufen?«

Sie öffnet die Kisten und füllt die Süßigkeitenregale an den Kassen wieder auf. Joey lächelt, während sie vor sich hin plappert. »Chaos, immer noch. Ich habe Mum geholfen, aber sie flippt immer noch aus wegen der ganzen Unordnung. Dad ist für ein paar Tage weggefahren und sie ist durchgedreht. Sie sagte, es gäbe noch zu viel auszupacken, als dass er zu einer Konferenz fahren könnte. Ich verstehe, was sie meint. Überall stehen noch Kisten herum, aber um fair zu sein, hat Dad ein Geschäft zu führen. Mum hat gesagt, dass ein Umzug stressig ist, aber ich habe nie gemerkt, wie sehr. Du musst mal kommen, wenn wir fertig sind.«

Sie sind reich, ihre Eltern. Nun, reich im Vergleich zu Joeys Familie. Ihr altes Haus hatte einen Pool. Becca lud ihn und andere Freunde aus dem Pub im letzten Sommer zu einer Party anlässlich des fünfundzwanzigsten Hochzeitstages ihrer Eltern ein, der wegen Covid im Jahr davor verschoben wurde. Es gab ein Festzelt mit einer Tanzfläche und es wimmelte nur so von silbernen Luftballons. Joey hatte so etwas noch nie gesehen, vor allem nicht das üppige Angebot. Das Buffet füllte die gesamte Länge einer Seite des Festzeltes aus und sah schick genug für eine Hochzeit aus.

Becca hilft gerade einer älteren Frau, die mit einem überladenen Einkaufskorb zu kämpfen hat. Sie ist so freundlich – sie hilft den Kunden immer. Sie hat immer ein Lächeln für alle übrig. »Bist du okay, Joey?«

»Ja, warum?«

»Du siehst ... ich weiß nicht ... abgelenkt aus.«

»Mir geht es gut«, lügt er. Es geht ihm überhaupt nicht gut.

»Wie geht's deiner Mutter?«, erkundigt sich Becca bei Joey, nachdem sie die Einkäufe der Frau in Tüten gepackt und sie verabschiedet hat.

»Sie hat einen neuen Mann.«

»Neuer Mann, was?«

»Ich weiß. Das erste Mal seit dem Tod meines Vaters.«

»Wie ist er so?«

Joey zuckt mit den Schultern. »Ich habe ihn bis jetzt nicht kennengelernt.«

»Wo haben sie sich getroffen?«

»Klassentreffen.«

»Sie sind zusammen zur Schule gegangen? Das ist irgendwie süß.«

»Sie schreiben ständig SMS. Ich habe sie seit Dads Tod nicht mehr so lächeln sehen, also denke ich, das ist gut für sie.«

»Ich kann mir meine Eltern nicht mit jemand anderem vorstellen.«

Joey zuckt mit den Schultern. »Es ist hart, aber ich bin froh, dass sie glücklich ist.«

Becca legt ihren Kopf schief und grinst ihn an. »Weißt du, du bist wirklich einer der Guten, Joey Clarke.«

Sie würde diese Bemerkung zurücknehmen, wenn sie wüsste, in welchen Schlamassel er sich gebracht hat. Er würde sich ihr gerne anvertrauen. Ihr von seiner Dummheit erzählen. Sie würde ihn nicht verurteilen. Das weiß er. Aber sie ist die letzte Person, die er enttäuschen möchte. Er ist doch einer von den Guten, oder?

»Hast du Lust, heute Abend mit ins Kino zu kommen? Courtney und ich wollen uns den neuen Spider-Man-Film ansehen«, fragt Becca und räumt die Milchriegel in eine ordentliche Reihe.

Nichts klingt verlockender, als eine Nacht mit ihr und Courtney, Beccas Jugendfreundin, zu verbringen. Joey mag Courtney. Er kennt sie schon so lange, wie er Becca kennt. Sie hat die Gegend nach der Schule verlassen, um zur Armee zu gehen, aber ein Einsatz in Afghanistan hat ihre Sichtweise auf das Leben verändert und jetzt arbeitet sie in einem langweiligen Bürojob und isst zu viel Kuchen.

»Heute Abend kann ich nicht. Ein anderes Mal, ganz sicher.«

Die nächste Stunde vergeht, als wäre es nur eine Minute. Das ist die Wirkung, die sie auf ihn hat. Es gelingt ihm fast, die Waffe für eine Weile zu vergessen. Fast.

KAPITEL 6

Die treue Hetty wartet auf Joey, als er nach Hause kommt. Er kann ihr Winseln und ihre Pfoten am übergroßen Wohnzimmerfenster des Hauses der Familie aus den Siebzigern kratzen hören, während er den kurzen Gartenweg hinaufgeht. Sie huscht zur Haustür, um ihn zu begrüßen, und wedelt wild mit dem Schwanz. Joey beugt sich hinunter, um ihre Begrüßung zu erwidern, bevor er die Treppe hinaufgeht. Dylan rennt aus dem Wohnzimmer hinter ihm her. »Du wirst sie heute Abend auf jeden Fall los, nicht wahr?«, fragt er auf halbem Weg nach oben.

Joey dreht sich um, runzelt die Stirn und presst einen Finger auf seine Lippen. Dylan springt auf die gleiche Stufe wie Joey. Sein dreizehnter Geburtstag rückt immer näher und in den vergangenen Monaten ist er in die Höhe geschossen. Sein Kopf reicht jetzt bis zu Joeys Schulter, was Joey zusammen mit der flaumigen Gesichtsbehaarung und der tieferen Stimme daran erinnert, dass sein kleiner Bruder nicht mehr so klein ist. »Sei still, ja?«, flüstert Joey.

»Still sein?«, fragt Megan, die in ihrer Schuluniform am oberen Ende der Treppe steht. Ihr langes, aschblondes Haar ist von einem Schultag zerzaust. »Was habt ihr zwei vor?«

Joey erreicht die zweite Stufe von oben. »Beweg dich, Megs.«

»Du benimmst dich in letzter Zeit sooo komisch.« Sie stellt sich breitbeinig hin, bis ein Bein die Wand erreicht, das andere die Kante des Geländers und macht dasselbe mit ihren Händen. So entsteht eine weitere Barriere, ein menschliches Kreuz, das Joey am Vorbeigehen hindert. »Nicht, bevor du mir sagst, was los ist.«

Joey verliert die Fassung. »Weg da! Bevor ich grob werde.«

Sie lacht ein mädchenhaftes, nerviges Gackern direkt in sein Gesicht. »Oooohhh. Jetzt hab' ich Angst!«

Joey schiebt seine Hände in ihre Achselhöhlen und hebt sie hoch. Ihre Beine strecken sich ihm entgegen. Er streckt seine Arme weiter aus und trägt sie in ihr Zimmer. Dabei ignoriert er ihr Quieken, während sie sich windet, als sie eines ihrer TikTok-Videos aufnimmt. »Lass mich runter. Du tust mir weh«, jammert sie und kichert, als er sie auf ihr Bett fallen lässt. »Was *ist hier los*?«

Er starrt sie an, überrascht über die Wahrnehmung eines schelmischen zehnjährigen Lausmädchens.

★ ★ ★

Joey verlässt das Haus und verspricht Dylan, dass er die Sache so schnell wie möglich hinter sich bringen wird. Er hat eine schwarze Baseballkappe in seiner Jackentasche und, bevor er die Arbeit verließ, nahm er eine der schwarzen Masken von Mister Parasi aus seinem Büro mit und bedankte sich bei der globalen Pandemie für eine rettende Gnade.

Die Temperatur ist wieder gefallen und der Nachthimmel ist dunkelgrau. Schnee braut sich zusammen, der darauf wartet, zu fallen. Sein Kopf brummt, trotz der doppelten Dosis Ibuprofen, die er vor seinem Weggang genommen hat. Aber es hat sich nicht zu einer Migräne entwickelt. Noch nicht. Er wartet auf sie. Die Bombe, die in seinem Kopf explodiert und seinen Körper für Stunden außer Gefecht setzt. Er dreht die Heizung des Autos auf Maximum. Wenigstens funktioniert sie jetzt. Ein kleiner Funken Stärke, dank CC. Er zwingt sich, sich auf die nächste Stunde zu konzentrieren. Dann wird er sich auf die Lösung seiner anderen dringenden Probleme konzentrieren können.

Trotz der heißen Luft, die aus der Heizung strömt, wird es nicht warm. Das Armaturenbrett zeigt ihm an, dass es nur noch einen Grad hat. Er greift zum Handschuhfach und nimmt die Handschuhe, die er dort aufbewahrt. Das Paar aus weichem schwarzem Leder, das sein Vater im Winter beim Autofahren getragen hat.

Der Verkehr erweist sich als zähflüssig. Jeder scheint heute Abend auf der Straße zu sein. Joey versucht, die vorausfahrenden Autos zu überholen und nimmt eine alternative Route durch eine moderne Wohnsiedlung, die mit vor den Häusern geparkten Autos vollgestopft ist und die Straße kaum befahrbar macht. Er gewinnt nur wenig Zeit. Als er an der Seitenstraße ankommt, schaut er sich nach Überwachungskameras um. Es sind keine Kameras zu sehen, also sucht er sich einen Parkplatz zwischen zwei unscheinbaren Geländewagen und schaltet den Motor aus. Es ist dunkel und abgesehen vom Rauschen des Verkehrs ruhig. Die Zeit, die er auf der Fahrt eingespart hat, erlaubt es ihm, eine Weile sitzenzubleiben und tief durchzuatmen. Die Maske bedeckt sein Gesicht und der Schirm der Baseballkappe ist heruntergezogen, als er sein Gesicht im Spiegel betrachtet. Die Mission ist erfüllt, er ist kaum wiederzuerkennen. Er schiebt den Rucksack vorn an seiner Jacke herunter, dicht an seine Brust und steigt aus dem Auto.

Es hat angefangen zu schneien. Die Flocken wirbeln durch die Luft. Er hält seinen Kopf gesenkt, während er durch die Nebenstraßen in die Regency Close läuft. Nicht nur, um sich den Schnee aus den Augen zu halten, sondern auch, weil er den Mann im Pub etwas anderes über das Verhalten von Kriminellen sagen hörte. Ist es das, was er jetzt ist? Joey Clarke: kriminell? Als er letzte Nacht wach lag, hatte er darüber nachgedacht, zur Polizei zu gehen und die Waffe abzugeben. Aber was würden die sagen? Woher hast du sie? Er könnte es immer noch anonym über eine dieser Waffen-Rückgabe-Amnestien machen. Vergangenes Jahr gab es eine solche Maßnahme. Eine Maßnahme, um die Straßen von gefährlichen Waffen zu befreien. So wie er es verstanden hat, könnte er sogar eine Entschädigung erhalten. Wie viel ist solch eine Waffe überhaupt wert? Aber was dann? Dann hätte er CC für immer am Hals.

Er ist dafür nicht geeignet.

Er kommt drei Minuten zu früh vor der Regency Close auf einer Wiese an und stellt sich hinter einen großen Baum. Die Worte seiner Mutter flüstern wie Blätter im Wind. »Mach keinen Ärger, Joey. Halte dich von Ärger fern.«

Soweit er weiß, besteht diese Sackgasse aus nur drei Häusern, in Joeys Augen aus Villen. Er schaut auf seine Uhr und rechnet aus, dass er, wenn er eine Minute lang an Ort und Stelle wartet, bis er hinübergeht und die Nummer eins ausfindig macht, genau um sieben Uhr läuten wird, wie es ihm aufgetragen wurde. Ein Ehepaar geht mit seinem Hund spazieren, der zu dem Baum zieht, gegenüber jenem, hinter dem Joey steht. Joey geht aus dem Blickfeld. Er kann es sich nicht leisten, dass ihn jemand sieht. Der Hund bleibt stehen, um zu kacken. Das Paar streitet sich über die Mutter der Frau und beschuldigt einander, die Kotbeutel vergessen zu haben, während sie in ihren Taschen nach einem Ersatzbeutel suchen. Joey betet dafür, dass sie sich beeilen. Warum ausgerechnet hier und jetzt? Als ob die Welt nicht schon gegen ihn wäre. »Hier, bitte«, hört Joey die Frau schließlich sagen. Er wartet darauf, dass der Mann die Hinterlassenschaft des Hundes wegräumt, bevor sie weitergehen und sich wie zwei verwöhnte Teenager über die Mutter der Frau streiten.

Joey schaut auf seine Uhr. Es ist jetzt schon sieben Uhr. Er wird zu spät kommen. Er sollte rennen. Aber seit er heute Abend von zu Hause losgefahren ist, lässt ihn die kleine Stimme, die ihm sagt, er solle es ruhig angehen lassen, nicht mehr los. Mit gesenktem Kopf überquert er die Straße und schreitet lässig auf die Tür von Regency Close Nummer eins zu, als ob er einen Freund besuchen würde.

Es ist ein modernes Haus mit einer Doppelfront und einer Tür, die in der Mitte mit Milchglasscheiben versehen ist. Ein Haus, von dem Joey nur träumen kann, es eines Tages zu besitzen. Er nimmt den Rucksack aus seiner Jacke und klingelt. Es ist eine dieser intelligenten Türklingeln, aber er fühlt sich nicht bedroht. Er hält ununterbrochen den Kopf nach unten.

Eine Frau antwortet, was ihn verwirrt. Er hätte gewettet, dass es ein Mann ist. Seine Kinnlade fällt herunter. Was zur Hölle? Er hält den Rucksack hoch, als ob er eine tickende Zeitbombe wäre. Das Geräusch einer

Polizeisirene, die am Ende der Straße vorbeifährt, alarmiert sie beide. Sind sie gekommen, um ihn zu holen? Joey dreht sich um, um nachzusehen und ehe er sich versieht, hat sie ihn am Ärmel seines Mantels gepackt und drängt ihn ins Haus, während sie ängstlich den Weg entlang späht. Er stolpert über die Schwelle in den Flur, der mit Kartons vollgestopft ist. Der Rucksack fällt auf den Holzboden. Sie fängt seinen Sturz ab und stößt ihm versehentlich die Baseballkappe vom Kopf. Sie reißt ihm die Maske vom Gesicht und ruft: »Meine Güte, Joey! Was machst du denn hier?«

KAPITEL 7

Das kann doch nicht wahr sein.

Aber es ist so.

Beccas Mutter steht vor ihm. Was will *sie* mit einer Pistole?

»Misses Stanley«, sagt Joey verblüfft. Sein Kopf sagt ihm das eine, seine Augen das andere.

»Maggie, bitte.« Sie schließt die Tür und lächelt. Wie kann sie lächeln? Joey versucht, eins und eins zusammenzuzählen, aber als er Beccas Mutter sieht, die die gleiche Lücke zwischen ihren beiden Vorderzähnen hat wie ihre Tochter, findet er keine Antwort. »Ist es das, was ich denke, dass es ist?« Sie hebt den Rucksack auf und hakt den Gurt über ihren Unterarm. Sie scheint anders zu sein, als er sie bisher kennengelernt hat. Das ruhige, kultivierte Auftreten, an das er sich so lebhaft erinnert, wurde durch eine aufgeregte Miene ersetzt. Sie ist dünner. Das passt nicht zu ihr. Ihr Gesicht sieht gezeichnet aus. Er möchte sie ausfragen, aber er ist wie betäubt und kann nur nicken. »Bleib doch und trinke etwas«, schlägt sie vor, öffnet hektisch den Rucksack und zerrt an den Verschlüssen.

Joey weiß nicht, was er tun soll. Er hat seinen Teil erledigt und den Rucksack wie aufgetragen abgeliefert. Er will jetzt schnell von dort weg. Aber das ist Beccas Mutter. Er hat ihr eine Waffe besorgt. Sie wirkt verwirrt. Das psychotische Lächeln, das sie Joey schenkte, als er ankam, liegt immer noch auf ihrem Gesicht. Ihre Hände zittern. Hin- und hergerissen denkt er an Becca. Sosehr er auch aus dieser ernsten Situation verschwinden will, er kann nicht gehen, bevor er nicht weiß, was Maggie mit dem tödlichen Metallgegenstand vorhat, den er ihr an die Tür geliefert hat. Vielleicht sollte er ihn sich schnappen und abhauen. Er weiß nicht, was er tun soll. Er kann nicht klar denken. Es ist, als wäre er nicht in seinem Körper, sondern würde schweben und diese Tortur von oben beobachten.

»Du kannst doch zehn Minuten erübrigen, oder?« Sie greift in den Rucksack und holt die in Stoff eingewickelte Waffe heraus. Der intensive Geruch von Alkohol weht aus ihrem Atem. »Ein Drink. Ich mache dir einen schönen Drink. Oder ein Sandwich. Wie wäre es mit einem Sandwich?« Sie reißt den Stoff herunter und wirft ihn weg wie Abfall. Sie untersucht die Waffe, hält sie in verschiedenen Winkeln und wirft den Rucksack dann in einen begehbaren Schrank unter der großen Treppe. Er erkennt einen blauen Kapuzenpullover, den Becca oft zur Arbeit trägt und der an einem Haken hängt. »Sandwich. Lass mich dir das Sandwich machen.«

»Ich muss jetzt wirklich los«, erwidert Joey. Sie richtet die Waffe auf ihn. Er weicht zurück. »Um Himmels willen, Maggie. Nimm das Ding runter. Sie ist geladen.« Er hat keine Ahnung, ob sie geladen ist, aber er möchte kein Risiko eingehen.

»Entschuldige, ich wollte dich nicht erschrecken«, kichert sie. Was ist nur in diese Frau gefahren? Zu viel Alkohol, soviel steht fest. Sie lässt ihre Hände an der Seite sinken und hält immer noch die Waffe. »Ich habe nur geübt.«

»Geübt, wofür?«

Sie lacht wieder. »Mach dir keine Gedanken. Du bist in Sicherheit.«

Er kann sie nicht allein lassen, oder? Nicht in diesem Zustand. Becca könnte in Gefahr sein und wenn ihr etwas zustößt, würde er sich das nie verzeihen. Er muss sie anrufen. Und zwar sofort. Ihr sagen, dass sie nicht nach Hause kommen soll. Er greift in seine Gesäßtasche, aber ihm fällt ein, dass er sein Handy nicht dabei hat. Maggie umklammert sein Handgelenk. »Komm, komm«, sagt sie mit leerem Blick. »Zehn Minuten.«

Schwankend zieht sie ihn den Flur entlang, vorbei an ausgepackten Kisten, die mit den Namen der verschiedenen Zimmer beschriftet sind. Sie passieren das Wohnzimmer und mehrere verschlossene Türen, bis sie in die Küche kommen, wo eine Reihe weiterer ungeöffneter Kisten eine Wand säumt. »Setz dich, setz dich«, fordert sie und ihre Stimme ist eine Oktave höher, sodass sie wie ein aufgeregtes Schulmädchen klingt. Aus einem drahtlosen Lautsprecher auf dem Tisch ertönt ein dramatisches Stück klassischer Musik. Sie zieht den Hocker unter der zentralen Kücheninsel hervor, die den Küchenbereich mit den weißen Hochglanzmöbeln von einem runden Tisch und grauen Ledersitzen trennt. Joey tut, was ihm gesagt wird. Er wagt nicht, etwas anderes zu tun. Nicht, wenn eine Waffe auf ihn gerichtet ist. »Whiskey, Wein? Was ist dein Gift, Joey?«

Er will nichts trinken. Er fühlt sich nackt. Als hätte sie ihn gezwungen, sich auszuziehen und ohne Kleidung dazusitzen. Das ist mehr als merkwürdig. »Wasser genügt, danke.«

»Wodka. Ich werde dir einen Wodka holen. Ist das nicht das, was ihr jungen Leute trinkt?«

»Ich fahre.«

Sie gähnt und kichert, das gleiche irritierende Gackern. Sie stolpert zum Kühlschrank, nimmt eine Flasche Wasser heraus und schiebt sie über die glatte Oberfläche zu Joey. »Ich hole dir ein Glas.« Sie öffnet eine Schranktür.

»Nicht nötig. Ich trinke aus der Flasche.« Joey untersucht mit seinen Augen den Raum. Er ist riesig. So groß wie alle Zimmer im Erdgeschoss seines kleinen Hauses zusammen. Er ist so nüchtern, so weiß, bis auf den für zwei Personen gedeckten Tisch. Eine dicke rote Kerze brennt in einer Laterne aus rostfreiem Stahl und Glas zwischen zwei roten Platzdeckchen, die einander gegenüberliegen, flankiert von silbernen Steakmessern und Gabeln.

Maggie leert den letzten Rest des Rotweins, der auf der Seite steht, in ihr Glas. Die Flasche knallt auf die Arbeitsplatte, als sie sie neben eine weitere volle Flasche desselben Weins stellt. Am anderen Ende der Kochinsel zieht sie einen Hocker aus der Viererreihe heraus. Das alles macht sie mit einer Hand. In der anderen Hand hält sie die Pistole. »Zieh deinen Mantel und die Handschuhe aus.«

Es ist so heiß da drin, aber er hat nicht die Absicht, sich auszuziehen. Er will sein Wasser trinken und gehen. Er nimmt einen Schluck.

Beccas Mutter ist elegant und unbeholfen zugleich: Sie trägt eine weiße Bluse und einen geraden Rock mit einem Schlitz vorn und schlürft ihren Wein; sie hat ein perfekt geschminktes Gesicht, aber sie lallt und gestikuliert mit fuchtelnden Händen. »Wie hast du es geschafft, dich in so etwas hineinziehen zu lassen?«, fragt sie.

Joey fühlt sich von Sekunde zu Sekunde unbehaglicher. Er will nicht mit ihr reden und keine ihrer Fragen beantworten. Er muss ihr die Waffe abnehmen und sich aus dem Staub machen.

»Weißt du, warum ich die hier habe?« Die Waffe sieht so groß aus in ihrer kleinen Hand. Ihr Gewicht lässt ihr Handgelenk hin und her wackeln, während die glänzenden Fingernägel ihrer anderen Hand die Oberfläche der Mittelinsel berühren. Er schüttelt den Kopf und traut sich nicht zu sprechen. Was sagt man zu jemandem, der eine geladene Waffe in der Hand hält? Sie lacht hysterisch und zielt mit der Waffe auf Joey. »Ich werde Beccas Daddy umbringen. Peng!«

KAPITEL 8

Maggie macht ein ernstes Gesicht und ihre glasigen Augen durchdringen ihn. Ihre Augen haben ein auffallendes Blau, wie die von Becca. »Weißt du, wie man eine Leiche los wird, Joey?«

Joey hat das Gefühl, dass sie ihn verspottet. Das reicht. Er rutscht vom Hocker. Es ist wirklich Zeit, zu gehen.

Sie streckt ihm ihre Handfläche entgegen. »Bleib da.« Ein hemmungsloses Lachen entweicht ihrem Mund. »Das war nur ein Scherz!« Joey kann Becca in ihren Gesichtszügen ausmachen, aber es fühlt sich so falsch an. Er kann Becca sehen, aber er kann auch jemand anderen sehen – jemanden, der gestört und unausgeglichen ist.

»Ich habe einen Plan.« Sie stößt den Lauf der Waffe an ihren Kopf. Ein wissender Blick zieht ihre Stirn in Falten.

Wie ist er hierhergekommen?

Die Türklingel geht. Maggie dreht sich um und ahmt das Geräusch nach. Sie streckt Joey ihre Handflächen entgegen. »Beweg dich nicht.«

Sie verlässt ihn. Er hat die Ellbogen auf die Mittelinsel gestützt, den Kopf in den Händen. Die Pistole ruht neben ihrem Rotweinglas. So lässig, als wäre sie eine Schale mit Oliven. Er muss hier raus. Gehen. Sofort. Nimm die Waffe mit. Er kann sie nicht bei ihr lassen. Sie wird Beccas Vater umbringen, um Himmels willen. Will sie das? Tut sie das wirklich? Er sollte sie nehmen und sich aus dem Staub machen – die Hintertür finden und abhauen. Er muss die Kontrolle übernehmen, aber er kann nicht mehr klar denken. Die Waffe in seinem Besitz zu behalten, ist keine Option. Er kann sie nicht mit nach Hause nehmen. Sie muss dorthin zurück, wo sie herkommt – zurück zu CC. Das ist das Logischste, was er machen kann. Er springt vom Hocker und will gerade nach dem hässlichen Metallstück greifen, als er das Klacken ihrer Absätze hört, die den Flur hinuntertaumeln.

»Nur Amazon«, sagt sie und wuchtet drei Kartons auf den Küchentisch. »Was hat meine Tochter denn jetzt wieder bestellt?« Maggie geht zu ihm hinüber, der Geruch von Alkohol wird noch deutlicher. Sie schubst ihn, damit er sich wieder hinsetzt und nimmt ihren Platz auf ihrem Hocker wieder ein. Sie nippt an ihrem Wein und wippt mit den Beinen hin und her. Ihre Hände sind unsicher. Sie unterschätzt ihren Schwung, als sie das Glas wieder abstellt und es knallt auf die Arbeitsfläche wie zuvor die Flasche. »Ups«, lallt sie und wischt den verschütteten Wein mit dem Ärmel ihrer weißen Bluse auf. Ein dunkelroter Fleck ziert den seidigen Stoff.

»Willst du wissen, warum ich meinen Mann umbringen werde?«

Sie plant also *tatsächlich*, Beccas Vater zu ermorden. Nein, er will nicht wissen, warum, aber er ahnt, dass er es erfahren wird. Sie klopft mit den Fingerknöcheln gegen die Mittelinsel. Joey kann nichts anderes tun, als sie anzustarren. »Hat Becca dir erzählt, dass er eine Affäre hat?«

Joey schüttelt den Kopf und murmelt: »Nein.« Das ist die Wahrheit. Becca hat noch nie etwas Negatives über ihren Vater gesagt, außer dass er ein wenig überfürsorglich ist.

Traurigkeit wirft einen Schatten auf ihr Gesicht, während eine tiefe Melancholie sie verschlingt. »Mit seiner persönlichen Assistentin. Kannst du das glauben?« Die Perlenohrringe, die zu ihrer Halskette passen, baumeln hin und her, während sie heftig den Kopf schüttelt. »Es bringt mich um.«

Joey weiß nicht, was er sagen soll.

»Nun, sie *war* seine Assistentin. So hat sie jedenfalls angefangen. Aber Jessica Samuels ist jetzt mehr als das. Sie ist die ...« Sie streckt theatralisch einen Arm aus. »COO, die Managerin für den operativen Bereich des Unternehmens. Seine rechte Hand, wie er sie nennt; ziemlich unentbehrlich.« Ihre Augen fixieren die Waffe. »Und weißt du, wie lange sie schon mehr als das ist?« Sie gibt Joey keine Chance zu antworten. »Wie lange mein Mann sie schon hinter meinem Rücken gefickt hat?« Joey weicht zurück. Maggie ist nicht der Typ für eine solche Ausdrucksweise. Nicht aus seiner Erfahrung. Bei den wenigen Gelegenheiten, bei denen er sie getroffen hat, wirkte sie immer sehr ruhig. Die Frau, die herumwirbelt und sich um die Bedürfnisse aller kümmert. Sie nimmt einen weiteren Schluck Wein. »Weißt du, was es noch schlimmer macht? Ich habe ihr vertraut. Als sie in die Firma kam, habe ich ihr alles beigebracht, was sie später gegen mich verwendet hat, um mir das Leben schwer zu machen. Ich dachte, sie wäre meine Freundin.«

Warum erzählt sie ihm das alles?

Ihre Gesichtszüge verzerren sich und lassen ihr Gesicht grausam aussehen. Sie erinnert Joey an jemanden. Er sieht Becca in ihr, aber nicht in der Hässlichkeit dieser Verzerrung. »Weißt du, wie es sich anfühlt, wenn ein Freund dich betrügt?«

Joey nickt.

»Sag es mir.«

Joey schweigt. Er traut sich nicht, zu sprechen. Sie ist so verstört, dass er Angst hat, etwas Falsches zu sagen und sie die Waffe auf ihn richtet.

Sie wiederholt sich, ihre Stimme wird fordernder. »Sag es mir.« Sie schraubt den Deckel der vollen Weinflasche ab und füllt ihr Glas nach. Sein Schweigen scheint ihr die Erinnerung an ihre Frage zu rauben. »Hat Becca dir erzählt, dass sie versuchen, mich zu zermürben? Die beiden haben vor, mich in die Klapsmühle zu stecken, damit sie zusammen abhauen können. Sie haben es geplant.«

Joey versucht trotz seines Unbehagens ruhig zu bleiben. Seine Augen huschen immer wieder von ihr zur Waffe. Kann er sie überwältigen – ihr die Waffe entreißen und sich aus dem Staub machen? Er zieht es in Erwägung, aber er sitzt zu weit weg, um sie einfach zu nehmen. Er hat Angst, dass sie es auf ihn abgesehen hat. Er fühlt sich wie ein Feigling, aber die Angst hat ihn gepackt. Joey hält sich an der Seite des Hockers fest und wartet auf den richtigen Moment, um die Situation zu entschärfen.

»Eines Abends, als sie auf einer Geschäftsreise waren, bin ich ins Büro gegangen. Geschäftsreise, solch ein Quatsch.« Joey zuckt zusammen. Sie so zu hören, klingt immer noch so falsch. »Ich fand Broschüren in seinem Büro. Er war sogar so weit gegangen, sich zu erkundigen. Er hatte sie mit Notizen über die verschiedenen Programme und deren Preise versehen. Das hat mich auch fertig gemacht.« Sie winkt abwesend mit der Waffe in seine Richtung. »Sag mal, was glaubst du, wie lange läuft ihre Affäre schon?«

Joey beißt sich auf die Lippe und starrt auf den Boden. Er weiß nicht, was er sagen und wo er hinschauen soll.

»Wie lange, Joey?« Sie legt die Waffe auf die Mittelinsel.

Er zuckt mit den Schultern. Sein Blick wandert zur Waffe. Das ist seine Chance. Er will aufstehen, als sie ihren Mittelfinger in den Abzugsbügel sticht und die Waffe immer schneller im Kreis dreht. »Über zwei Jahre.« Ihre Mundwinkel ziehen sich nach unten, sie nickt und wiederholt »Zwei ganze Jahre«, so oft, dass Joey nicht mehr weiß, wie oft. Ihr Finger dreht die Waffe weiter. Die Tränen beginnen zu fließen. »Sie hat mir meinen Job genommen. Sie hat mir meinen Mann genommen. Sie hatte das alles geplant. Mein Bruder hat es mir erzählt, verstehst du? So habe ich es herausgefunden. Zuerst habe ich ihm nicht geglaubt. Aber mein Bruder hatte recht. Alles, was ich brauchte, war der Beweis. Den habe ich bekommen. Weißt du, wie?«

Joey blickt zu ihr auf und schüttelt den Kopf. Keine Fragen mehr, bitte. Er fühlt sich in die Polizeiwache zurückversetzt, in der er kurz nach dem Tod seines Vaters gelandet war. Als die Polizei ihn über einen Raubüberfall ausfragte, an dem seine sogenannten Kumpel aus der Bande beteiligt waren, mit der er früher rumhing. Als er eigentlich zu Hause war, um sich um seine Mutter zu kümmern. Das war der Moment, in dem der Verlust der Hoffnung auf ihm lastete. Damals wurde er verraten.

Sie hört auf, die Waffe zu drehen und nimmt sie in die Hand, was Joeys Unbehagen bis hin zur Panik steigert. Tränen strömen aus ihren Augen und laufen ihr über das gerötete Gesicht, während sie mit der Waffe herumfuchtelt. »Was meinst du, was ich gefunden habe, Joey?« Sie richtet die Waffe wieder in seine Richtung.

Ist sie gesichert? Er kann es nicht sagen. Ein Wimmern entweicht seinem Mund, als er sich auf dem Hocker zurücklehnt und die Hände vor sich hält, um sich vor einer Kugel zu schützen. Er starrt von Maggie auf die Waffe. Er darf jetzt nicht sterben. Was ist mit seiner Familie? Wer wird sich um sie kümmern? »Maggie, bitte nimm die Waffe runter. Du machst mich nervös.« Er springt vom Hocker, die Hände immer noch schützend vor seinem Körper. »Wenn das Ding losgeht, kann nichts Gutes dabei herauskommen.«

Sie hört nicht zu. Ihr Weinen wird hysterisch. Es ist, als ob sie in einen Brunnen der Verzweiflung hinabsteigt und weiß, dass es keinen Ausweg gibt. »Ich wurde zu dieser verrückten, paranoiden Ehefrau, die man in Filmen sieht. Du weißt schon, die, die Taschen durchsucht, Telefongespräche belauscht und E-Mails durchstöbert. Das habe ich getan. Ich habe alles gefunden, was ich brauchte. O Gott«, jammert sie. Sie steht auf und macht zwei Schritte rückwärts. Sie sieht Joey in die Augen, setzt die Waffe ruhig an ihre Schläfe und drückt ab.

KAPITEL 9

Der Knall des Revolvers hallt in dem großen Raum wider. Der Lärm ist ohrenbetäubend. Joey schreit auf. Seine Hände versuchen, seine Ohren zu schützen, aber es geht nicht schnell genug. Das Geräusch durchdringt ihn, der Schmerz ist intensiv. Maggies Körper folgt dem Weg der Kugel, bevor sie der Schwerkraft nachgibt und auf den Boden stürzt. Für den Bruchteil einer Sekunde starrt sie Joey an, ihre Augen sind voller Verzweiflung. Aber war das, bevor sie den Abzug drückte oder danach, als sie wusste, dass sie eine große Dummheit begangen hatte? In all der Verwirrung weiß Joey es nicht. Blut bespritzt die weißen Hochglanzschränke und die Wand hinter ihr. Als hätte jemand einen Pinsel in die Hand genommen, ihn in rote Farbe getaucht und damit an die Wand geschnippt.

Er muss ihr helfen. Er eilt zu ihrer leblosen Gestalt hinüber. Doch dann hält er inne. Wie könnte er das jemals erklären? Der Polizei, Becca gegenüber? Er hat ihrer Mutter die Waffe gebracht, mit der sie sich umgebracht hat. Joey schlägt sich mit den Handflächen auf die Stirn und legt seinen Kopf in die Hände, um sich vor dem Ausmaß der Situation zu schützen, in die er sich dummerweise gebracht hat. Er wimmert. Er kann nicht mehr klar denken. Er sollte ihr einen Krankenwagen rufen. Das weiß er. Aber zuerst muss er von dort verschwinden. Was, wenn Beccas Vater nach Hause kommt und ihn dort findet? Oder Becca?

Beruhige dich, Joey. Hör auf, in Panik zu geraten. Du musst klar denken.

Aber er kann es nicht. Wer könnte das schon? Das übersteigt sein Fassungsvermögen. Sein Kopf bringt ihn um und das Klingeln in seinen Ohren vom Schuss ist hartnäckig. Das Einzige, was er weiß, ist, dass er von dort verschwinden und einen Krankenwagen rufen muss. Schnell. Ist das die richtige Entscheidung? Er weiß es nicht. Er ist in einem viel zu schlechten Zustand. Er starrt auf die Waffe. Was, wenn Dylans Fingerabdrücke noch darauf sind? Er hat sie abgewischt, aber was, wenn er sie nicht richtig gereinigt hat? Er weiß es nicht. Könnten sie das zu ihm zurückverfolgen? O Gott, er weiß einfach nicht genug über diese Dinge. Da er sich nicht traut, es zu riskieren, schnappt er sich eine Serviette vom Tisch, hebt die Waffe auf und steckt sie in seine Manteltasche. Er zittert so stark, dass er glaubt, ihm könnte schlecht werden. Nein, Joey. Dir darf nicht übel werden – keine Körperflüssigkeiten mehr, bitte. Beruhige dich. Er spricht laut. »Du wirst Folgendes tun. Du nimmst die Waffe und gehst zurück zu deinem Auto.« Die Flasche. Er kann die Wasserflasche nicht zurücklassen. Er schnappt sie sich. War da noch etwas anderes? Er schaut sich im Zimmer um, bevor er das Licht ausschaltet und den Flur hinunterläuft.

Aber an der Haustür bleibt er stehen und zögert. Was ist, wenn er beim Gehen gesehen wird? Das kann er nicht riskieren. Er huscht ins Wohnzimmer und sucht nach einem anderen Ausgang. Die Terrassentüren befinden sich an der hinteren Wand. Er rennt auf sie zu und zieht am Griff. Natürlich sind sie verschlossen. Nichts ist jemals so einfach. Er sucht nach einem Schlüssel. Eine kleine Schmuckschatulle steht auf einem gläsernen Eckschrank. Ausnahmsweise hat er Glück. Er findet einen Schlüssel und versucht, ihn ins Schloss zu stecken, aber seine zitternden Hände und die Handschuhe machen es ihm zu schwer. Er kann es nicht riskieren, die Handschuhe auszuziehen. Er hält ein paar Sekunden inne, um sich zu beruhigen, bevor er es erneut versucht. Der Schlüssel passt beim ersten Mal und er schafft es, die Tür zu öffnen.

Er tritt nach draußen, aber dann erinnert er sich. Der Rucksack. Darin wird seine DNA überall zu finden sein. Die von Dylan. Ist das wichtig? Er weiß es nicht. Er geht wieder hinein und stürmt zu dem Schrank im Flur. Er ist größer, als er dachte, mehr ein Zimmer. Er ist wahrscheinlich so groß wie das Schlafzimmer seiner Schwester. Da ist der Rucksack. Er ist oben auf einem breiten Schuhregal gelandet, das so groß ist wie er selbst. Wie viele Schuhe braucht eine dreiköpfige Familie? Er geht hinein, um ihn zu holen, bleibt aber stehen. Erschrocken hört er, wie die Haustür geöffnet wird. Becca schreit: »Mum, hast du das Geräusch gehört? Es hat sich angehört, als ob ein Gewehr abgefeuert wird!«

KAPITEL 10

Mum, wo bist du?«, ruft Becca in ihrer unbeschwerten, sorglosen Art.

Nein, nein, nein. Das kann doch nicht wahr sein. Joey kauert in der Dunkelheit hinter dem Schuhregal und presst seinen Körper an die Wand.

»Mum. Bist du da?«

Er hört, wie Beccas Tasche mit einem dumpfen Knall auf den Boden fällt. Sie geht auf den Schrank zu. Ihre Schritte kommen immer näher. Sie wird seinen Herzschlag gegen seine Brust donnern hören können, da ist er sich sicher. Ruhig; er muss ruhig bleiben. Er kann sie durch die vergitterte Seitenwand des Schuhregals sehen.

Becca hakt ihren Mantel oben an der Tür ein und reckt den Hals, als ob sie nach ihrer Mutter suchen würde. Sie kickt ihre Turnschuhe in den Schrank. Sie landen vor Joeys Füßen. Einer von ihnen stößt gegen die Spitze seines Turnschuhs. Da drinnen ist es so heiß, dass er schwitzt, als kauerte er neben einem lodernden Feuer. Er kann es nicht ertragen. Sie tritt in den Schrank. Das war's. Wie soll er ihr erklären, was passiert ist? Ihre Mutter liegt tot in der Küche und die Waffe, mit der sie getötet wurde, ist in seiner Tasche. Ein Telefon klingelt. Für den Bruchteil einer Sekunde denkt er, es sei seins. Die Panik, die ihn durchströmt, wird immer größer, bis ihm einfällt, dass er sein Telefon absichtlich zu Hause gelassen hat. Er wollte nicht, dass man ihn in dieser Gegend aufspürt.

Becca geht an ihr Telefon. »Hey, Onkel Ronny.« Sie streckt sich zum oberen Ende des Schuhregals und schnappt sich instinktiv ein Paar Hausschuhe, ohne auf das zu achten, was sie tut. Sie ist so nah bei ihm, dass er die Hand ausstrecken und sie berühren könnte. Er hält den Atem an, weil er Angst hat, sie könnte ihn atmen hören. »Sag das nochmal«, bittet sie ihren Onkel und tritt vom Schrank weg. »Ich kann dich nicht richtig hören ... Nein, tut mir leid, ich habe meine Nachrichten nicht gecheckt. Ich bin gerade erst nachhause gekommen.« Ein weiteres Tut. »Die Verbindung ist schlecht. Ich wollte eigentlich mit meinem Freund ins Kino gehen, aber wir haben es uns anders überlegt.« Joey hört einen leisen Aufprall, als die Hausschuhe auf den Boden fallen. »Ich habe an dich gedacht.« Sie lacht. »Ich habe mir bei Subway etwas geholt. Einen von diesen Mega Meat Wraps, die wir immer zusammen gegessen haben. Dann bin ich direkt nach Hause gekommen, aber ich glaube nicht, dass Mum hier ist ... Ich weiß nicht, wo sie ist. Sie muss ausgegangen sein.«

»Vielleicht ist sie oben«, sagt Becca zu ihm. »Ich schaue nach ... Nein, Dad kommt heute Abend nicht nach Hause. Er musste noch eine Nacht auf der Konferenz bleiben. Es hat etwas mit einem Kundentreffen zu tun ... Okay. Ich sage ihr Bescheid und sage ihr, sie soll dich anrufen.« Es entsteht eine Pause. »Was war das? Ich kann dich nicht richtig verstehen ... Was? Bist du da?« Das Telefon tutet abermals, bevor sie auflegt. »Mum, bist du da?«, ruft sie, während sie durch den Flur in Richtung Küche geht.

Und dann hört er es.

Der durchdringende Schrei des Mädchens, das er liebt. Er durchdringt ihn wie die Kugel Maggies Kopf. Er will ihr helfen, sie trösten, sie aus dem Schlamassel holen, an dem er mitschuldig ist. Sein Bein krampft. Er steht auf. Der Schmerz ist stark. Er muss da raus.

»Hilfe. Helft mir. Ich glaube, meine Mutter wurde angeschossen. Das glaube ich nicht. Sie hat keinen Puls ... Nein. Ich kann sie nicht allein lassen.« Beccas Stimme hallt durch den Flur. »Es ist sonst niemand im Haus. Ich weiß es nicht. Ich glaube nicht, dass es jemanden gibt. Ich werde sie nicht verlassen. Ich muss ihr helfen.«

Joey geht auf die Schranktür zu. Er muss sich aus dem Staub machen. Das dürfte seine letzte Chance sein. Was, wenn ihn jemand erkennt, wenn er zu seinem Auto zurückgeht? Er kennt sich in dieser Gegend nicht besonders gut aus, aber andere schon. Voller Panik zwingt er sich, tief durchzuatmen, während er überlegt, was er am besten tun soll. Eine Art Verkleidung, das ist es, was er braucht. Die Überwachungskameras müssen ihn auf dem Weg von seinem Auto zum Haus aufgezeichnet haben. Wenn nicht, dann auf jeden Fall die videoüberwachte Türklingel, obwohl er bezweifelt, dass man ihn mit der Maske und der Mütze als Tarnung erkennen würde. Aber es gibt immer eine Möglichkeit. Bei seinem Glück kann er es sich nicht leisten, dieses Risiko einzugehen. Er schnappt sich einen Herrenmantel von der Garderobe und ein Paar Turnschuhe vom Schuhregal, die wohl Beccas Vater gehören.

Verstohlen tritt er aus dem Schrank. Er will gerade ins Wohnzimmer rennen, als ihm an der Eingangstür etwas ins Auge sticht. Das schwarze Stück Stoff, in das die Waffe eingewickelt war. Er kann es nicht dort liegen lassen. Auf

Zehenspitzen hebt er es auf und stopft es zusammen mit der Waffe in seine Tasche. Beccas Verzweiflung quält ihn. »Hier ist überall Blut. Wie lange dauert es, bis ein Krankenwagen kommt? Nein, ich kann sie nicht allein lassen. Das werde ich nicht. Ich werde es nicht tun.«

Sie müssen denken, dass der Schütze noch im Haus ist. Er muss da raus. Schnell.

Becca fährt hysterisch fort: »Ich kann nicht so lange warten. Ihr müsst mir helfen.«

Das ist die Hölle auf Erden. Er späht um die Wand des Flurs herum in Richtung Küche, wo sie das Licht eingeschaltet hat. Er kann sehen, wie sie neben ihrer Mutter kniet und ihr Telefon zwischen Schulter und Ohr klemmt. Wird er ihre Aufmerksamkeit erregen, wenn er zum Wohnzimmer hinübergeht? Sicherlich ist sie zu sehr damit beschäftigt, sich um ihre tote Mutter zu kümmern. Er kann es sich nicht leisten, noch länger zu warten. Der Krankenwagen wird jeden Moment eintreffen, ebenso wie die Polizei. Er atmet tief durch und flitzt durch den Flur ins Wohnzimmer, wo er leise die Terrassentür öffnet und in die kalte Luft schlüpft.

Da er keine Sekunde verlieren will, zieht er die Turnschuhe an, die mindestens eine Nummer zu groß für ihn sind, und steckt seine eigenen in den Rucksack. Er ist hektisch, aber er bekommt es gerade noch so hin. Schnell zieht er den Mantel, einen Kapuzenparka, über seinen Mantel, schließt den Reißverschluss und schiebt den Rucksack nach vorn. Aus seiner Gesäßtasche holt er seine schwarze Maske, setzt sie auf und zieht die Kapuze des Parkas hoch.

Währenddessen begutachtet er den Garten und wägt seine Möglichkeiten ab. Ein gefliester Weg führt zu einem

Hintertor. Ist das seine beste Möglichkeit? Er weiß es nicht. Vielleicht wären das Seitentor und der Weg über die Vorderseite die bessere Wahl? So weiß er wenigstens, wohin er geht. Er schimpft mit sich selbst. Das ist keine gute Idee. Das ist nicht der richtige Zeitpunkt. Er könnte auf den Krankenwagen treffen. Die Polizei wird auch auf dem Weg sein.

Er nimmt den gefliesten Weg zum Tor. Das Tor lässt sich nicht öffnen. Er hantiert mit dem eingefrorenen Riegel und hebt das Tor mit dem Fuß an, um es zu lösen. Zum Glück dauert es nicht lange und er kann endlich zu seinem Auto zurückkehren.

Aber er ist nicht frei.

Das wird er nie sein.

Der Anblick von Beccas Mutter, die den Abzug drückte und auf dem Boden zusammenbrach, und Beccas durchdringende Schreie werden ihn für den Rest seines Lebens verfolgen.

Das Tor führt auf einen schmalen Fußweg. Er kann nicht verhindern, dass sein Körper zittert. Er hält inne, um alles Revue passieren zu lassen, lehnt sich mit dem Rücken an den Zaun und schaut in den Himmel. Der Schnee fällt. Was hat er nur getan? Er atmet tief durch, um sich zu beruhigen, bevor er sich auf den Weg macht.

Joey nimmt nicht denselben Weg zu seinem Auto zurück, den er vorhin genommen hat. Er hat beschlossen, im Kreis zu gehen, worüber er jetzt froh ist. Er beginnt zu laufen und sagt sich ständig, dass er langsamer gehen soll. Die Menschen laufen nicht so schnell. Oder doch? Würden sie bei so einem kalten Wetter nicht versuchen, so schnell wie möglich an ihr Ziel zu kommen? Jemand, der sich ihm nähert, ruft ihm etwas zu. Was zum Teufel?

Rufen sie ihn? Er dreht sich in die entgegengesetzte Richtung und ist gewillt, weiterzugehen. Geh einfach weiter, Joey. Geh einfach weiter. Er läuft an ein paar weiteren Menschen vorbei, aber sein Blick bleibt auf den Boden gerichtet und er ist dankbar für den Schnee.

Als Joey die Straße erreicht, die zwei Meter von der Stelle entfernt ist, an der er sein Auto geparkt hat, sucht er nach Überwachungskameras. Als er keine entdecken kann, schlüpft er in eine Gasse, wo er stehen bleibt, um seine Turnschuhe wieder anzuziehen und den Parka abzulegen. Die Turnschuhe versteckt er in dem Parka, den er zusammenrollt und unter den Arm klemmt.

Zurück in seinem Auto sitzt er eine Minute lang regungslos und versucht, das Ausmaß der Ereignisse der letzten Stunde zu verarbeiten. Der Parka und die Turnschuhe von Beccas Vater sowie der Rucksack liegen auf dem Beifahrersitz. Er nimmt die Pistole aus seiner Manteltasche und versucht, sie in die Tasche des Parkas zu schieben, aber es passt nicht. Er fischt eine Mütze und ein Paar Handschuhe heraus. Sie müssen auch von Beccas Vater sein. Er steckt sie zurück und versucht es in der anderen Tasche. Abgesehen von einem gebrauchten Taschentuch ist sie leer. Joey steckt die Waffe hinein. Er atmet schnell und flach, seine Gedanken überschlagen sich. Er muss das loswerden. Aber wie? Und wo? Ein Fluss. Er könnte die Taschen mit Steinen füllen und sie in den Kanal werfen. Werden sie sinken? Er hat keine Ahnung. Was ist mit den Turnschuhen? Vielleicht kann er sie verbrennen. Aber wo? Er weiß es einfach nicht. Das sind Fragen, von denen er nie gedacht hätte, dass er sie einmal beantworten müsste.

Er will nach Hause. Aber er weiß, dass er nicht sofort dorthin kann. Er muss sich erst einmal beruhigen. Seine

Mutter wird merken, dass etwas nicht stimmt. Er kann nicht klar denken. Beccas Schreie, die in einer Schleife in seinem Kopf herumschwirren, verhindern das. Genauso wie das Gespräch, das er mit Maggie führte, bevor sie die Waffe auf sich selbst richtete, oder das Bild der blutverschmierten Wände und der Ausdruck auf ihrem Gesicht, kurz bevor die Kugel ihren Schädel durchschlug. War es ein Blick des Bedauerns? Kummer? Erleichterung? Sie hatte vor, die Waffe auf ihren Mann zu richten. Hat Joey das richtig verstanden? Sie wollte ihren Mann ermorden. Was hat sie dazu gebracht, ihre Meinung zu ändern? So viele Fragen, auf die er keine Antwort hat.

Beccas Vater, Alan, schien immer ein guter Mensch zu sein. Joey hat ihn nur ein paar Mal getroffen. Wenn er Becca manchmal zum Supermarkt brachte und bei der Feier des Hochzeitstags, die sie letztes Jahr in ihrem alten Haus veranstaltet haben. Das war das erste Mal, dass Joey sich länger mit ihm unterhalten hat, hauptsächlich über Fußball. Becca hat schon früher erwähnt, dass sie glaubt, dass ihre Eltern ein paar Probleme haben. Sie hatten sich oft gestritten, aber nie angedeutet, was der Grund dafür ist. Weiß sie, dass ihr Vater sich hinter dem Rücken ihrer Mutter mit seiner Assistentin trifft? Alan scheint nicht der Typ dafür zu sein.

Der Mantel, die Turnschuhe und der Rucksack auf dem Beifahrersitz erinnern ihn an den Schlamassel, in dem er steckt. Sie stacheln ihn an. Es ist, als könnten sie sprechen. »Schau, was du getan hast, Joey Clarke. Du hast einen Menschen in Not zurückgelassen. Was für ein Mensch bist du?« Er hätte ehrlich sein und bleiben sollen, um Becca zu helfen. Was ist nur los mit ihm? Er hat nicht nur eine tote Frau zurückgelassen, sondern auch

Becca, die Frau, in die er sich verliebt hat, um damit fertig zu werden.

Ohne Vorwarnung übermannt ihn das Bedauern. Er sitzt da und schluchzt. Er kann sich nicht beherrschen. Das ist untypisch für ihn. Joey weint nicht so schnell. Sogar nach dem Tod seines Vaters hat er seine Trauer seiner Familie zuliebe zurückgehalten. Es dauerte Monate, bis er eine Träne vergoss und das war auf der Polizeiwache, als er seine Unschuld für ein Verbrechen beteuerte, das er nicht begangen hatte.

Er schnappt sich die Covid-Maske aus der Autotür und wischt sich die Tränen und den Rotz aus dem Gesicht. Er muss sich beruhigen und sich einen Plan ausdenken. Wenn er in Panik gerät, wird er sein Leben wirklich vermasseln. Die Waffe. Er muss die Waffe loswerden. Das muss doch Priorität haben, oder? Dann kann er sich überlegen, was er mit dem Mantel, den Turnschuhen und dem Rucksack macht. Sie sind größer und sperriger und werden schwieriger loszuwerden sein.

Er lässt den Motor an und manövriert aus der Parklücke. *Die Waffe. Was mache ich mit der Waffe? Ist der Kanal eine gute Idee?,* denkt er. Ein neun Meilen langes Gewässer mit mehreren Einstiegspunkten, von denen aus er den Treidelpfad nehmen könnte. Er musste es jetzt tun. Es wäre zu riskant, die Waffe tagsüber zu entsorgen. Aber die Kanäle sind nach Einbruch der Dunkelheit kein sicherer Ort und obwohl es nicht die tiefste Stunde der Nacht ist, weiß er aus seinen rebellischen Tagen, dass es dort Drogen und Gewalt gibt. Die Gang, mit der er früher abhing, traf sich oft dort unten. *Nein. Bleib ruhig, Joey. Bleib ruhig. Das muss geplant werden*, sagt er zu sich selbst. Wenn er überstürzt handelt, wird er erwischt. Was wird dann mit seiner Familie passieren?

Ein Krankenwagen mit Blaulicht rast an ihm vorbei. Ist er auf dem Weg zu Beccas Haus? Nein, das kann nicht sein. In einem solchen Notfall wären sie schneller da gewesen. Aber vielleicht konnten sie es nicht. Er hat von den Schwierigkeiten gehört, mit denen der Rettungsdienst seit Covid zu kämpfen hat. Der Mann der Freundin seiner Mutter hatte einen Herzinfarkt und sie mussten eine Stunde und zwanzig Minuten auf einen Krankenwagen warten. Musste Becca diese ganze Zeit allein mit ihrer toten Mutter ausharren? Der Gedanke, dass sie neben ihrer Mutter hockt, ist unerträglich. Es bringt ihn dazu, die Waffe auf sich selbst zu richten. Er biegt nach links in eine Seitenstraße ab und versucht, eine Lücke zu finden, aber die Autos stehen auf beiden Seiten der Straße Stoßstange an Stoßstange. Er kann nicht länger warten. Er tritt auf die Bremse, tastet nach dem Griff, um die Tür zu öffnen und übergibt sich auf die Straße.

KAPITEL 11

Hetty wartet auf Joey, als er nach Hause kommt. Er schubst sie weg. Sie bleibt stehen, mit einem ungläubigen Blick auf ihrem süßen, kleinen Gesicht. Er beugt sich zu ihr herunter und nimmt sie in den Arm. »Tut mir leid, Hetty.« Er streichelt sie. »Es tut mir so leid.« Aus dem Wohnzimmer dringen Stimmen, die sich gegen *Dua Lipa* aus Megans Schlafzimmer absetzen. Der Geruch von chinesischem Essen hängt in der Luft. Seine Mum kocht nie Chinesisch. Er hofft, dass sie das Geld, das er ihr gegeben hat, nicht für einen Imbiss hinausgeworfen hat.

Seine Mutter kommt herausgeputzt in den Hausflur. Ihre neuen Jeans – ein Weihnachtsgeschenk ihrer Kinder, das Joey mit seiner Kreditkarte gekauft hat – und ein pinkfarbenes Oberteil sowie dezent aufgetragenes Rouge und Lippenstift lassen sie so gut aussehen, wie er sie schon lange nicht mehr gesehen hat. Plötzlich erinnert er sich daran, dass er versprochen hatte, auf die Kinder aufzupassen, während sie mit Ade ausgehen wollte.

»Wo warst du?«, fragt sie.

»Tut mir leid«, antwortet Joey. Ein Satz, den er in letzter Zeit zu oft benutzt hat.

»Ich wollte eigentlich ausgehen. Du hast gesagt, du würdest bei den Kindern bleiben.«

Er lässt Hetty aus seinen Armen und steht auf. »Ich weiß. Ich habe es vergessen. Es tut mir so leid, Mum.« Da ist es schon wieder. Ist Entschuldigen nicht das schwerste, was man tun kann?

»Es ist in Ordnung. Wir haben unsere Pläne geändert. Komm und lerne Ade kennen.« Sie packt den Ärmel seines Mantels. »Ich wollte die Kinder nicht allein lassen, also ist er zum Chinesen gefahren und hat uns Essen geholt. Es ist genug für dich da.«

Ein Gefühl des Schreckens überkommt ihn. Es könnte keinen schlechteren Zeitpunkt geben, um den neuen Freund seiner Mutter zu treffen. Er will einfach nur den Plan ausführen, den er auf der Heimfahrt ausgeheckt hat. Er will die Waffe unter dem Vorwand auf den Dachboden bringen, dass er eine Kiste mit den Sachen seines Vaters durchsehen will, die ihm aufgefallen ist, als er dort oben den Heizstrahler geholt hat. Joey will keinen Small Talk führen, während er einen Teller mit Singapur-Nudeln und knusprigem Chili-Rindfleisch hinunterwürgt. Aber er hat keine andere Wahl. Es würde nicht gut aussehen, wenn er ihren neuen Freund ignorieren würde. »Komm, komm«, fordert sie und zerrt an seinem Arm.

Als sie ins Wohnzimmer kommen, steht Ade vom Esstisch auf. Seine Mutter stellt sie vor und lächelt nervös. Ade nickt Joey zu. »Freut mich, dich kennenzulernen. Deine Mutter hat mir schon viel von dir erzählt.« Er ist groß, unrasiert und hat asymmetrische Augen, was Joey verunsichert. Dylan sitzt am Tisch neben Ade. Er starrt Joey an, als wolle er ihm etwas sagen.

»Setz dich, setz dich, Schatz«, fordert seine Mutter ihn auf. »Zieh deinen Mantel aus.«

Joey schüttelt sie ab. Seinen Mantel muss er angezogen lassen. »Es ist in Ordnung. Ich gehe nur kurz auf die Toilette und komme dann gleich wieder runter. Hat mich sehr gefreut, Ade«, murmelt er, bevor er sich zur Tür dreht.

»Joey«, ruft seine Mutter mit Enttäuschung in ihrem Tonfall.

»Ich bin gleich wieder da«, verspricht er mit einer gezwungenen Leichtigkeit in der Stimme, bevor er die Treppe zu seinem Schlafzimmer nimmt, wo er die Tür schließt und sich auf den Boden fallen lässt. In seinem sicheren Raum übernehmen seine Gefühle die Oberhand. Sein ganzer Körper zittert. Er drückt seine Knie an die Brust und atmet tief durch. Er hätte CCs Lieferungen nicht übernehmen dürfen. Er hätte den Anruf am Sonntagabend niemals annehmen dürfen.

Joey bleibt nicht lange so. Schnelles Handeln ist das Gebot der Stunde. Er steht auf und geht im Raum umher, um einen neuen Plan auszuhecken. Er holt die Waffe aus seiner Manteltasche und wickelt sie aus der Serviette aus. Ihre Metalloberfläche glänzt im Mondlicht. Er hat sie vorhin kurz abgewischt. Nachdem er sich übergeben hatte, hielt er an einer Autowerkstatt an und kaufte ein paar Zigaretten. Er wusste, dass er das nicht tun sollte. Eine solche unnötige Ausgabe, aber er konnte sich nicht beruhigen. Dann gelang es ihm, einen Parkplatz in der angrenzenden Straße zu finden. Dort rauchte er zwei Zigaretten, während er mit den Handschuhen, die er in der Tasche des Parkas gefunden hatte, das Blut von Beccas Mutter von der Waffe wischte. Er wird sie später richtig reinigen. Für den Moment wickelt er sie in ein Handtuch, das er auf dem Boden findet, und schiebt sie unter das unterste Laken, unter sein Kopfkissen.

Ruhig geht er ins Bad und stützt sich am Waschbecken ab. Er schaut in den Spiegel, aber nicht lange. Der Anblick ist zu hässlich. Er dreht den Wasserhahn auf und spritzt sich kaltes Wasser ins Gesicht. Dann putzt er sich die Zähne, um den bitteren Geschmack des Erbrochenen loszuwerden.

★ ★ ★

Als er ins Wohnzimmer zurückkehrt, erwartet ihn ein großer Teller mit chinesischem Essen. Es ist ein Festmahl, ein Bankett, verglichen mit dem üblichen einzigen Gericht für jeden, das sie bei den seltenen Gelegenheiten essen, bei denen sie etwas bestellen. Ade versucht, sie zu beeindrucken. Er muss sie wirklich mögen. Sie sieht gepflegt gekleidet aus. Er ist traurig, aber auch froh. Traurig, dass es nicht sein Vater ist, für den sie sich herausputzt, aber froh, dass sie endlich wieder ein Leben hat. Es war eine lange, lange Zeit.

Joey begutachtet die angebotenen Reste. Wenn er nur eine kleine Portion isst, reicht es, damit sie morgen Abend alle satt werden.

»Wo warst du?«, will seine Mutter wissen, während sie ihm noch mehr gebratenen Reis auf den Teller tut.

»Ich bin in den Pub gegangen. Ich habe die Zeit aus den Augen verloren. Tut mir leid.« Er bedeckt seinen Teller. »Für mich nichts mehr.«

Seine Mutter beäugt ihn misstrauisch. Lügen war noch nie seine Stärke. Für sie ist er so durchsichtig wie Reispapier, wenn es darum geht, Lügen zu erkennen. Sie durchschaut ihn sofort. Als Kind hat er einmal eine Krankheit vorgetäuscht, weil er einen Tag schulfrei haben wollte. Sein Vater durchschaute ihn auch, und Joey sagte nie wieder etwas.

Seine Mutter wirft ihm einen Blick zu. Der Blick, der ihm sagt, dass sie dieses Gespräch ein anderes Mal fortsetzen können. Für den Moment möchte sie, dass alles glatt läuft.

Und es läuft reibungslos. Zeitweise. Ade scheint ein anständiger Mensch zu sein. Er hält Joey eine Weinflasche hin. »Möchtest du ein Glas?«

Joey muss sich entspannen. Seine Nerven sind zum Zerreißen gespannt. Aber er muss einen klaren Kopf bewahren. Der Wein bringt ihn zum Reden. »Für mich nicht, danke.«

»Sieh mal, Joey«, meint Megan und füllt ihr Glas aus einer großen Flasche mit Cola nach. Ihre Mutter kauft nie Cola. Sie verabscheut das Zeug. Es würde die Zähne verfaulen und den Blutzucker durcheinanderbringen. Megan lächelt auf ihr Glas Cola, den heiligen Gral der Getränke in ihrer Welt. »Ade hat es für uns besorgt.«

»Kann ich dir stattdessen ein Glas davon einschenken?«, erkundigt sich Ade. Joey nimmt es an. Vielleicht beruhigt es seinen Magen. Wem möchte er etwas vormachen? Nichts wird seinen Magen beruhigen, bevor er nicht das Durcheinander beseitigt hat, das ihn verrückt macht.

»In welcher Kneipe warst du?«, fragt Ade.

»Im *Coach and Horses*.«

»Die kenne ich.«

Joey nimmt ein Stück Krabbenbrot und legt es auf seine Zunge. »Schmeckt gut«, murmelt er. »Woher hast du das? Aus dem *Flame Wok* oder dem *Noodle House*?«

»Dem *Flame Wok*«, antwortet seine Mutter. »Deren Nudeln sind viel besser. Das Krabbenbrot auch.«

Der Telefonanruf

Joey lenkt das Gespräch auf Dinge, die es ihm erlauben, wenigstens ein paar Bissen zu sich zu nehmen und versucht, Dylans beunruhigende Blicke zu ignorieren. Was ist nur los mit ihm? »Was machst du beruflich, Ade?«, fragt Joey.

Ade richtet seinen Blick auf Joey und sagt: »Ich bin bei der Polizei. Ich bin Detective.«

KAPITEL 12

Joey hört auf zu kauen. Der Geschmack des Chili-Rindfleischs ist eklig geworden. Es ist schwer zu schlucken. »Das muss eine interessante Arbeit sein«, sind die Worte, die er findet. Als ob der Mann, der ihm gegenübersitzt, durch ihn hindurch bis zur Decke und zur Waffe unter seinem Kopfkissen sehen könnte.

»Es hat seine Momente.«

Joey rutscht auf seinem Stuhl hin und her. Die Hitze schießt durch ihn hindurch. Bald wird sie seine Wangen erreichen und ihn verraten. Ein Mann mit Ades Beruf muss in der Lage sein, die Zeichen zu lesen. Oder treibt die Scham über seine Taten seine Paranoia in die Höhe? Er schlüpft aus seinem Kapuzenpullover und ist erleichtert, als Dylan von ihm ablenkt, indem er fragt: »Hast du schon mal einen toten Körper gesehen, Ade?«

Ade lächelt liebevoll. »Einige.« Er reibt sich seine Stoppeln.

»Erzähl uns von ihnen«, fordert Dylan enthusiastisch. Wenn er groß ist, will er Gerichtsmediziner werden, hat er der Familie letztes Jahr erzählt, nachdem sie *Silent Witness* geschaut hatten.

Joey möchte nicht zuhören. Wie kann jemand diesen Job für seinen Lebensunterhalt ausüben? Er hat heute Nacht seinen ersten toten Körper gesehen und das reicht für eine Ewigkeit.

»Ich kann nicht«, antwortet Ade.

Dylan bleibt hartnäckig. »Warum nicht?«

»Das wäre höchst unprofessionell von mir.«

»Was machst du den ganzen Tag?« Dylan schiebt sich eine Frühlingsrolle in den Mund.

»Nun, weißt du, wir ermitteln bei schweren Verbrechen wie Überfällen, Raubüberfällen und Einbrüchen. So etwas in der Art. Wir verhaften und befragen die Leute, aber es ist nicht so, wie es im Fernsehen dargestellt wird.« Er lächelt. »Meistens geht es um Geduld und Papierkram. Es gibt viel, viel Papierkram. Mehr als du dir je vorstellen kannst.«

Dylan klopft mit seinen Stäbchen gegen seine Schüssel. Er sieht enttäuscht aus, dass Ade seinen Beruf offensichtlich herunterspielt und ihn weniger glamourös darstellt, als Dylan es sich vorstellt. »Erzähl uns von dem schrecklichsten Fall, an dem du je gearbeitet hast.«

»Dylan, sei jetzt still«, befiehlt ihre Mutter. »Und klopf nicht so mit deinen Stäbchen. Das ist unhöflich.«

«Warum ist es unhöflich?«, wundert sich Ade.

»Das ist die Art, wie Obdachlose in China um Essen betteln und wird in Restaurants als Zeichen der Respektlosigkeit angesehen.«

Ade nickt mit dem Kopf. »Man lernt jeden Tag etwas Neues.«

Dylan wiederholt seine Bitte. »Mach weiter. Erzähl uns deinen schlimmsten Fall.«

»Dylan, ich sagte, es reicht.«

Ade berührt die Hand ihrer Mutter und lächelt, die neugierige Art eines unschuldigen Kindes scheint ihn zu amüsieren.

Joey legt seine Stäbchen über den Rand seiner Schüssel. Er kann nicht einmal vorgeben, als würde er das genießen. Alles, was er vor Augen hat, ist Maggies Blut und Partikel ihres Gehirns in jedem Bissen des knusprigen Chili-Rindfleischs.

»Du hast kaum etwas gegessen. Was ist in letzter Zeit mit dir los?«, will seine Mutter wissen.

»Ich bin nur etwas müde, das ist alles.« Joey steht auf, sammelt die Teller ein und stapelt sie. »Es war ein anstrengender Tag. Ich gehe jetzt duschen.« Er muss weg von dort. Weg von dem Detective, der ihn ansieht, als wäre er ein weiterer schuldiger Krimineller.

»Wir haben dein Lieblingseis im Gefrierschrank«, verkündet seine Mutter. *Wir?* »Ade hat es mitgebracht, als er die Sachen beim Chinesen geholt hat.« Sie lässt es klingen, als wären die beiden schon ein Ehepaar.

»Alles in Ordnung. Heb mir was für morgen auf.« Joey sieht Dylan an und nickt in Richtung Küche. »Du bist mit dem Spülen dran. Ich werde abtrocknen.« Er wartet nicht darauf, dass sein Bruder widerspricht. Er lächelt Ade an und sagt: »Schön, dich kennengelernt zu haben. Danke für das Abendessen. Es war köstlich, ein echter Genuss.« Dann verlässt er den Tisch, um das schmutzige Geschirr in die Küche zu bringen.

Dylan folgt ihm. »Was ist passiert? Wo hast du die Waffe hingelegt?«

Joey wirft ihm einen entsetzten Blick zu. »Sei still.«

»Sie können uns nicht hören«, mault Dylan.

»Du bist lauter, als du denkst. Ich will nicht darüber reden. Es ist erledigt. Geschichte. Vorbei. Komm schon, Kumpel. Wir müssen weitermachen.«

★ ★ ★

Joey liegt im Bett, die Waffe unter seinem Kopf. Er muss den Rat beherzigen, den er seinem Bruder vorhin gegeben hat: Weitermachen. Sein Kopf fühlt sich an, als würde er explodieren, trotz der Ibuprofen, die er vor der Dusche genommen hat. Explodieren, wie die Kugel in Maggies Kopf. Er will die Waffe auf den Dachboden bringen, zusammen mit dem Parka und den Turnschuhen von Beccas Vater und dem Rucksack, den er in den Kofferraum des Autos gelegt hat, aber Ade ist noch unten. Wenn er versucht, das alles um diese Zeit auf den Dachboden zu bringen, wird sich seine Mutter fragen, was er da eigentlich vorhat. Dann ist da noch Dylan. Joey kann momentan keine Fragestunde ertragen. Außerdem, wie soll er erklären, dass er den Mantel, die Turnschuhe und den Rucksack aus dem Auto holen will? Das sind nicht gerade Dinge, die er in seine Manteltasche stecken kann.

Sein Telefon vibriert auf seiner Brust. SMS von CC fluten sein Display und fragen ihn, ob die Übergabe gut gelaufen ist. Joey bringt es nicht über sich zu antworten. Auf die letzte SMS folgt ein verpasster Anruf. Joey hört die Mailbox ab, während er auf seinen Daumennagel beißt. CCs Tonfall ist fordernd und befiehlt Joey, ihn sofort anzurufen.

Geschnatter und Gelächter dringen aus dem Wohnzimmer nach oben. Es ist schon halb elf. Normalerweise schafft es seine Mutter kaum bis neun, ohne einzuschlafen. Es ist, als ob Ade sie mit Dosen von Red Bull gefüttert hätte. Das gleiche traurige, aber auch freudige Gefühl wie vorhin zieht wie eine graue Wolke über ihn hinweg. Warum kann Ade jetzt nicht gehen? Er war lange genug bei ihnen. Joey zieht eine Grimasse bei seinen Gedanken. Er ist ungerecht.

Dylans Stimme dringt aus der unteren Koje nach oben. »Bist du wach, Joey?«

Joey ignoriert ihn und versucht zu schlafen. Aber er kann nicht. Die Bilder von Maggie gehen ihm nicht aus dem Kopf. Es ist schon nach Mitternacht, als Ade geht. Er hört ihr entferntes Gemurmel an der Haustür, als sie sich verabschieden. Mit den Händen hält er sich die Ohren zu.

Nachdem er sein Telefon ausgeschaltet hat, drehen sich seine Gedanken um mehr als die Ereignisse der letzten Tage in seinem Leben. Das Summen in seinen Ohren von dem Schuss ist nicht hilfreich; das ständige Geräusch, das ihn an seine Sünden erinnert. Er kann nicht aufhören, an Becca zu denken. Er möchte sie unbedingt anrufen, aber er traut sich nicht. Joey will auch Dylan nicht erzählen, was passiert ist. Er steht auf, um eine weitere Dosis Ibuprofen zu nehmen, stellt aber fest, dass sein üblicher Vorrat in der obersten Schublade aufgebraucht ist. Wie konnte das so schnell passieren? Er wirft sich seinen Morgenmantel über und schleicht die Treppe hinunter, aber der Gedanke, dass Dylan die Waffe wiederfinden könnte, lässt ihn in Panik verfallen. Er kehrt in ihr Zimmer zurück, klettert leise in seine Koje und steckt die Waffe und sein Handy in seine Taschen.

Im Haus ist es so kalt, als hätte jemand gestern die Fenster geöffnet und vergessen, sie zu schließen, bevor er ins Bett ging. In der Küche empfängt ihn Hetty. Joey geht in die Hocke und streichelt ihren Rücken. Seine Stimme zittert. »Was habe ich getan, Hetty?« Sie reibt ihren Kopf an seinem nackten Bein und schaut ihn dabei so liebevoll an, als wolle sie sagen, dass es ihr egal ist. Der Geruch von übrig gebliebenem chinesischem Essen verdreifacht das Unbehagen in seinem Magen. Er würde das Fenster öffnen, wenn es nicht so kalt wäre. Er füllt ein Glas mit Wasser und kramt dann in der Schublade mit dem Krimskrams nach den Schmerztabletten seiner Mutter. Er wirft zwei ein, trinkt das Wasser und schaut aus dem Fenster in den Garten. Sein Spiegelbild starrt ihn an, während er an die Sachen von Beccas Vater im Kofferraum seines Autos denkt. Er wirft einen Blick auf die Küchenuhr. Es ist fast eins. Die Nachbarn könnten noch wach sein. Sie könnten ihn sehen. Er muss eine Weile warten.

Er setzt den Kessel auf und geht zum Kühlschrank, um Milch zu holen, aber als er die Packung anhebt, merkt er, dass nicht mehr viel drin ist. Seine Mutter wird diesen Rest für ihren Tee am Morgen benötigen. Er schimpft mit sich selbst, weil er nicht früher welche gekauft hat. Er stellt die Packung wieder in den Kühlschrank und gibt einen zusätzlichen Löffel Zucker in seine Tasse.

Im Wohnzimmer lässt er sich auf dem Sofa nieder und sucht nach der Fernbedienung, die er zwischen den beiden mittleren Kissen eingeklemmt findet. Er schaltet den Fernseher ein und stellt die Lautstärke herunter. Er legt sich auf das Sofa. Die Waffe gräbt sich in seine Seite und lässt ihn nicht vergessen, wie sie dort hingekommen ist. Hetty liegt neben ihm auf dem Boden, den Kopf auf ihre Vorderpfoten gestützt. Er holt sein Handy aus der Tasche seines Morgenmantels und scrollt durch seine Nachrichten. CC scheint den Wink verstanden zu haben. Er legt das Telefon auf seine Brust und zappt durch die Fernsehkanäle, sieht sich aber nichts an. Das Telefon klingelt. Es ist Becca. Sein Herz klopft. Er kann es nicht ertragen, mit ihr zu sprechen. Eine SMS mit einer neuen Sprachnachricht kommt an. Er wählt den Anrufbeantworter und hört zu, wie sie schluchzend erzählt, dass jemand ihre Mutter erschossen hat.

KAPITEL 13

MITTWOCH

Joey fragt sich, wo sie ist. Er weiß nicht, wie diese Dinge funktionieren. Ist sie mit dem Körper ihrer Mutter in einer Leichenhalle? Oder bei einem Freund? Wo würde sie hingehen? Was ist mit ihrem Vater? Er fühlt sich, als hätte man ihm in den Bauch getreten; der Schmerz ist stark. Derselbe Schmerz, der ihn nach dem Tod seines Vaters monatelang geplagt hat. Hilflosigkeit. Leere. Taubheit.

Er möchte sie anrufen, sie trösten, ihr sagen, dass alles gut wird, aber wie kann er das? Selbst er ist schlau genug, um zu wissen, dass nichts jemals wieder so sein wird wie vorher. Weder für sie noch für ihn. Wie könnte das auch funktionieren?

Er bleibt bis kurz vor sieben auf dem Sofa liegen und hat immer wieder lebhafte Albträume, in denen Maggie vorkommt. Im letzten Traum ergreift er die Waffe und erschießt sie. Ihr Körper knallt gegen die Küchenwand und fällt wie eine Stoffpuppe auf den kalten Küchenboden. Ein entsetzter Schrei weckt ihn auf. Kurzzeitig erscheint es ihm so real, dass ihm schwindelig wird. Es ist, als stünde er auf dem Dach eines hohen Gebäudes und würde am Rande des Abgrunds schwanken. Er setzt sich kerzengerade auf, als er ein Klopfen an der Haustür hört.

Wer zum Teufel ist das? Die Vorstellung, die Tür zu öffnen und von der Polizei über Maggie befragt zu werden, blitzt vor seinen Augen auf. Wie haben sie das herausgefunden? Er springt vom Sofa auf. Er muss vor seiner Mutter an der Tür sein. Wenn sie die Polizei sieht, wird sie einen ihrer Anfälle bekommen. Er will diesen Schlamassel in Ordnung bringen. Seine Familie muss da nicht hineingezogen werden. *Bleib ruhig, Joey. Bleib ruhig. Sie werden merken, dass du lügst*, sagt er sich. Er rennt zur Tür und stellt sich der Polizei, aber er bleibt stehen. Die Waffe ist in seiner Tasche. Er kann der Polizei nicht mit einer blutverschmierten Waffe in der Tasche die Tür öffnen. Er sucht das Wohnzimmer ab und rennt zurück zum Sofa, um die Waffe darunter zu verstecken, als sie erneut an die Tür klopfen.

Sie wollen ihn.

Er ist erledigt.

Joey rennt aus dem Zimmer zu seiner Mutter, die oben auf der Treppe schreit: »Da ist jemand an der Tür.« Er blickt auf und sieht, wie sie die Treppe hinuntereilt, die Arme um ihren Körper geschlungen. »Wer ist es?«

»Ich mache das. Du gehst zurück ins Bett.« Sein ganzer Körper zittert, als er die Eingangstür aufreißt und darauf wartet, dass ihm Handschellen angelegt werden.

»Ich dachte schon, du würdest gar nicht mehr öffnen.« Pat, der Klempner, kommt mit einem viel zu breiten Lächeln für diese frühe Stunde herein und klopft Joey auf die Schulter. »Schön, dich zu sehen, Kumpel. Es ist schon eine Weile her. Wie geht's dir?«

Joeys Stresspegel sinkt. »Ich freue mich auch, dich zu sehen. Ich habe ganz vergessen, dass du kommst.« Er schließt die Tür.

»Ich sagte doch, ich komme zeitig!« Pat stellt seine Werkzeugtasche auf dem Boden ab und reibt sich die Hände. »Ziemlich kalt hier drin! Ein Problem mit der Heizung nehme ich an.« Er hat ein nervöses Zucken, das seinen Kopf zum Wackeln bringt, wenn er spricht.

»Das kannst du laut sagen. Zuerst gab es kein warmes Wasser und jetzt ist die Heizung komplett ausgefallen.«

Pat ist klein wie ein Kobold und sieht aus, als sollte er noch zur Schule gehen und nicht sein eigenes erfolgreiches Klempnerunternehmen führen. Joey sieht ihn oft auf TikTok. Mit seinen verrückten Videos, in denen er Opernlieder singt und Tipps gibt, wie man am besten verstopfte Toiletten reinigt und undichte Wasserhähne repariert, hat er sich eine große Fangemeinde erarbeitet. Er hat große Ohren, für die er in der Schule gehänselt wurde, aber jetzt macht er sich in seinen Videos über sie lustig. »Wo ist euer Boiler?«

Die Erwartung der Polizei und der Anblick des Klempners haben Joey verwirrt. Er nickt in Richtung der Treppe. »Oben im Bad auf der rechten Seite. Er macht ein seltsames, dröhnendes Geräusch. Komm mit mir. Ich zeige es dir.«

Pat folgt Joey die Treppe hinauf ins Badezimmer. »Er ist hier drin.« Joey öffnet den Schrank und bringt den Heizkessel zum Vorschein.

»Ich sag' dir was. Setz heißes Wasser auf und ich werde herausfinden, was los ist.«

»Wir haben keine Milch mehr. Ich muss mal für fünf Minuten raus.«

»Milch und zwei Stück Zucker. So braun wie deine Oma ihn wollte.«

Joey rennt die Treppe hinunter, sein Herz rast wieder. Er muss die Waffe holen und ein anderes Versteck finden.

Er huscht zurück ins Wohnzimmer und sieht seine Mutter auf dem Sofa sitzen und mit der Fernbedienung herumfummeln. Als er an der Tür steht, kann er die Waffe nicht sehen, aber er weiß, dass sie neben ihren Füßen liegt. »Zum Glück ist der Klempner da.« Sie klopft neben sich auf das Sofa. »Komm und setz dich einen Moment zu deiner Mutter.«

Er zögert. Sein Telefon klingelt. Er lehnt sich gegen den Türrahmen und holt sein Telefon aus der Tasche. Beccas Name blinkt auf dem Display. Er lässt es klingeln.

Seine Mutter klopft wieder auf das Sofa. »Was ist los, Joey? Ich kenne dich doch. Du bist nicht du selbst. Rede mit mir.«

Wo soll er überhaupt anfangen?

Er bewegt sich nicht. »Mir geht es gut, Mum. Geh und mach dir einen Tee, ja? Pat möchte seinen besonders stark.«

»Wir benötigen Milch«, stellt sie fest und steht auf. »Ich werde den Heizstrahler holen. Ich habe ihn gestern Abend in Megans Zimmer vergessen. Ohne ihn ist es hier unten zu kalt.«

»Ich hole Milch«, ruft er ihr nach, als sie das Zimmer verlässt. Er rennt zum Sofa, um die Waffe zu holen, und steckt sie in die Tasche seines Morgenmantels. Sobald er Dylan in der Schule abgesetzt hat, wird er sie auf dem Dachboden verstecken, bis er weiß, wie er sie loswerden will. Fürs Erste wird sie in seinem Schlafzimmer bleiben müssen.

Er rennt die Treppe hinauf. Dylan schläft immer noch, trotz der ganzen Aufregung. Andererseits kann Dylan an Schultagen auch ein Erdbeben verschlafen. Er zieht die Bettdecke über Dylans Schultern und ist froh, dass er schläft. Er liebt seinen Bruder. Aber im Moment will er nicht mit ihm reden. Der Bezug der Bettdecke ist mit Spider-Man bedruckt, aber er ist so verblasst, dass man die Bilder des Superhelden nicht erkennen würde, wenn man es nicht wüsste. Es wird Zeit, dass er neue Bettwäsche bekommt, aber Dylan weigert sich strikt, sich von dieser zu trennen. Ihr Vater hat sie ihm kurz vor seinem Tod gekauft. Joey klettert auf sein Bett und rückt die Bettdecke zurecht, wobei er die Waffe unter dem Kopfkissen zurücklässt, bevor er sich anzieht.

Hetty wartet am Fuß der Treppe. Sie wirft ihm einen verzweifelten Blick zu und wimmert vor Hunger. »Hat dich niemand gefüttert, kleine Dame?« Joey hockt sich hin und streichelt ihren Kopf. »Das können wir ändern.« Hetty huscht hinter ihm her in die Küche, wo Joey in den Hundefuttersack greift und nur eine Handvoll Krümel auf dem Boden verstreut findet. Wann ist das passiert? Er wusste, dass die Vorräte zur Neige gehen, aber er hatte vor, einen neuen Sack Hundefutter zu kaufen, sobald er nächste Woche sein Geld bekommt. Er zerzaust Hettys borstiges Fell. »Mach dir keine Sorgen. Ich kümmere mich um dich.«

Joey fährt an einer Tankstelle vorbei, um Milch und ein paar Dosen Hundefutter zu kaufen. Als er sein Handy an den Bezahlautomaten hält, betet er, dass es akzeptiert wird. Er seufzt schwer. Er hat es satt, so zu leben. Wie ein Sklave zu arbeiten und als Belohnung nur Schulden zu haben. Als ein Ping ihn darüber informiert, dass seine Bank die Zahlung abgelehnt hat, flucht er leise vor sich hin. Er kramt in seiner Tasche und bezahlt die Dosen mit dem, was von den fünfzig Pfund übrig ist, die CC ihm am Montagabend gegeben hat. Als er nach Hause kommt, setzt er den Kessel auf und findet einen Dosenöffner. Hetty ist ganz aus dem Häuschen. Er öffnet eine Dose Hundefutter und schüttet die Hälfte in Hettys Napf. Ihre Krallen scharren auf dem Boden, während sie vor Aufregung im Kreis läuft. Die Brocken sind zu groß. Sie wird Mühe haben, sie zu fressen. Mit einer Gabel zerdrückt Joey sie in mundgerechte Stücke und macht dann Tee für alle.

Pat werkelt gerade im Inneren des Kessels, als Joey mit dem Tee kommt. »Ich habe überlegt, wann ich dich das letzte Mal gesehen habe«, fängt Pat an, als er Joey die Tasse abnimmt. »Es muss schon ein paar Jahre her sein. Gehst du noch ins *Coach and Horses*?«

»Gelegentlich. Du?«

Pat tritt vom Kessel zurück und schlürft seinen Tee. »Sonntagabend.«

Joey nickt. Er fühlt sich fehl am Platz. Als wäre er nicht zu Hause, um mit Pat zu reden, sondern in Beccas Haus, um mit ihrer Mutter zu reden. »Ich gehe selten an einem Sonntag.«

»Die Arbeit ist zu stressig, um noch öfter auszugehen. Ich habe noch einen Klempner eingestellt, aber das ist nicht genug. Wusstest du, dass ich jetzt ein Kind habe?«

»Das weiß ich. Ich war bei der Willkommensfeier dabei. Erinnerst du dich?«

«Oh, ja. Ich weiß. Das war eine chaotische Nacht, nicht wahr?« Pat holt sein Handy aus der Tasche und dreht den Bildschirm zu Joey. »Das ist sie.« Er lacht. »Der größte Zeitfresser, den es je gab«, erzählt er liebevoll.

Joey sieht sich den Bildschirmschoner mit dem Klein-
kind auf Pats Schoß an. Sie erinnert ihn an Megan, als sie
in diesem Alter war. Pat legt sein Telefon auf die Fenster-
bank. »Tut mir leid, aber eure Pumpe ist defekt, Kumpel.
Vollkommen kaputt.« Joeys Herz rutscht ihm in die Hose.
Pat nimmt einen weiteren großen Schluck Tee und stellt
die Tasse auf den Badewannenrand. »Ich zeige es dir.«
Er zeigt auf den Heizkessel und erklärt Rücklauf, Durch-
fluss und Kreislauf.

Joey ist aufmerksam. Er stellt Fragen und überlegt, ob
er die Sache selbst in Ordnung bringen kann. Woher soll
er sonst das Geld nehmen, um eine weitere unerwartete
Rechnung zu begleichen? »Siehst du hier?« Pat wischt
mit den Fingern über das Rohr. »Es läuft auch Wasser
aus.«

Joey zuckt zusammen. »Wie viel wird es kosten?«

»Eine vernünftige neue Pumpe kostet zwischen 100
und 150 – das ist natürlich nur eine grobe Schätzung, die
ich bei meinem Händler erfragen muss. Du kannst sie
auch billiger bekommen, aber das würde ich nicht emp-
fehlen. Du wirst mich sonst bald anrufen, um sie wieder
zu reparieren.«

»Wann kannst du es tun?«

»Oh, Kumpel. Ich bin im Moment komplett überlastet.
Überall in der Stadt gehen die Heizkessel kaputt. Es ist
die Zeit des Jahres.«

»Es ist nur meine Mutter. Ihr geht es nicht gut und die
Kälte macht ihr zu schaffen.«

Pat lächelt mitfühlend. »Ja, sicher. Sicher. Ich erinnere
mich. Überlass das mir. Ich werde ein paar Anrufe tätigen.
Mal sehen, wie schnell ich eine neue Pumpe auftreiben
kann. Jemand wird schon eine auf Lager haben. Ich werde

versuchen, nach der Arbeit vorbeizukommen und sie für euch zu wechseln. Es könnte aber spät werden.«

»Heute?«

»Ich kann es nicht versprechen, aber ich werde mein Bestes geben. Ist jemand den ganzen Tag da?«

»Einer von uns ganz sicher.«

»Ich schicke dir eine SMS, wenn ich dich einplanen kann. Manchmal benötigen die Arbeiten weniger Zeit als geplant.« Er packt sein Werkzeug zusammen. »Und manchmal länger. Wann habt ihr diesen zuletzt warten lassen?«

Joeys Gesichtsausdruck verrät seine Verzweiflung. Die Überlegung, wie sein alter Schulfreund das Geld für seine unvorhergesehene Rechnung auftreiben kann. »Mach dir keine Sorgen um die Arbeit, Kumpel. Ich werde dir nur die Teile in Rechnung stellen. Ich werde sie auch für euch warten.«

»Das ist nett von dir. Danke.«

»Karma, Joey, Karma. Ich werde nie vergessen, wie du dich für mich eingesetzt hast, als wir in die zweite Klasse kamen. Du hast den Leuten gesagt, sie sollen mich nicht Dumbo nennen. Jetzt kann ich darüber lachen.« Er schlackert mit seinen großen Ohren. »Aber damals hat mich das wirklich geärgert, weißt du. Aber du hast es ihnen gesagt und sie mir vom Hals geschafft.« Pat lacht herzhaft. »Du kannst mir stattdessen auch mal ein Bier ausgeben.«

Nachdem Joey Pat zur Tür begleitet hat, rennt er zurück nach oben und trifft Megan an ihrer Schlafzimmertür. »Joey, kann ich mit dir reden?«

»Was ist los?«

Sie winkt ihn in ihr Zimmer. »Ich muss dich etwas fragen.«

Joey folgt ihr. Sie hat das kleinste Zimmer im Haus, die Abstellkammer. Es ist bitterkalt da drin. Ihr Bett erstreckt sich über die gesamte Länge der Wand unter dem Fenster, was nicht gerade hilfreich ist. Megan geht zu ihrem Kleiderständer und holt ein gefaltetes Stück Papier aus der Tasche ihrer Strickjacke. Sie beißt sich auf die Unterlippe und reicht es ihrem Bruder. »Ich wollte es Mum nicht geben.«

»Was ist das?«, fragt Joey misstrauisch.

»Lies es.«

Joey überfliegt die Worte auf dem Papier, das die Eltern über einen Wochenendausflug nach Alton Towers informiert, der für das Ende des Halbjahres geplant ist. Die Jahrgangsstufe wird am Samstagmorgen hinfahren und am Sonntagabend zurückkehren. Mahlzeiten, Hotelunterkunft und Parkeintritt sind im Preis inbegriffen. Trotzdem schluckt Joey, als er den Betrag und die geforderte Anzahlung von fünfzig Pfund bis Freitagnachmittag sieht. Zusätzliches Taschengeld steht zur freien Verfügung. Welcher Betrag ist gemeint? Er will nicht, dass sie etwas verpasst, aber wie zum Teufel soll er diese fünfzig Pfund Anzahlung finanzieren, ganz zu schweigen von dem Restbetrag, der zu Beginn des Halbjahres fällig wird? Er beißt sich auf die Unterlippe, während er rechnet, aber die Rechnung geht nicht auf.

»Was denkst du?«, fragt sie mit großen Augen und hoffnungsvollem Ton. »Kann ich mit?«

Joey findet nicht die richtigen Worte, um ihr zu sagen, dass er sich das unmöglich leisten kann. Obwohl sie manchmal ein nerviger kleiner Teufel sein kann, ist sie ein gutes Kind. Eines Sonntags, vor ein paar Wochen, holte er sie von einer Übernachtung ab. Die Mutter lud ihn ins Haus ein, wo sechs Mädchen das Wohnzimmer für die Nacht besetzt hatten. Sie lagen auf ihren aufblasbaren Matratzen und stibitzten Popcorn, während sie kreischend und schreiend TikTok-Videos auf ihren Handys teilten. Ihm fiel auf, wie deplatziert Megans Handy im Vergleich zu den Smartphones der anderen Mädchen wirkte. Wie verblasst ihr Pyjama neben den flauschigen Designer-Pyjamas ihrer Freundinnen aussah.

»Alle fahren mit.«

»Ich muss mal schauen, Megs.«

Sie plumpst auf das Bett. Ihre Mundwinkel fallen nach unten. »Ich wusste, dass du das sagen würdest. Das ist nicht fair.«

Joey setzt sich neben sie aufs Bett und legt ihr einen Arm um die Schultern. »Hey, jetzt schau nicht so. Ich habe doch nicht nein gesagt, oder? Ich muss nur nachrechnen. Lass mich das machen. Ich mach' das schon.«

Ihre Miene hellt sich auf. »Wirklich? Meinst du, ich kann mitfahren?«

»Wir werden es schon irgendwie schaffen.«

Sie streckt ihre Faust in die Luft. »Danke. Danke.« Sie küsst ihn auf die Wange. »Ich kann es kaum erwarten, es meinen Freunden zu erzählen.«

Er steckt den Zettel in seine Tasche und steht auf. »Komm schon, Zeit, sich anzuziehen. Du kommst sonst zu spät zur Schule.«

»Joey?«, ruft sie, als er zur Tür geht.

Er dreht seinen Kopf herum.

Sie fügt ihre Zeigefinger und Daumen zu einem Herz zusammen und drückt es gegen ihre Brust. »Ich liebe dich.«

»Ich liebe dich auch, Megs.«

Er macht die Tür zu. Wie können die Schulen erwarten, dass alle Eltern so viel Geld zur Verfügung haben?

Sie hat recht. Es ist nicht fair. Aber das Leben ist auch nicht fair. Das wissen wir alle.

KAPITEL 14

W as hältst du eigentlich von Ade?« Das ist ungefähr die zehnte Frage, die Dylan stellt, seit sie die Fahrt zur Schule angetreten haben. Sein Kumpel ist heute nicht bei ihnen. Er hat einen Zahnarzttermin und macht sich später selbst auf den Weg, sehr zu Joeys Verzweiflung. Er hätte die ganze Fahrt über kein Verhör über sich ergehen lassen müssen.

»Scheint ein netter Kerl zu sein.«

»Aber ein Detective. Macht dir das Sorgen?«

Joeys Telefon klingelt in seiner Halterung. Er wirft einen Blick auf den Bildschirm. Sein Magen dreht sich um. Es ist Becca. Er kann nicht mit ihr reden. Nicht nur, weil Dylan im Auto sitzt, sondern auch, weil er sich nicht traut. Der Klingelton zerrt an seinen strapazierten Nerven, wie ein Kind, das Geige lernt. Er stellt sich vor, wie sie sich das Telefon ans Ohr hält und darauf wartet, dass er abhebt. Der Anruf landet auf der Voicemail.

»Wenn er Mum glücklich macht, bin ich auch glücklich.« Joey schaltet das Radio ein und dreht die Lautstärke voll auf, um weiteren Fragen aus dem Weg zu gehen. Nachdem er Dylan an der Schule abgesetzt hat, hält er um die Ecke und wartet ein paar Minuten, bis er den Mut aufbringt, Beccas Nachricht abzuhören. Er wählt den Anrufbeantworter. Beccas trostlose Stimme füllt seine Kehle

mit einem dicken Klumpen. »Joey, bitte nimm ab. Bitte!
Ich brauche dich.« Es gibt eine Pause. Ihre Stimme sinkt
auf ein Flüstern. »Ruf mich an, wenn du das hörst.«

Eine SMS geht ein. Es ist Pat.

> *Ich habe deine Pumpe! Sie wird heute kommen. Ich texte die Zeit. Ich habe einen Rabatt erhalten. 103 Dollar. Kannst du auch bar bezahlen? Pat*

Das Telefon klingelt wieder. Beccas Name blinkt auf
dem Display. Der Gedanke, dass sie verzweifelt versucht,
ihn zu erreichen, bringt ihn um, aber er kann sich trotzdem nicht überwinden, mit ihr zu sprechen. Er muss nach
Hause und die Waffe auf den Dachboden bringen. Er kann
sich auf nichts anderes konzentrieren. Sie legt auf und
ruft wieder an. Er drückt auf die Antworttaste. Er kann
sie nicht mehr ignorieren. Sie haucht: »Endlich.«

Er hält seine Stimme so ruhig, wie es ihm möglich ist.
»Was ist los?«

»Hast du meine Nachricht nicht bekommen?«

»Nein«, lügt er und hasst sich selbst. »Welche
Nachricht?«

»Ich flippe hier aus.«

»Beruhige dich. Was ist passiert?«

»Ich bin in Courtneys Wohnung. Ich brauche deine
Hilfe.«

»Wobei? Was ist denn passiert?«

Sie ist hysterisch. »Es ist alles im Arsch.«

»Becca, beruhige dich. Sag mir, was passiert ist.«

»Jemand hat versucht, meine Mutter zu ermorden. Sie ist im Krankenhaus.«

»*Was*?« Joey schluckt schwer, als er die Konsequenzen ihres Ausbruchs registriert. Maggie ist nicht tot? Das kann nicht wahr sein. Er hat es mit eigenen Augen gesehen. Er hat es auch gehört. Der Knall der Pistole, ein roter Schock an den Wänden, Maggie, ein Häufchen auf dem Boden, aus ihrem Kopf sickert Blut. Beccas Schreie, als sie nach Hause kam und die schreckliche Szene sah. Es fühlt sich so unverfälscht an, als wäre er immer noch in ihrem Haus und sähe zu, wie sich alles abspielt, wie in einem Horrorfilm, den man aufhören muss zu schauen, weil er so verdammt real ist.

»Ich kam gestern Abend nach Hause und ...«, ihre Stimme bricht, »... Ich fand sie auf dem Küchenboden, überall Blut.«

Es entsteht eine Pause. Er muss nachdenken. Wenn er etwas Falsches sagt, könnte er sich noch mehr Ärger einhandeln, als er es ohnehin schon getan hat. Wenn Maggie noch am Leben ist, wird sie sicher verraten, was wirklich passiert ist, oder? Sein Kopf brummt.

»Bist du noch da, Joey?«

»Ja. Ich bin hier. Gott, ich stehe unter Schock. Wo ist sie jetzt?«

»Auf der Intensivstation. Sie ist bewusstlos.«

»Wo wurde sie getroffen?« Es ist eine dumme Frage, aber sie füllt die Stille.

»In den Kopf. Aber es sieht so aus, als hätte jemand schlecht gezielt. Die Kugel hat nur die Seite ihres Kopfes getroffen. Die Polizei wartet darauf, dass sie aufwacht, um herauszufinden, was genau passiert ist. Sie muss die Person gesehen haben, die ihr das angetan hat.« Ihre

Stimme bricht erneut. »Sie wollten mich wegen Covid nicht mit ihr ins Krankenhaus gehen lassen. Sie muss das alles allein durchstehen. Ich konnte nichts tun, um ihr zu helfen. Als ich den Krankenwagen rief, wollten sie, dass ich sie verlasse.«

»Warum?«

»Sie dachten, der Schütze könnte noch im Haus sein. Aber wie konnte ich sie einfach allein lassen?«

Joey starrt aus der Windschutzscheibe. Maggie war nicht tot und er hat sie zum Sterben zurückgelassen. Was für ein Mensch ist er?

»Ich muss zur Polizeiwache und eine Aussage machen.«

»Sie glauben doch nicht, dass *du* es warst, oder?« Wie will er da herauskommen – jemand anderes wird für das Geschehene verantwortlich gemacht? So weit wird es sicher nicht kommen. Die Forensik wird bestätigen, dass es ein Selbstmordversuch war. Er weiß, wie diese Dinge funktionieren. Er und seine Familie haben in den Monaten des Lockdowns reichlich Krimis gesehen. Sie werden es an den Blutspritzern und der Flugbahn der Kugel erkennen können.

»Nein, nein.« Sie hält inne. »Also, ich glaube nicht, dass sie das tun.« Sie hält wieder inne, bevor sie hinzufügt: »Sicherlich nicht?«

»Sie müssen nur deine Version der Ereignisse erfahren.«

»Sie wollten mich gestern Abend befragen, aber ich war zu durcheinander, also habe ich zugestimmt, heute Morgen mit ihnen zu sprechen. Ich durfte nicht im Haus bleiben. Sie ließen mich eine Tasche packen und beobachteten mich ununterbrochen. Ich kam mir vor wie eine Verbrecherin. Dann haben sie mich hinausbegleitet. Es ist alles abgesperrt. Die Polizei ist überall. Ich kann niemanden erreichen.« Sie hyperventiliert.

»Beruhige dich, Bex.«

»Ich kann mich nicht beruhigen. Das ist die Hölle.«

»Wo ist dein Vater?«

»Er ist gestern Abend nicht nach Hause gekommen. Das sollte er eigentlich, aber er war auf einer Konferenz und hat beschlossen, noch eine Nacht zu bleiben. Deshalb bin ich in Courtneys Wohnung gelandet. Jetzt brauche ich eine Mitfahrgelegenheit zur Polizeiwache. Ich habe mein Auto nicht dabei. Gestern Abend konnte ich auf keinen Fall fahren. Dann will ich meine Mutter sehen. Meinst du, sie lassen mich rein, wenn ich einen PCR-Test mache?«

»Ich weiß es nicht.«

»Kannst du mich von Courtneys Wohnung abholen und mich hinfahren?«

Er kann ihr nicht gegenübertreten, aber er kann sie auch nicht abweisen. Nicht jetzt. »Klar.«

»Ich wusste, dass ich mich auf dich verlassen kann, Joey.«

Joey verzieht das Gesicht angesichts der Ironie ihrer Worte. »Schick mir die Adresse. Ich komme sofort hin.«

Er weiß nicht, ob er das Richtige tut. Er weiß gar nichts mehr. Sollte er sich fernhalten? Aber wie kann er sie ignorieren? Er geht in seinem Kopf alles noch einmal durch und fühlt sich krank. Es ist, als wäre er auf einem Boot in so stürmischen Gewässern, dass er nicht anlegen kann. Stattdessen wird es immer weiter vom Ufer getrieben, mit nichts als dem Anblick der tödlichen Wellen vor sich. Hätte er nur nicht den Anruf am Sonntag angenommen.

Er wusste, dass das, worauf er sich einließ, falsch war. Er ist ein solcher Idiot.

★ ★ ★

Courtney wohnt mit zwei anderen Freunden in einem Wohnblock in der gleichen Stadt, in der Beccas neues Haus ist. Joey parkt auf dem Besucherparkplatz und ruft Becca an. »Ich bin draußen.«

»Komm hoch. Ich brauche fünf Minuten. Mein Onkel ist in der anderen Leitung.«

Er kann vier ausgeflippten Frauen nicht gegenübertreten, nicht unter diesen Umständen. »Es ist in Ordnung. Ich warte hier.« Joey schaltet das Radio ein und springt zwischen den Sendern hin und her, um sich abzulenken. Zwei Moderatoren diskutieren über die Auswirkungen von Covid auf die psychische Gesundheit der Nation. Er versucht zuzuhören, aber seine Gedanken kehren immer wieder zu Maggie zurück, die in ihrer Küche auf dem Boden liegt, mit einer Blutlache um ihren Kopf. Ein Anruf lenkt ihn ab. Er verzieht das Gesicht, als er sieht, dass es CC ist. Er kann es nicht ertragen, mit ihm zu reden. Er wartet, bis der Anruf auf der Mailbox landet. Es hat keinen Sinn, einen Mann wie ihn zu verärgern. Das Telefon kündigt den Eingang einer SMS an. Es ist nicht schwer zu erraten, von wem sie kommt.

Wir müssen reden. Ruf mich JETZT an.

Er wechselt den Radiosender und schaltet ab, als die Lokalnachrichten den Bericht über den versuchten Mord an einer Frau aus der Gegend in der letzten Nacht ausstrahlen. Die Polizei sucht nach einem Bewaffneten.

Er könnte gefährlich sein. Die Öffentlichkeit wird aufgefordert, wachsam zu sein.

Wie kann das passieren?

Es folgen quälende Minuten des Wartens, bis Becca endlich mit Courtney auftaucht. Beide sehen aus, als hätten sie letzte Nacht nicht geschlafen. Beccas Haare sind nass und sie sieht so weiß aus wie die Skijacke, die sie trägt. »Pass auf sie auf«, sagt Courtney zu Joey, während die beiden Blicke austauschen. Courtney umarmt Becca. »Komm und bleib hier, wenn du willst. Ruf an, wann immer du möchtest. Auch wenn es drei Uhr nachts ist.« Sie streichelt Beccas Oberarm. »Ich bin für dich da.«

Becca trägt eine Reisetasche und hat sich einen Rucksack über die Schulter gehängt. Sie geht zum hinteren Teil des Autos und klopft an den Kofferraum. Joey will gerade das Schloss öffnen, da fällt ihm ein, was sich darin befindet. *Konzentriere dich, Joey. Bleib konzentriert.* Er stürzt aus dem Auto und stolpert über sich selbst, als er sie daran hindern will, den Kofferraum zu öffnen. »Hier, gib mir das. Der ist voll mit Mist. Ich schmeiße das auf den Rücksitz.«

Ihre Augenbrauen sind zusammengezogen, als sie den Rucksack von der Schulter nimmt und ihn ihm zusammen mit der Reisetasche in die Hand drückt. »Tut mir leid, dass es so lange gedauert hat. Ich habe gerade erst meinen Onkel erreicht und musste ihm alles erklären.«

»Macht nichts.«

»Ich gehe zu ihm nach Hause, nachdem ich mit der Polizei gesprochen habe. Ich bleibe dort, bis mein Vater zurückkommt. Er geht nicht an sein Telefon.«

»Weiß er, was mit deiner Mutter passiert ist?«

Sie schüttelt den Kopf. »Keiner kann ihn erreichen. Ich habe es bestimmt zwanzigmal versucht.«

»Warum ist er nicht nach Hause gekommen?«

»Er traf einen neuen Lieferanten auf der Konferenz. Sie verabredeten sich zu einem gemeinsamen Abendessen, um ein Geschäft zu besprechen. Als ich gestern mit ihm geredet habe, war die Verbindung schlecht. Er sagte, dass es schreckliche Schneestürme gab und er schlechten Empfang hatte. Er muss sein Telefon ausgeschaltet haben oder es gibt einfach keinen Empfang. Wie auch immer, niemand kann ihn erreichen. Bei ihm geht immer nur die Mailbox an.« Becca wirft Joey einen verwirrten Blick zu. »Das ist seltsam, findest du nicht auch? Ich habe keine Ahnung, wo diese Konferenz stattfand. Die Polizei ist ihm auf der Spur.« Sie zuckt mit den Schultern. »Bringst du mich nach der Polizei zum Haus meines Onkels?«

»Kein Problem.« Joey öffnet die Autotür und wirft ihre Taschen auf den Rücksitz, bevor er vorne neben ihr einsteigt. Sie sehen sich an und sie bricht in Tränen aus. Joey streckt die Hand aus und zieht sie zu sich. Die Schuldgefühle durchzucken ihn, als sie in seinen Armen schluchzt. »Hey, hey. Es wird alles wieder gut.« Er drückt sie fest an sich, ihre Körper umschlingen sich in einem bebenden Chaos. Er hofft, dass sie nicht merkt, dass er genauso zittert wie sie.

Sie zieht sich zurück. »Wir sollten besser fahren.« Sie winkt Courtney zum Abschied zu. »Die Polizei wartet auf mich.«

KAPITEL 15

Ich kann nicht glauben, was passiert ist.« Becca schüttelt den Kopf und blickt auf ihr Handy. Sie ist wieder den Tränen nahe. »Gestern um diese Zeit verließ ich mein Zuhause, um zu einer Vorlesung zu gehen. Jetzt bin ich auf dem Weg zur Polizei, weil jemand in unser Haus eingedrungen ist und versucht hat, meine Mutter zu ermorden.«

»Es tut mir so leid, Bex. Du hast das alles nicht verdient. Wie geht es ihr?«

»Sie liegt immer noch im Koma. Wer auch immer versucht hat, ihr das anzutun, hat keine besonders gute Arbeit geleistet.« Becca starrt vor sich hin und beißt sich auf die Unterlippe. »Könnten sie denken, dass ich es war?«

Joey kommt auf die Hauptstraße. »Sei nicht dumm. Warum sollten sie das denken?«

»Weil ich die letzte Person war, die sie gesehen hat.«

»Aber du warst nicht dabei, als sie …« Er wollte gerade hinzufügen: ›sich erschossen hat.‹ Er befindet sich in einer prekären Situation. »Erschossen wurde«, ergänzt er. »Außerdem hast du doch ein Alibi, oder?« Er will gerade sagen, dass es im Subway, wo sie gestern Abend Essen geholt hat, eine Videoüberwachung gegeben haben muss, aber dann wird ihm klar, dass er das auch nicht wissen darf. »Du warst mit Courtney zusammen, nicht wahr?«

»Wir sind am Ende nicht zusammen raus. Es hängt aber alles davon ab, was sie finden, nicht wahr? Was, wenn die Spurensicherung herausfindet, dass sie nur wenige Minuten, bevor ich nach Hause kam, erschossen wurde? Was ist, wenn sie mich zur Tatzeit dort gesehen haben? Weißt du, was seltsam ist? Es gibt keine Anzeichen für einen Einbruch. Ich habe gestern Abend mit der Polizei darüber gesprochen.« Sie schüttelt den Kopf und blinzelt auf ihre zu Fäusten geballten Hände, während sie ihre Knöchel zusammenschlägt. »Sie denken, dass meine Mutter wahrscheinlich weiß, wer ihr das angetan hat. Wahrscheinlich hat sie den Täter hereingelassen. Das Frustrierende ist, dass unsere Klingel mit Videoüberwachung bisher nicht funktioniert, weil wir gerade erst dorthin gezogen sind, also gibt es keine Aufnahmen von denen, die gestern ins Haus gekommen sind.«

Joey bleibt an einem Zebrastreifen stehen und hört aufmerksam zu. Das sind doch gute Nachrichten für ihn, oder?

»Es war eine weitere Aufgabe, die auf Dads Liste stand, aber er musste auf diese Geschäftsreise gehen, also kam er nie dazu. Er hat sie letztes Wochenende gekauft und eingebaut, aber sie funktioniert nicht. Dafür wird er sich noch in den Hintern beißen. Sonst könnten wir sehen, wer gestern ins Haus gekommen ist.«

Während ihn ein kurzer Anflug von Erleichterung durchströmt, runzelt Joey die Stirn und lügt erneut. »Das ist wirklich Mist.« Er zuckt zusammen, als er den Betrug in seiner Stimme hört. Er kann es hören, auch wenn sie es nicht kann. »Was ist mit den Nachbarn?«

»Anscheinend hat das Haus gegenüber und auf der linken Seite eine Video-Türklingel, aber sie sind im Urlaub.

Die Polizei versucht, sie ausfindig zu machen. Es gibt Büsche um das Haus herum, also sind sie sich nicht sicher, ob etwas aufgezeichnet wurde. Die Bewohner des anderen Hauses kamen heraus, als die Polizei und der Krankenwagen eintrafen. Sie haben den Schuss gehört, sich aber nichts dabei gedacht. Schwachköpfe. Die Spurensicherung ist im Haus. Hoffentlich bringen sie mehr Licht in die Sache. Es sieht so aus, als hätte es gestern eine Amazon-Lieferung gegeben. Es liegen Pakete auf dem Tisch, also wird nachgeforscht, wann sie geliefert wurden und ob der Zusteller etwas gesehen oder gehört hat.«

Joey denkt an die letzte Nacht zurück. Der Bote kann ihn doch nicht durch das Küchenfenster gesehen haben, oder? Das glaubt er nicht, aber der Gedanke lässt ihn daran glauben, dass er ohnehin aufgeschmissen ist. »Was passiert jetzt?«

»Die Polizei hat gesagt, dass sie die örtlichen Überwachungskameras überprüfen und von Haus zu Haus gehen werden. Sie werden Mums Telefondaten überprüfen und mit ihren Freunden sprechen. Nicht, dass sie viele Freunde hätte. Sie hat sich in den vergangenen Jahren in sich selbst zurückgezogen. Aber haben das nicht auch viele andere Menschen? Ich denke, ich werde gleich ein Update bekommen. Sie müssen meinen Vater finden.« Sie tippt mit der Handfläche auf den Rand ihres Handys, bevor sie erneut auf den Bildschirm schaut. Ihre Stimme bricht, als sie ihren Kopf zu Joey dreht. »Weißt du, was wirklich traurig ist?«

Er blickt zu ihr hinüber und zieht die Augenbrauen hoch. Es ist nur ein flüchtiger Blick. Er kann ihr nicht länger in die Augen schauen. Er richtet seine Aufmerksamkeit wieder auf die Rücklichter des Autos vor ihm.

»Mum erwartete Dad gestern Abend zu Hause. Der Tisch war für zwei Personen gedeckt und sie hatte zwei Steaks aus dem Gefrierschrank geholt. Ich hatte ihr gesagt, dass ich nach dem Kino auswärts esse, also erwartete sie mich erst viel später. Gott sei Dank war Courtney am Ende nicht in der Stimmung für das Kino.« Ihre Stimme bricht. »Mum könnte jetzt tot sein.«

Joey hat das unbestimmte Gefühl, dass er in einer Parallelwelt lebt. Als ob jemand anderes sein Leben übernommen hat, um es besser zu machen und er nur ein Zuschauer ist, der die Katastrophe beobachtet, während sie sich entfaltet.

»Es ist, als hätte sie Dads Nachricht nicht bekommen, dass er gestern Abend nicht nach Hause kommt. Dann ist er verschwunden. Ich kann Jessica auch nicht erreichen. Sie kennt jeden seiner Schritte.«

»Wer ist Jessica?« Joey weiß genau, wer Jessica ist, aber er muss das Spiel mitspielen.

»Jessica Samuels. Sie ist die Assistentin von Dad. Also, mehr als eine Assistentin.«

»Was meinst du?«, fragt Joey und denkt, er weiß, was jetzt kommt. Weiß sie von der Affäre ihres Vaters?

»Jessica kam vor ein paar Jahren als Dads Assistentin in die Firma. Sie ist reizend. Ich komme ausgezeichnet mit ihr aus.« Joey spürt, wie sich ihr Blick auf ihn richtet. »Es gibt Dinge, die ich dir nicht erzählt habe.«

Joey hält an einer roten Ampel an. Er dreht seinen Kopf und sieht sie an. »Was meinst du?«

»Meine Mum ist ziemlich fertig.«

Das kannst du laut sagen.

»Du weißt, dass sie früher in Dads Geschäft gearbeitet hat?«

Joey nickt. Er erinnert sich, dass Maggie es ihm gesagt hat. »Aber sie hat aufgehört.«

»Woher weißt du das?«

Vorsichtig, Joey. Vorsichtig. Er stottert: »Du hast es mir gesagt.«

»Habe ich das?« Sie runzelt die Stirn. »Nun, das war eine Lüge. Tut mir leid. Ich weiß, ich hätte dich nicht anlügen sollen, aber ich wollte vorher nicht darüber sprechen. Meine Mutter hat früher Vollzeit im Geschäft gearbeitet. Sie und Papa hatten gleiche Anteile. Dann, vor drei Jahren, hatte sie eine Art Zusammenbruch, um es mal so auszudrücken. Niemand wusste davon, außer Dad und mir. Sie wollte nicht, dass jemand anderes davon erfährt. Sie funktionierte zwar noch, aber es war, als wäre sie die meiste Zeit nicht wirklich bei uns. Sie zog sich von uns beiden zurück und fing an, mehr und mehr zu trinken und es vor uns zu verbergen. Jedenfalls versuchte sie, es zu verbergen. Ich habe es erst während des Lockdowns bemerkt. Sie hat ihre leeren Flaschen in der Garage versteckt.«

»Du hättest es mir sagen sollen«, murmelt Joey. »Ich erzähle dir auch von den Problemen mit meiner Mum.«

»Ich weiß. Aber deine Mutter hat eine echte Krankheit.«

Deine auch.

»Ich konnte es nie einschätzen. Als ich das Leergut das erste Mal fand, habe ich mir nicht viel dabei gedacht. Ich war in der Garage auf der Suche nach Scheibenwischwasser für mein Auto. Ich suchte die Flasche hinter ein paar Kisten. Ich wollte sie wegnehmen, aber sie war viel leichter, als ich erwartet hatte und als ich nachsah, war sie voll mit leeren Wein- und Wodkaflaschen.« Sie redet um den heißen Brei herum, um ihre Angst loszuwerden. Joey muss sich sehr konzentrieren, um sie zu verstehen.

»Wegen des Lockdowns konnte sie sie nicht entsorgen. Als er aufgehoben wurde, ging ich los, um mich mit Freunden zu treffen, aber ich fühlte mich nicht gut, also kam ich früher als geplant nach Hause. Ich fand meine Mutter mit einer Wodkaflasche in der Hand auf dem Sofa. Da läuteten die Alarmglocken laut und deutlich. Die Dinge begannen, sich zu verdichten. Ich stöberte in der Garage herum und fand noch mehr Kisten mit Wein. Ich sah nach und sie waren voll. Aber die zwei unteren Kisten waren voll mit leeren Wodkaflaschen.«

»Was ist danach passiert?«

»Dad war so hilfsbereit. Er hat dafür gesorgt, dass sie mit ihrem Bruder in den Urlaub fahren konnte. Sie steht ihrem Bruder, meinem Onkel Ronny, sehr nahe. Dad kommt nicht mit ihm aus. Ronny hat früher für ihn gearbeitet, aber sie haben sich heftig zerstritten. Aber das ist eine Geschichte für ein anderes Mal. Ich wäre mit Mum mitgegangen, aber das war, als ich Covid bekam.«

»Ich erinnere mich.«

»Dad buchte sie in einem Spitzenhotel in Cornwall ein. Während sie weg waren, begann Jessica, sich mehr in das Geschäft einzubringen. Jessica ist blitzgescheit. Schlagfertig dazu. Sie gehört zu den Menschen, mit denen man gerne zusammen ist. Verstehst du, was ich meine?«

›Wie du‹ will Joey sagen, aber er nickt nur zustimmend.

»Als Mum aus dem Urlaub zurückkam, war sie distanzierter als je zuvor. Jessica arbeitete zu diesem Zeitpunkt bereits Vollzeit. Sie ist sozusagen in Mums Fußstapfen getreten.«

In jeder Hinsicht.

Becca atmet tief ein und aus, nachdem sie ihre Familienprobleme losgeworden ist. Joey nimmt ihre

Hand. Es ist eine unwillkürliche Bewegung, aber es fühlt sich richtig an. Sie ist weich und fühlt sich so klein an, wie sie in seiner großen Hand liegt. Weiß sie von der Affäre ihres Vaters und Jessicas? Er möchte sie fragen, aber er weiß, dass er es nicht kann. Wie kann er ihr erklären, wie er an diese Informationen gekommen ist?

Becca keucht.

»Was?«

Ihr steht der Mund offen, während sie Joey aufmerksam anschaut. »Vielleicht hat Mum eine Affäre. Vielleicht wusste sie, dass Dad nicht nach Hause kommt und sie wusste, dass ich erst spät nach Hause komme, also hat sie ihren Liebhaber zum Abendessen eingeladen und das ist alles furchtbar schief gegangen.« Sie hält inne. »Oder ist das zu weit hergeholt?«

Joey zuckt mit den Schultern und konzentriert sich auf den Verkehr. Er traut sich selbst nicht zu sprechen.

»Ich weiß. Ich kann nicht klar denken.« Sie löst ihre Hand aus Joeys und schaut auf ihr Handy, bevor sie die Augen schließt. »Ich bin so müde.« Sie lässt ihren Kopf auf die Brust fallen. »Danke fürs Zuhören.«

Den Rest der Fahrt zur Polizeistation verbringen sie schweigend. Joey blickt immer wieder zu ihr hinüber und kann nicht fassen, dass er sich in dieser Situation befindet. Für ihn hatte Becca immer das perfekte Familienleben: eine enge Bindung, ein großes Haus, Geld, Urlaub. Doch stellt sich das Gegenteil heraus. Es ist sicher nicht alles Gold, was glänzt.

KAPITEL 16

Als sie auf dem Polizeirevier ankommen, hebt Becca ihren Kopf und reibt sich die Augen. Sie sieht müde aus. Als ob sie seit einer Woche nicht mehr geschlafen hätte. »Kommst du mit mir rein?«

Ein Polizeirevier ist der letzte Ort, an dem Joey sein möchte. Er nimmt wieder ihre Hand. »Ich glaube nicht, dass ich das darf. Covid und so weiter.« Er drückt ihre Hand. »Aber ich warte hier auf dich.«

»Du hast wahrscheinlich recht.« Becca lehnt sich an ihn. Er legt einen Arm um sie und küsst wie von selbst ihr feuchtes Haar, während er den Duft von Erdbeeren und Minze einatmet. So intim wie jetzt waren sie noch nie. Er schließt die Augen. Sie riecht so frisch wie an einem Sommertag. Unter anderen Umständen würde er am liebsten für immer so bleiben. Er zieht sich zurück.

»Ich habe immer noch Angst, dass sie denken, ich hätte versucht, sie umzubringen«, gesteht Becca.

»Das werden sie nicht.«

»Woher weißt du das?«

»Weil es lächerlich ist. Ich kenne dich. Du bist keine Mörderin. So etwas würdest du nie tun.«

»Aber das wissen sie nicht.«

»Bex, beruhige dich. So weit wird es nie kommen.«

»Soll ich fragen, ob du mit mir kommen kannst? Vielleicht lassen sie dich ja«, wiederholt Becca.

Er will nicht, dass die Polizei denkt, er sei mehr als jemand, der einer Freundin mit einer Fahrt hilft. Bevor er sich versieht, werden sie eine ihrer kleinen Unterhaltungen mit ihm haben wollen. »Du gehst. Sie werden schon auf dich warten. Ich werde mir einen Kaffee holen. Ruf mich an, wenn du fertig bist und ich bin gleich wieder hier.«

Joey fährt ein paar Minuten, um einen Parkplatz in einer Seitenstraße zu finden, wo er nicht bezahlen muss. Dann geht er zurück auf die Hauptstraße und entdeckt einen Imbiss voller Bauarbeiter, die plaudern und Bratkartoffeln verschlingen. In einen solchen Laden würde er nicht gehen, wenn Becca bei ihm wäre, aber er weiß, dass der Kaffee billig sein wird. Er sollte etwas essen, aber der Geruch von fettigem Essen macht ihn krank, genauso wie der Gedanke an seinen überzogenen Dispo. Jeder Bissen wird ihm nur im Hals stecken bleiben. Er bestellt einen großen schwarzen Kaffee, bezahlt und setzt sich mit dem Becher an einen Ecktisch mit dem Rücken zu den lauten Gästen.

Er nimmt drei Tütchen aus dem Behälter, der in der Mitte des Tisches steht, reißt sie auf und rührt den Zucker in seinen Kaffee. Seine Nerven sind strapaziert. Stimmen hämmern in seinen Gedanken.

»Komm raus, Joey. Mach reinen Tisch. Es ist nur eine Frage der Zeit, bis Maggie aufwacht und ihnen sagt, wer die Waffe geliefert hat, mit der sie sich erschossen hat.«

»Aber die Sache ist die, Joey. Es besteht die Möglichkeit, dass sie stirbt. Dann muss niemand wissen, dass du Teil von all dem warst. Also niemand außer CC, meine ich. Tu nichts Unüberlegtes. Denk darüber nach.«

Er nippt an seinem Getränk. Es fühlt sich alles so falsch an: wo er ist, was er getan hat. Zu wissen, dass Maggie nicht tot war, als er sie letzte Nacht verließ, hat seine Angst um das Zehnfache verstärkt. Er hat eine Frau zum Sterben zurückgelassen. Was für ein Mensch ist er? Seine Mutter hat immer gesagt, dass alle schlechten Dinge dreimal vorkommen. Wenn etwas Schlimmes zweimal passiert ist, wartet bestimmt ein drittes Ereignis hinter der nächsten Ecke, um dir einen Strich durch die Rechnung zu machen. Er ist immer ein guter Mensch gewesen. »Du bist einer von den Guten.« Das hat Becca gesagt. Er ist einer der Guten.

Sie weiß nicht, wie falsch sie liegt.

Seine Gedanken kreisen um Ade. Von allen Männern, die seine Mutter hätte treffen können, musste er ein Polizist sein. Er nimmt sein Handy in die Hand und scrollt durch die Nachrichten, um sich die Zeit zu vertreiben. Eine Kellnerin knallt ein Tablett mit schmutzigen Tellern und Besteck auf den Tisch. Joey blickt auf. Sie erinnert ihn an seine Mutter. Ihr Gesicht ist freundlich, aber faltig, das schüttere Haar zu einem straffen Pferdeschwanz zurückgebunden. »Tut mir leid, Kleiner. Ich wollte dich nicht erschrecken.« Sie klingt auch wie seine Mutter. »Du sitzt jetzt schon eine ganze Weile da.«

Joey dreht sich um und wirft einen Blick auf die Uhr an der Wand über dem Tresen. Sie hat recht. Es ist schon über eine Stunde her. »Tut mir leid«, antwortet er.

Sie nimmt seinen leeren Becher und schwenkt ihn vor Joeys Gesicht. »Du siehst aus, als könntest du noch einen von diesen hier gebrauchen. Soll ich dir einen bringen?« Joey nickt. Sie stellt den Becher auf ihr Tablett und zwinkert ihm zu. »Sag es den anderen nicht. Normalerweise bediene ich keinen Tisch. Aber du siehst aus, als könntest du es gebrauchen.«

Ist das so offensichtlich?

Er nimmt sein Telefon und hört seine Sprachnachrichten ab. Die erste Nachricht ist von CC. »Joey. Was zum Teufel treibst du? Warum hast du mich nicht zurückgerufen? Ich benötige Antworten. Was ist letzte Nacht passiert? Du hast nie angerufen.«

Joey sollte ihm gegenübertreten, aber er kann nicht. Nicht im Moment. Er muss klar denken. Soll er ihm sagen, was wirklich passiert ist? Oder soll er sagen, dass er den Rucksack wie beauftragt geliefert hat und gleich wieder gegangen ist? Die Kellnerin erscheint wieder mit seinem Kaffee. Er kramt in seiner Tasche nach ein paar Münzen. »Der geht aufs Haus«, meint sie, klopft ihm auf den Rücken und geht weg. Sie ist auch so nett wie seine Mutter. Ihre Großzügigkeit lässt ihn aufatmen. Reiß dich zusammen, Joey. Nimm dich zusammen.

Während er Zucker in die zweite Tasse Kaffee gibt, überlegt Joey, was er mit dem Mantel, den Turnschuhen und dem Rucksack machen soll, die noch in seinem Auto liegen. Vielleicht könnte er sie auf der Müllhalde entsorgen? Er könnte sie zu dem ganzen Kram im Gartenschuppen bringen, den seine Mutter schon seit einer Weile auf die Müllkippe bringen will. Oder er könnte seine und Dylans Klamotten ausmisten und sie zu einem der vielen Wohltätigkeitsläden bringen, die die High Street säumen. Sei nicht dumm, Joey. Die Klamotten von Beccas Vater werden wie ein wunder Daumen zwischen ihren schäbigen Sachen hervorstechen. Oder er wartet, bis Becca wieder in ihr Haus kann. Dann könnte er zu ihr gehen und versuchen, die Sachen wieder in den Schrank zu legen, aus dem er sie genommen hat. Jetzt bist du wirklich ein doof, Joey. Sie müssen richtig entsorgt werden. Er muss sie verbrennen. Aber wo kann er das tun? Er überlegt, ob er googeln soll, um das herauszufinden, aber was ist, wenn er am Ende wegen seiner Beteiligung an all dem verhört wird? Er hat Fernsehkrimis gesehen. Die Polizei nimmt Computer und Telefone mit und untersucht seinen Suchverlauf. Wie würde es aussehen, wenn sie herausfinden, dass er nach Wegen gesucht hat, um kriminelle Beweise zu verbrennen?

Sein Telefon klingelt. Beccas Name blinkt auf dem Display. Er nimmt den Anruf entgegen. Ihre Stimme ist nur ein Flüstern. »Kannst du kommen und mich abholen? Es ist etwas Schreckliches passiert.«

»Was?«

»Ich sag's dir, wenn du hier bist. Beeil dich.«

»Sag es mir jetzt.«

»Ich kann nicht.« Sie senkt ihre Stimme. »Ich kann nicht länger an diesem Ort bleiben. Ich treffe dich draußen.«

Joey schluckt den Rest seines Kaffees hinunter und rennt zur Tür. Er lässt seine schmutzige Tasse stehen und bedankt sich noch einmal bei der Kellnerin. Es regnet in Strömen und der Wind bläst stark. Er schlingt die Arme um seine Mitte, als er zurück zur Polizeiwache schreitet und überlegt, was los sein könnte. Bitte sag nicht, dass sie sie in all dem verdächtigen. Das darf einfach nicht passieren. Tropfen fallen von seinem nassen Haar auf sein Gesicht. Er kann sich nicht erinnern, dass ihm jemals so kalt war. Becca leidet. Er hasst sich selbst. Bei diesem Gedanken fasst er einen Entschluss. Er wird auf das Polizeirevier gehen und sich zu der Rolle bekennen, die er bei der Erschießung ihrer Mutter gespielt hat.

KAPITEL 17

Als Joey um die Ecke biegt und sich dem Polizeirevier nähert, sieht er Becca unter dem Schutz einer großen Eiche stehen. Sie hat ihr Handy ans Ohr gedrückt und ihr blondes Haar weht wild um ihren Kopf. Der Wind pfeift durch die Zweige des Baumes. Es klingt wie ein trauriges Lied, das er schon einmal gehört hat. Er kann sich nicht erinnern, wie es heißt, aber es ist eines, das er nicht mag. Sie sieht ihn und beendet das Gespräch. »Ich muss dir etwas sagen«, kündigt er an, während er auf sie zuläuft und nach Luft schnappt.

Es sprudelt nur so aus ihr raus: »Sie haben meinen Vater verhaftet. Sie glauben, er war es. Sie glauben, er hat meine Mutter angeschossen.«

Joey bleibt wie angewurzelt stehen. »Was?« Er spürt, wie ihm die Schamesröte in den Nacken steigt und seine Wangen färbt. Das kann doch nicht wahr sein.

»Uns wurde eine Familienbeauftragte zugeteilt. Eine wirklich nette Frau. Sie hat es mir erzählt, als ich dort war. Der Mann, der in dem Haus an der Ecke unserer Straße wohnt, hat meinen Vater gesehen. Gestern Abend, etwa zu der Zeit, als meine Mutter erschossen wurde. Sie haben ausgerechnet seinen Mantel erkannt.«

»Seinen Mantel?«, wiederholt Joey und das Grauen zerreißt ihn wie ein schneidender Wind.

Sie zittert und zerrt an Joeys Arm. »Ich will weg von hier.«

Als er von Becca zur Polizeiwache blickt, fragt er sich, ob es noch schlimmer werden kann. Die vernünftige Hälfte von ihm möchte die Treppe zur Wache hinaufgehen und sich stellen. Die andere Hälfte wünscht sich verzweifelt, er hätte den Anruf am Sonntagabend nie angenommen. Es war der größte Fehler seines Lebens. Es war das Streichholz, das das Feuer entfacht hat, das er nicht löschen kann. Alles, was er will, ist, Becca an einen Ort zu entführen, an dem es nur sie beide gibt. Weit weg von dem Ärger, den er ihr aufgeladen hat. Er braucht Zeit zum Nachdenken. »Das Auto ist ein paar Straßen weiter geparkt. Du bleibst hier und ich laufe los, um es zu holen. Ich werde mich beeilen.«

»Ich will hier nicht länger bleiben.« Sie zieht sich die Kapuze ihrer Jacke über den Kopf. »Ich komme mit dir mit.«

Sie versuchen zu reden, aber der heulende Wind zerschneidet ihre Worte und macht sie zu einem unverständlichen Durcheinander. Als sie das Auto erreichen, kämpft Joey gegen den Wind an, um ihr die Tür zu öffnen, bevor er zur Fahrerseite rennt und hineinspringt. Er startet den Motor und stellt die Heizung an, zieht seinen durchnässten Mantel aus und wirft ihn neben ihre Taschen auf den Rücksitz. Er hilft Becca aus ihrer Skijacke, wirft sie über die Schulter und legt sie zu seiner Jacke. »Was wird jetzt mit deinem Vater passieren?«

»Sie gingen zum Konferenzzentrum und verhafteten ihn. Die Familienbeauftragte hat es mir erzählt. Ich hatte das Gefühl, dass sie mir mehr erzählt hat, als sie sollte. Ich war etwas ... hartnäckig. Du weißt ja, wie ich sein kann.

Ich habe sie zu Antworten genötigt. Sie haben alle seine Kleider und Sachen als Beweismittel mitgenommen.« Sie schüttelt den Kopf und beißt sich auf die Unterlippe.

»Beweise wofür?«

»Dass er es getan hat. Dass er versucht hat, Mum zu ermorden. Sie werden ihn auf Schmauchspuren und Blutspritzer vom Schuss untersuchen, denke ich. Jetzt ist er wieder hier, auf dem Revier, und wird befragt. Ich kann nicht glauben, dass das passiert ist.« Ihre Augen schließen sich für einen Moment. Ihr Gesicht verzieht sich vor Schmerz. Schmerzen, die er beenden könnte, wenn er der Polizei sagen würde, was er weiß. Er könnte ihren Vater von den Fesseln des mutmaßlichen Mordversuchs an seiner Frau befreien. Becca öffnet ihre Augen und starrt ihn an. »Verdammt noch mal, Joey. Mein Vater hat versucht, meine Mutter zu ermorden.«

»Aber er hat doch ein Alibi, oder? Hat er nicht mit dem neuen Lieferanten seiner Firma zu Abend gegessen?«

»Es wurde abgesagt. Dem Kerl ging es nicht gut.«

»Was ist mit dieser Jessica, mit der er auf der Konferenz war?«

»Sie hatten ein frühes Abendessen zusammen.«

»Die Mitarbeiter des Konferenzzentrums werden das sicher bestätigen können.«

Sie nickt. »Ja. Aber sie haben das Essen abgekürzt. Jessica ging es anscheinend auch nicht gut. Sie überlegten, ob sie nach Hause fahren sollten, aber die Schneestürme waren so schlimm, dass sie beschlossen, zu bleiben. Außerdem dachte Dad, dass sie sich vielleicht heute Morgen mit dem Kunden treffen könnten. In Anbetracht der Zeitplanung hätte er zurückfahren, den Abzug betätigen und dann zum Konferenzzentrum zurückfahren können.«

»Das Zentrum muss eine Videoüberwachung haben. Wenn er das getan hätte, wäre er doch sicher aufgezeichnet worden?«

»Die Polizei prüft das gerade. Seine Telefonaufzeichnungen. Aber so etwas benötigt Zeit.«

Joey nimmt Beccas Hand und drückt sie. »Unschuldig, bis die Schuld bewiesen ist.«

Sie braucht eine Weile, um zu antworten. »Ich nehme an, ja.«

»Was hast du über den Mann und den Mantel deines Vaters gesagt?« Joey zuckt bei seinen Worten zusammen, denn er weiß, dass der Mantel weniger als zwei Meter entfernt im Kofferraum seines Autos liegt.

Becca pustet auf ihre Hände und hält sie vor die Heizung. »Ich weiß noch, dass Dad uns erzählt hat, dass er kurz nach unserem Einzug mit diesem Mann zusammengestoßen ist. Sie haben gelacht, weil sie den gleichen Mantel trugen. Es ist einer dieser Parkamäntel mit einer pelzigen Kapuze. Sie unterhielten sich darüber, wie warm sie waren und woher sie beide ihre Mäntel hatten. Gestern Abend sagte der Mann, dass er vom Pub nach Hause kam und Dad sah. Er ist nicht gerade weggerannt, aber er ist auch nicht gegangen. Ich schätze, deshalb glauben sie, dass er das Konferenzzentrum verlassen hat, nach Hause kam, sie erschossen hat und wieder dorthin zurückgegangen ist.«

Joey kann nicht glauben, was er da hört.

Sie hält inne und schüttelt den Kopf. »Ich weigere mich zu glauben, dass er in der Lage ist, ihr etwas anzutun. Es muss eine Erklärung dafür geben. Aber es sieht nicht gut aus, oder? Jemand wurde gesehen, der seinen Mantel trug und niemand kann sich für ihn verbürgen, als sie erschossen wurde. Die Chancen stehen schlecht für ihn.«

Sie schüttelt wieder den Kopf. »Das ergibt keinen Sinn. Er würde ihr nie etwas antun.«

Aber er hat sie verletzt. Er hat eine Affäre. Ist das nicht eine der schlimmsten Arten von Verletzungen? Die Gedanken an Maggie gestern Abend, als sie ihm erzählte, was ihr Mann vorhat, quälen Joey. Ihr Mann hat sie gebrochen, sagte sie.

Aber das reicht nicht aus, um ihn für ein Verbrechen zu beschuldigen, das er nicht begangen hat.

Joey schaltet die Scheibenwischer ein und beobachtet, wie sie den Regen von der Windschutzscheibe wischen. Sie machen dieses nervtötende Geräusch. CC muss die neuen Scheibenwischer nicht richtig eingebaut haben. Die Spannung zwischen dem Glas und dem Wischerblatt ist zu groß. Überall zu viel Spannung.

»Ich verstehe nicht, dass er angerufen hat, um zu sagen, dass er nicht nach Hause kommt. Aber er hat es getan, denken sie.«

Joey sieht sie an. Der Schmerz in ihren Augen ist quälend.

»Er hat gelogen.« Sie schüttelt den Kopf. »Er ist kein Lügner. Das ergibt keinen Sinn. Die Polizei hat mir alle möglichen Fragen über ihn und ihre Ehe gestellt. Es war furchtbar.« Sie sieht zu Joey auf. »Mein Vater hat versucht, meine Mutter zu ermorden. Wie konnte er das tun? Warum sollte er?«

Joey kann das nicht beantworten. Nun, er könnte eine Theorie aufstellen. Ihr Vater könnte also mit seiner Geliebten durchbrennen. Joey denkt darüber nach, wie das alles ablaufen wird. »Im Konferenzzentrum gibt es *sicher* eine Überwachungskamera. Jemand wird für ihn bürgen können.«

»Was ist, wenn die Schneestürme die Videoüberwachung beeinträchtigen? Kann das Wetter das tun?«

Joey zuckt mit den Schultern. Er kennt sich mit diesen Dingen nicht aus. »Ich schätze, es kann das Bild verzerren.«

»Komm schon, lass uns fahren. Ich brauche etwas zu trinken.«

»Soll ich einen Kaffee für dich besorgen?«

Sie schüttelt den Kopf. »Ich warte, bis ich im Haus meines Onkels bin.« Sie deutet auf ihre durchnässte Jeans. »Ich möchte das ausziehen.«

Joey hört Becca zu, während er durch den Wind fährt, der das Wasser über die Windschutzscheibe peitscht. Der Regen prasselt auf das Auto nieder. Er ist so stark, dass es sich anhört, als würde das Dach implodieren. Becca erhebt ihre Stimme, um ihm den Weg zu weisen, während sie ihm von der vergangenen Stunde auf dem Polizeirevier erzählt, wo sie zahlreiche Fragen über ihre Mutter und ihren Vater beantwortet hat. Schuldgefühle pulsieren durch seine Adern und beschleunigen seinen Herzschlag. Lähmende Schuldgefühle, Angst und Verbitterung, alles gemischt zu einem blutroten Giftcocktail.

»Fahr hier langsam. Nimm die nächste Abzweigung«, weist Becca, als sie bei der Straße ihres Onkels ankommen. »Da unten ist es.« Joey biegt auf einen Weg ab, der eher ein Feldweg als eine Straße ist, und fährt durch einen Bogen von Bäumen, der sich bis zu zwei einsamen Häusern erstreckt. Er verlangsamt auf zehn Meilen pro Stunde. Sein Auto wird diese Schlaglöcher nicht überleben.

»Das ist abgelegen«, stellt Joey fest, als er sich einem Doppelhaus am Ende des Feldwegs nähert.

»Ich weiß. Er und seine Frau haben sich vor ein paar Jahren getrennt. Er wollte sein Geschäft behalten, also war das alles, was er sich leisten konnte. Wo ist sein Auto? Es sieht nicht so aus, als ob er da wäre. Hier, park vor den Büschen. Ich rufe ihn an und frage, wo er ist. Er kann nicht weit sein. Er weiß, dass ich auf dem Weg bin.« Sie ruft an und hinterlässt eine Nachricht, dass sie da ist. »Ist schon gut. Ich weiß, wo er einen Ersatzschlüssel aufbewahrt.«

»Ich bin dann weg«, meint Joey. »Ich muss noch ein paar Sachen erledigen.« Er kann die Waffe nicht länger unter seinem Kopfkissen verstecken.

»Bitte bleib bei mir, bis er zurückkommt. Ich will nicht allein sein.«

Joey kann dem verzweifelten Blick in ihren Augen nicht standhalten und folgt ihr durch ein Seitentor in den verwilderten Hintergarten. Wuchernde Büsche, Pflanzen und Unkraut verwischen die Ränder zu einem braunen und grünen Chaos. Es erinnert Joey daran, wie ihr Garten in den Jahren nach dem Tod seines Vaters aussah. Im Gegensatz zu seiner Mutter, die Gartenarbeit hasst, war sein Vater davon besessen. Jeden Sonntagmorgen holte er Joey, um ihm zu helfen. Es war eine wöchentliche Aktivität, die Joey sehr vermisste, nachdem er gestorben war. Der Garten blieb verwaist, wie dieser hier, bis er endlich dem Nörgeln seiner Mutter nachgab und wieder nach draußen ging.

»Hier haben wir es«, sagt Becca, hockt sich hin und löst die Blätter einer Efeuranke, um einen Haufen großer, bunter Kieselsteine freizulegen. »Er hat das für mich gemacht, als ich den zweiten Schlüssel, den er mir gegeben hat, verloren habe.« Sie schiebt fünf oder sechs Steine zur Seite, nimmt einen heraus und dreht ihn um, sodass eine schwarze Plastikverpackung mit einem Zahlenschloss zum Vorschein kommt. Sie blickt zu Joey auf. »Du hättest nie gedacht, dass er hier ist, oder?«

Joey murmelt zustimmend.

»Er hat mein Geburtsdatum genommen, damit ich es nie vergessen kann.« Becca dreht an den kleinen Rädern des Schlosses. »Da haben wir's.« Sie öffnet den Deckel und zieht den Schlüssel heraus, bevor sie alle Steine wieder dorthin legt, wo sie waren.

Sie öffnet die Hintertür, die in eine kleine Küche führt, in der es nach gebratenem Speck und Katzenfutter riecht. In der Spüle steht eine fettige Bratpfanne, ein mit Ketchup beschmierter Teller und ein paar Tassen. Becca füllt den Wasserkocher auf, als ein Telefon klingelt. »War das meins?«, fragt sie und kramt in der Tasche ihres Hoodies. Sie schaut auf den Bildschirm. »Er ist kurz weg, um etwas einzukaufen. Er ist auf dem Rückweg.« Ihr Gesicht verzieht sich, als sie auf ihre Jeans zeigt. »Könntest du mir einen Kaffee machen, während ich mich umziehe?«

»Klar.«

Sie öffnet einen Schrank und findet drei Becher. Sie greift an die Rückseite der Arbeitsplatte und holt eine Dose und ein Glas mit Kaffee heraus. »Kaffee und Zucker sind da drin. Mach mal drei, ja? Mein Onkel trinkt seinen Schwarz ohne Zucker. Im Kühlschrank müsste noch Milch sein. Ich bin gleich wieder da.« Sie schnappt sich ihre Taschen und verlässt die Küche.

Joey geht zum Kühlschrank, aber abgesehen von einer Schachtel Eier und ein paar Dosen Sprudel ist er leer. Ihr Onkel holt wohl gerade Milch. Ein Geräusch auf der anderen Seite des Raumes erregt seine Aufmerksamkeit. Eine tiefschwarze Katze springt auf den Tisch und dreht sich um, um ihn anzustarren. Joey geht hinüber und streichelt sie. »Hey, Mieze. Du bist ja eine Süße.« Die Katze schnurrt, als Joey mit seiner Hand über ihren Rücken bis zum Schwanzende streicht. Er wiederholt diese Bewegung, während er sich die abgenutzten Möbel ansieht. Nichts davon passt zusammen. Der ganze Raum sieht aus, als wäre er aus einem Wohltätigkeitsladen zusammengekauft worden. Die altmodische Anrichte ist nicht gerade. Eines der Beine ist gebrochen und wird mit Ziegelsteinen abgestützt. Er starrt auf einen Stapel Akten auf dem Schreibtisch, neben dem ein Laptop steht. Der Bildschirmschoner zeigt das Foto einer hübschen Frau mit einem braunen Filzhut. Ihr Kopf ist zur Seite geneigt und sie hält die Handfläche unter den Mund, während sie der Kamera einen Kuss zuwirft. Sie kommt ihm bekannt vor. Er zermartert sich das Hirn. Wo hat er sie schon einmal gesehen? Vielleicht ist sie im Supermarkt gewesen. Die Katze miaut und stupst Joeys Hand mit ihrem Kopf an. »Ich stecke in Schwierigkeiten, Mieze. Tief, tief in Schwierigkeiten und ich weiß nicht, was ich tun soll.«

Er kehrt zu dem brodelnden Kessel zurück und starrt aus dem Fenster in den verwahrlosten Garten, während ihn ein Gefühl der Vorahnung durchströmt. Es ist, als würde er untergehen und er kann sich nicht dagegen wehren. Es gibt auch niemanden, der ihm hilft. Wo soll das alles nur enden? Er schraubt das Glas auf und löffelt Kaffee in die drei Tassen und Zucker in zwei. Er hört einen Motor. Als er die Tassen mit Wasser füllt, öffnet sich die Haustür und knallt zu. »Bin gleich unten. Mein Freund ist in der Küche und kocht Kaffee«, ruft Becca von oben.

Es ist die Hand, die ihn zuerst warnt. Die fettverschmierten Finger umschlingen die Tür und drücken sie auf. Dann taucht der Körper auf und er weiß es.

»Na, na, na. Wenn das nicht der Junge höchstpersönlich ist.«

KAPITEL 18

Joey blinzelt, um das Bild zu vertreiben, aber es ist Realität. Es ist glasklar. Seine Stimme stockt. »CC.«

»Der bin ich«, knurrt er, stolziert auf Joey zu und kippt eine Tüte mit Einkäufen auf die Arbeitsplatte. Er sieht erschöpft aus. Aber seine Schwester hängt an den lebenserhaltenden Maßnahmen, und eine Waffe, die er geliefert hat, hat sie dorthin gebracht. Er ahmt Joeys jämmerliche Stimme nach. »CC.« Er nimmt eine Packung Milch aus der Tüte und knallt sie neben die Tassen. »Am besten nennst du mich jetzt Ronny«, brummt er.

Joey sieht ihn verwirrt an. Ronny? Was hat es mit CC auf sich? Dann macht es Klick. Sein richtiger Name ist Cameron. Das hat er Joey gesagt, als sie sich das erste Mal getroffen haben. Ronny ist die Kurzform für Cameron. Ronny geht auf die andere Seite des Raums und nimmt eine Akte vom Tisch. Er öffnet die Tür eines Schranks und schaltet das Licht ein. Er hockt sich auf alle Viere und verschwindet darin. Joey hört, wie sein massiger Körper gegen die Wand schrammt, dann ein Summen und ein Knarren, als ob eine Stahltür geöffnet würde. Es entsteht eine Pause und dann ein Knall, als ob dieselbe Tür geschlossen würde. Sein Körper kehrt aus dem Schrank zurück. Fluchend steht er auf und stößt sich den Kopf an der schrägen Decke. Er starrt Joey an, während er sich den Kopf massiert und immer noch flucht.

Joey fühlt sich äußerst unwohl. Was ist mit dem lächelnden Kerl passiert, den er neulich kennengelernt hat? Joey kann nicht mit Sicherheit sagen, ob Ronny überrascht ist, ihn hier zu sehen oder nicht. Weiß er, dass Becca und er befreundet sind? Joey wirft einen Blick auf die Tür. Er weiß nicht, warum. Vielleicht denkt er, er könnte sich aus dem Staub machen – zu seinem Auto sprinten und so schnell wie möglich wegfahren.

»Denk nicht mal daran zu verschwinden«, warnt Ronny. Er stürmt auf Joey zu und stößt ihm in die Brust. »Wir beide müssen miteinander reden.« Die Stöße werden härter. Sie tun weh. Joey weicht zurück. Ronny macht einen Schritt nach vorn. Joey kann seinen Atem auf seinem Gesicht spüren. Der Geruch ist ekelerregend. »Warum hast du meine Anrufe ignoriert? Und was zum Teufel ist letzte Nacht im Haus meiner Schwester passiert?«

Soll er lügen? Soll er sagen, er habe den Rucksack abgegeben und sei gegangen? Denk nach, Joey, denk nach.

Becca stürmt ins Zimmer und verschafft ihm die dringend benötigte Zeit. Ihr Haar ist nass und Joey kann den vertrauten Duft von Erdbeeren und Minze riechen. Sie bricht in Tränen aus, als sie ihren Onkel sieht. Ronny wendet sich ihr zu und bietet ihr seine offenen Arme an.

Wie kann das sein? Wie kann dieser Mann, mit dem er sich unglücklicherweise eingelassen hat, Beccas Onkel sein?

Ronny zieht Beccas Kopf in seine Armbeuge und streichelt ihr Haar. »Es wird alles gut, Engel.« Er wirft Joey einen bösartigen Blick zu. Der Anblick ist ekelerregend. Ronny hat es nicht verdient, sie in seinen Armen zu halten.

Joey wendet sich ab und macht den Kaffee fertig. Aber er gießt nur Milch in einen der Becher. Er ist nicht mehr durstig. Es ist unerträglich, Becca dabei zuzuhören, wie sie diesem falschen Kerl von ihrer Mutter und den Anschuldigungen gegen ihren Vater erzählt. In seiner Eile lässt er den Löffel auf den Boden fallen. Er hebt ihn auf und schleudert ihn in die Spüle. Er landet mit einem Klirren. Er schnappt sich einen anderen aus dem Bestecktrockner auf dem Abtropfbrett und hört Becca zu, wie sie das Trauma der letzten achtzehn Stunden erzählt, während er ihre Getränke umrührt. »Bex, entschuldige die Unterbrechung, aber ich muss jetzt los. Ich bin später da, wenn du mich brauchst.« Joey kramt seine Schlüssel aus der Tasche und hofft, dass sie nicht merkt, wie sehr seine Hände zittern.

»Bleib wenigstens und trink deinen Kaffee«, bittet sie.

»Ich bin schon viel zu spät dran.« Joey nickt Ronny zu. »Schön, dich kennengelernt zu haben.« Er dreht sich zur Hintertür und öffnet sie. Er erwartet fast, dass ihn ein paar Hände am Nacken packen und wie einen Sack Müll ins Haus zurückwerfen, aber er hört nur Ronnys schroffe Stimme.

»Hey, Joey. Mir ist aufgefallen, dass einer der Reifen an deinem Auto nicht in Ordnung ist. So solltest du nicht herumfahren. Lass mich mitkommen und es dir zeigen.«

Joey knirscht mit den Zähnen.

»Bin gleich wieder da«, sagt Ronny zu Becca, gibt ihr einen Kuss auf die Stirn und folgt Joey aus der Tür. »Ich wusste gar nicht, dass du und Becca so gute Freunde seid«, meint er, als sie durch das Gartentor gehen. Joey schweigt. Er überlegt, wie viel er diesem Rüpel sagen soll. »Also komm schon. Ich erwarte Antworten. Was ist wirklich mit meiner Schwester passiert?«

Joey entschließt sich, die Wahrheit zu sagen. »Ich habe genau das getan, was du mir gesagt hast, aber sie hat mich erkannt. Sie hat mich ins Haus gezerrt wie eine Verrückte. Ich wusste nicht, was ich tun sollte. Sie war sehr überzeugend. Sie hatte getrunken. Sehr viel. Sie konnte kaum noch geradeaus gehen. In einer Minute sprach sie von Plänen, die sie für ihren Mann hatte, und das nicht auf eine gute Art und Weise. Dann richtete sie die Waffe gegen sich selbst. Es war verrückt. Sie war es. Was soll ich dir noch sagen? Sie hat sich erschossen.« Auch wenn Ronny seinen Worten keinen Glauben schenkt, ist er sich sicher, dass er die Verzweiflung in seiner Stimme wahrnimmt. »Wenn ich gewusst hätte, was wirklich in dem Rucksack war, hätte ich ihn nie genommen. Ich dachte, es wäre Bargeld. Du hättest es mir sagen sollen.«

»Und du hast sie einfach dem Tod überlassen?«

Ronnys Worte sind messerscharf wie der Wind, der heftig gegen Joeys Wangen bläst. Er will nicht mehr mit diesem bedrohlichen Mann reden, aber der ahnungsvolle Blick in seinen bösen Augen sagt Joey, dass es das Beste wäre, ihm nicht aus dem Weg zu gehen. »Ich dachte, sie sei tot. Sie ist auf den Boden gefallen, als wäre sie es. Da war eine Blutlache unter ihrem Kopf und überall an der Wand. Offen gestanden, sie sah tot aus. Ich wusste nicht, was ich tun sollte.«

»Wo ist die Waffe?«

»Ich habe sie mitgenommen.«

»Warum? Jetzt ist es eine blutige Jagd nach versuchtem Mord geworden. Sie geben Alan die Schuld.« Seine Lippenwinkel zuckten. War das ein Grinsen? Er hält sich die Hand vor den Mund.

»Ich hatte Panik. Ich dachte, wenn ich sie dort lasse, könnte sie zu mir zurückverfolgt werden.« Joey macht eine Pause, bevor er hinzufügt: »Oder zu dir. Also habe ich sie genommen und bin weggelaufen.«

»Wo ist sie jetzt?«

»Ich bin sie losgeworden.«

»Wo?«

»Ich habe sie zum Kanal heruntergebracht.« Reiß dich zusammen, Joey. Nimm dich zusammen. Werd nicht rot. Das ist nicht der richtige Zeitpunkt.

»Wann?«

»Gestern Abend. Bevor ich nach Hause ging.«

»Woher weißt du, dass dich niemand gesehen hat?«

»Ich war vorsichtig.«

Ronny starrt Joey an und streicht sich über den Bart. Ein Blick, der Joeys Rückgrat wie eine Reihe von Stromschlägen durchzuckt. Er hat den gleichen entnervten Blick wie Maggie letzte Nacht. Er wusste, dass sie ihn an jemanden erinnerte. Joey dachte, es sei Becca gewesen. Zum Teil hatte er auch recht, aber jetzt kann er die Ähnlichkeit zwischen den Geschwistern deutlich erkennen. Er will gerade etwas sagen, als Becca aus dem Haus gerannt kommt. Sie flitzt den Weg hinauf und bleibt vor ihnen stehen. »Ich habe gerade mit Jessica gesprochen«, sagt sie. »Und weißt du was?«

»Was, Engel?«, fragt Ronny. Die Süße in seiner Stimme klingt falsch.

»Er hat ein Alibi.« Becca steht auf, die Arme um ihren Körper geschlungen, um sich vor dem heulenden Wind zu schützen. Sie lehnt sich gegen den Kofferraum des Autos. »Die Polizei hat Jessica befragt. Sie ist gestern Abend in sein Zimmer gegangen, um ihn um Paracetamol zu bitten. Etwa zu der Zeit, als Mum erschossen wurde.«

Joey fragt sich, ob das wahr ist. Sind sie früh zum Abendessen gegangen und dann in Alans Zimmer, um die Nacht zusammen zu verbringen, aber sie kann nicht zugeben, dass sie das getan hat, also hat sie diese Geschichte erfunden?

»Was ist mit dem Mann, den du erwähnt hast, der gesagt hat, dass er deinen Vater letzte Nacht von eurem Haus weglaufen sah?«, will Ronny wissen.

»Ich denke, die Polizei wird das weiter untersuchen. Es muss eine andere Person gewesen sein, die den gleichen Mantel wie Dad trug. Ich bin mir sicher, dass ich seinen Mantel gestern im Schrank gesehen habe.« Sie zuckt mit den Schultern. »Aber ich kann nicht hundertprozentig sicher sein.« Joey wirft einen Blick auf die Stelle, an der sie lehnt. Der Gedanke, dass die Leute nach einem Mantel suchen, der direkt unter ihr versteckt ist – ein wichtiges Beweisstück in einer möglichen Mordermittlung – macht ihn fertig.

»Jessica hat uns in einem Hotel untergebracht, bis wir nach Hause fahren können. Ich muss Dad sehen. Kann mich einer von euch hinbringen?«

Joey möchte sich freiwillig melden, aber er weiß, dass er die Waffe wegschaffen muss. Außerdem braucht er eine Verschnaufpause von dieser beengten Situation.

»Ich mache das«, bietet Ronny an. »Joey muss an die Arbeit gehen.«

»Danke. Ich packe nur schnell meine Sachen zusammen.«

»Ruf mich später an«, ruft Joey Becca hinterher, als sie in Richtung Haus läuft. Er springt in sein Auto, nickt Ronny zu und lässt den Motor an. Joey möchte gerade losfahren, als Ronny an die Scheibe klopft. Widerwillig kurbelt Joey das Fenster herunter.

»Ich habe noch ein Paket für dich. Keine Sorge«, grinst er, »es ist keine weitere Waffe.«

Joey hält seine Hände hoch, als ob er sich ergeben würde. »Das hat mich fertig gemacht. Ich bin erledigt, Ronny. Ich habe keinen Bock mehr.«

Wie eine rote Fahne für einen Stier stachelt Joeys Aussage Ronny zu einem Wutausbruch an. »Ja, das bist du, Joey.« Er wirft einen Blick auf das Haus. »Ich muss das loswerden.« Er klopft auf das Dach des Autos. »Mach den Motor aus.«

Joey lässt ihn trotzig laufen, bis Ronny seine Forderung wiederholt und Joey nachgibt und den Schlüssel aus dem Zündschloss zieht.

»Warte hier. Ich bin gleich wieder da.«

Verblüfft sieht Joey zu, wie er den Pfad hinaufschlendert und seine Schultern im Gleichschritt mit seinem Schritt bewegt. Wofür hält ihn dieses Tier? Der Trotz wiegt mehr als seine Angst. Er wartet, bis Ronny im Haus verschwindet, bevor er den Motor wieder anlässt und losfährt, wobei er alle Unebenheiten der Straße vergisst. Im Rückspiegel kann er sehen, wie Ronny ihm mit ein paar Versandtaschen in den Händen hinterher rast. Das Auto ruckelt, als Joey durch ein Schlagloch düst. Er bremst. Eine Reifenpanne kann er jetzt nicht gebrauchen. Er fährt durch den Bogen der Bäume und denkt an Becca. Soll er sie dort bei ihm lassen? Dem Verrückten, der die Waffe geliefert hat, mit der sich ihre Mutter erschossen hat? Er würde doch nichts tun, was ihr schaden könnte, oder? Er hat Becca schon einmal über ihren Onkel Ronny reden hören. Aber nur beiläufig. Er erinnert sich, dass sie ihm nur Gutes über ihn erzählte. Ja, fast schwärmte.

Joey beschleunigt und betet, dass sein Auto den schrecklichen Zustand der Straße überlebt. An der Kreuzung zur Hauptstraße ist er gezwungen, anzuhalten und mehrere Autos vorbeizulassen. Er klopft auf das Lenkrad, um sie zur Eile zu bewegen. Er will gerade losfahren, als es einen gewaltigen Schlag gegen den Kofferraum seines Autos gibt. Er schaut in den Rückspiegel und der Schein der Bremslichter lässt Ronnys Gesicht dämonisch leuchten. Joey kann sehen, dass er die Versandtaschen unter den Arm geklemmt hat und er hält Joey den Bildschirm seines Handys entgegen, als wolle er ihm etwas zeigen. Aber Joey ist nicht interessiert. In blinder Panik tritt er das Gaspedal durch und rast auf die Hauptstraße.

KAPITEL 19

E in herannahendes Auto hupt und weicht aus, um einen Zusammenstoß zu vermeiden. Die Fahrerin wird langsamer, bis sie neben Joeys Auto steht und zeigt ihm den Vogel. Sie sagt: »Idiot«, bevor sie weiterfährt. Aber Joey interessiert das nicht. Er will nur noch weg von dort. Der Regen hat nachgelassen, aber die Scheibenwischer sind immer noch an und quietschen auf dem Heimweg über die Windschutzscheibe.

Der Ford Transit von Pat steht vor seinem Haus, als er ankommt. Ein blauer Lieferwagen, mit der weißen Aufschrift *Pat's Heizung und Sanitär* auf jeder Seite. Joey seufzt. Er hätte eine Ausbildung machen und einen Beruf erlernen sollen, als er die Schule verließ. Jetzt könnte er einen Lieferwagen besitzen. Einer mit der Aufschrift *Joey's Heizung und Sanitär* an den Seiten. Oder *Installateur Joey*, das klingt besser. Er stellt sich vor, dass er dort parkt, wo Pats Lieferwagen steht. Dann wäre er nicht in dem Schlamassel, in dem er sich jetzt befindet.

★ ★ ★

»Praktisch neu«, verspricht Pat, während er einen Schraubenschlüssel in seinen Werkzeugkasten legt. »Die Pumpe läuft. Das Wasser fließt. Alles gewartet. Ruf mich an, wenn du Probleme hast.« Er sammelt den Müll vom Boden auf und packt ihn in eine Tragetasche.

Das Geräusch von blubbernden Heizkörpern ist Musik in Joeys Ohren. »Kann ich das Geld auf dein Konto überweisen?«, fragt Joey und verschafft sich damit etwas Zeit, um an Geld zu kommen.

»Ja, klar. Ich schicke dir eine Rechnung.« Pat steht auf. Sein Knie knackt. »Ich fürchte, das muss über die Bücher laufen, denn ich muss meinen Lieferanten bezahlen. Sonst hätte ich es in bar gemacht.«

»Ja, klar. Schick sie rüber und ich kümmere mich darum.« Wem möchte er etwas vormachen?

»Ich werde dir die Rechnung bis Ende der Woche schicken. Wenn du sie sofort begleichen könntest, würde mir das helfen. Ich bin momentan etwas knapp. So viele Leute zahlen nicht pünktlich. Ich habe seit November ausstehende Rechnungen und die Lieferanten sitzen mir im Nacken. Dann braucht der Kleine auch noch ständig neue Sachen. Kinderschuhe, was meinst du, wie viel die kostet? Vierzig verdammte Pfund. *Vierzig.* Kannst du das glauben? Die sind nicht größer als meine Hand.«

»Keine Sorge«, stöhnt Joey und atmet innerlich erleichtert auf. Wenigstens hat er noch ein paar Tage Zeit, um das Geld aufzutreiben.

»Wann gehen wir denn mal was trinken? Es wäre schön, wenn wir uns wiedersehen, um der alten Zeiten willen und so. Wenn du willst, meine ich. Du musst nicht. Ich habe nur einen Witz darüber gemacht, dass du mir ein Bier ausgeben sollst.«

»Natürlich will ich das«, lacht Joey und gibt Pat einen freundschaftlichen Klaps auf die Schulter. »Ich bin dir wirklich dankbar für das, was du getan hast.«

»Sonntagabend?«

»Ich bin diese Woche beschäftigt. Wie wär's mit nächster?«

»Ja, klar. Sonntagabend ist mein Kneipenabend.« Er lacht. »Meine Frau lässt mich am Sonntag von der Leine!« Er hört auf zu lachen und runzelt die Stirn. »Ist alles in Ordnung, Joey? Du wirkst beunruhigt. Ich hoffe, du hast nichts dagegen, wenn ich das ausspreche. Hast du Geldsorgen?«

Joey schnaubt innerlich. Seine bittere finanzielle Not ist seit gestern Abend zur Bedeutungslosigkeit verblasst. Die Bedrohung durch Vollstreckungsbeamte wirkt wie Nichts gegen die Drohung wegen Rechtsbeugung und Flucht vom Tatort ins Gefängnis zu kommen. Was noch? Schusswaffendelikte: Besitz einer Waffe. Das allein könnte ihn schon in den Knast bringen. Aber wenn sie alles zusammenzählen, werden sie den Schlüssel wegwerfen. Er ist ein solcher Idiot gewesen. Als er herausfand, dass in dem Rucksack eine Waffe und kein Bargeld war, hätte er ihn sofort zu Ronny zurückbringen sollen. Was hatte er sich nur dabei gedacht?

»Ich habe im Moment viel zu tun, das ist alles.«

»Du kannst mich jederzeit anrufen, Kumpel. Siehst du die hier?« Er zeigt auf seine großen Ohren. »Sie sind groß und hässlich, aber umso besser zum Zuhören.«

Als Pat geht, erscheint seine Mutter. »Gott sei Dank ist das geregelt. Er ist ein netter Kerl. Was hast du heute vor?«

»Ich habe heute Nachmittag ein paar Überstunden zu machen.«

»Hast du einen Moment Zeit, den Heizstrahler auf den Dachboden zu bringen? Hier unten haben wir keinen Platz dafür. Ich habe ihn oben auf dem Treppenabsatz gelassen.«

»Klar. Du siehst schon besser aus.«

»Ich fühle mich auch viel besser. Ich gehe kurz einkaufen. Es wird nicht lange dauern. Mit dem Geld, das du mir gegeben hast, kann ich ein paar Sachen fürs Abendessen besorgen.« Sie beäugt ihn misstrauisch. »Woher hast du es denn?«

»Was sollen die ganzen Fragen?«, schnauzt er. Er kann nicht anders. Er fühlt sich wie ein Gummiband, das bis zum Zerreißen gespannt ist. Sie schaut schockiert über seinen Ausbruch. »Tut mir leid. Ich wollte nicht, dass es so pampig klingt. Ich habe es dir doch gesagt, oder? Ich habe jemandem in der Kneipe zu Weihnachten fünfzig Pfund geliehen. Er hat es mir zurückgezahlt.«

»Reden hilft immer«, meint sie, während sie geht.

Als sich die Haustür schließt, sprintet er die Treppe hinauf in sein Schlafzimmer und setzt sich für ein paar Minuten auf Dylans Bett, den Kopf in seine Hände gestützt. Er ist erschöpft, als ob er schon einen Marathon gelaufen wäre, und dabei ist es erst Mittag. Was ist nur los mit ihm? Er atmet tief durch und versucht, sich zusammenzureißen. Nichts bleibt für immer so, wie es ist.

Er ist dafür nicht gemacht.

Sein Leben ist eine Katastrophe.

Ohne ihn wären alle besser dran.

Er springt auf, holt die Pistole unter dem Kissen hervor und geht zum Lüftungsschrank. Nachdem er die Stange in der Ecke gefunden hat, klappt er die Dachbodenluke herunter und fährt die Leiter bis zum Boden aus. Er balanciert den Heizstrahler unter seinem Arm und klettert auf den Dachboden. Oben angekommen, schaltet er das Licht ein, aber natürlich ist die Glühbirne durchgebrannt. Er nimmt die Taschenlampe auf seinem Handy. Seine Augen suchen den Raum nach einem geeigneten Versteck ab. Er zaudert. Eine Stimme lässt ihn aufschrecken.

»Hörst du mir überhaupt zu?«

Joey blickt auf seine Mutter am Fuß der Leiter hinunter. »Was hast du gesagt?« Das Klingeln in seinen Ohren beeinträchtigt sein Gehör.

»Sei vorsichtig da oben.«

»Ich dachte, du wärst einkaufen gegangen.«

»Es regnet. Ich dachte, ich warte, bis es aufhört.«

Er zieht eine Grimasse. Er wollte den Mantel, die Turnschuhe und den Rucksack aus dem Auto holen und sie auf den Dachboden bringen, um Zeit zu gewinnen, bis er weiß, was er damit machen soll. Momentan traut er sich selbst nicht zu, solche Entscheidungen zu treffen.

»Lass den Heizstrahler in der Nähe des Eingangs, damit er in Reichweite ist, wenn wir ihn wieder brauchen.« Er wünschte, sie würde verschwinden. Ihre Anwesenheit vergrößert seine Angst. »Das ist gut, gleich da an der Seite.«

»An der Seite ist nicht genug Platz. Es ist zu viel Zeug hier oben.«

»Ich weiß. Ich muss mal ausmisten. Ich habe schon eine Weile darüber nachgedacht, das in Angriff zu nehmen. Wenn ich mich dazu in der Lage fühle, werde ich vielleicht am Wochenende damit anfangen.«

Das ist alles, was er braucht. »Nicht ohne mich«, ruft er. Er kann nicht zulassen, dass sie allein da hoch geht. Er umklammert die Waffe in seiner Tasche, die auf ihm lastet wie die Schuld auf seiner Seele. Joey kann es nicht mehr ertragen. Er muss sie loswerden. »Du tust dir noch weh, Mum. Tu mir einen Gefallen. Geh und hol eine Glühbirne aus dem Kasten auf dem obersten Regal unter der Treppe.«

Nachdem er sie für ein paar Minuten aus dem Weg hat, schlängelt er sich durch das Durcheinander in den Bauch des Dachbodens und stellt den Heizlüfter an die Stelle, an der er ihn neulich gefunden hat, neben einen alten, verstaubten Koffer. Das wird ein gutes Versteck sein. Er öffnet den Reißverschluss und findet ihn vollgepackt mit den alten Klamotten seines Vaters: Pullover, T-Shirts, Hosen und Unterwäsche. Er starrt das alles eine Weile an und schluckt den Kloß hinunter, der sich in seinem Hals bildet, weil seine Mutter nicht einmal in der Lage war, die löchrigen Socken und schäbigen Boxershorts seines Vaters wegzuwerfen. Joey nimmt die Pistole aus seiner Tasche und schiebt sie zwischen die Klamotten. Dabei murmelt er eine Entschuldigung für seinen Vater, der ihn von oben schimpfen wird.

»Ich habe eine.« Er dreht sich erschrocken um und sieht den oberen Teil des Körpers seiner Mutter durch die Luke ragen. Sie ersetzt gerade die Glühbirne, die den ganzen Raum erhellt. »Mum, geh runter.«

»Das sind doch die Klamotten deines Vaters in dem Koffer, oder? Bring ihn mit. Ich werde sie durchsehen. Irgendwo muss ich ja anfangen. Hier, gib ihn mir.« Sie klettert eine weitere Sprosse hinauf, sodass ihre Beine jetzt sichtbar werden.

Kann das noch schlimmer werden? »Nicht jetzt. Ich werde dir am Wochenende helfen. Ich muss jetzt zur Arbeit.«

»Nein. Nein. Gib mir den Koffer. Da sollte noch einer sein.« Sie zeigt auf den Bereich auf der linken Seite. »Da drüben. Ich habe heute Nachmittag noch nichts vor. Ich werde aussortieren.« Sie klettert auf die oberste Sprosse. »Es ist kalt hier oben.«

»Mum, geh runter. Ich bringe die Koffer später.«

»Joey Clarke. Wenn du sie mir nicht gibst, komme ich rüber und hole sie mir selbst.« Er kennt seine Mutter. Wenn sie nicht gerade von den lähmenden Symptomen ihrer Krankheit geplagt wird, ist sie ein entschlossener und sturer Esel. Sie hat diesen Gesichtsausdruck – glühende Augen, gerunzelte Stirn – der ihrem Sohn sagt, dass er aufhören soll, mit ihr zu streiten. »Komm schon. Gib ihn her.« Sie geht auf ihn zu und stolpert dabei über den Weihnachtsbaum, den Joey Anfang des Monats auf den Dachboden geschleppt hat.

Ein Nein akzeptiert sie nicht als Antwort. Denk nach, Joey. Denke nach. Er starrt auf den Koffer zu seinen Füßen, in dem die Waffe liegt, mit der sich gestern Abend jemand den Kopf weggeschossen hat, eingewickelt in die Kleidung seines verstorbenen Vaters. »Verschwinde von hier. Du tust dir noch weh. Ich meine es ernst, Mum. Ich habe mir schon den Fuß verletzt.« Er hebt sein Bein, um eine Verletzung vorzutäuschen, und versucht, die Verzweiflung aus seiner Stimme zu halten. Ehe er sich versieht, bittet sie ihn, den Koffer zu öffnen, damit sie darin stöbern kann. »Geh wieder runter und ich reiche ihn dir nach unten.«

Er stößt leise und langsam einen tiefen Seufzer aus, als sie die Leiter hinuntersteigt. Er wartet und beobachtet sie, bis ihr Kopf aus dem Blickfeld verschwindet. So schnell er kann, öffnet er den Reißverschluss des Koffers, nimmt die Waffe heraus und versteckt sie in einem alten Lampenschirm, der auf einem Stapel Kisten liegt. Er entdeckt den anderen Koffer, den sie verlangt hat, bringt die beiden zur Luke und übergibt sie seiner Mutter, die unten wartet.

»Danke, Joey. Es wird schmerzhaft werden, aber es ist an der Zeit. Sei so lieb und bring sie für mich nach unten, ja?« Sie schaut zur Öffnung des Dachbodens hinauf. »Du hast das Licht angelassen.«

»Ich weiß. Mach dir einen Tee und ich schließe ab und bringe sie nach unten.« Er nickt zu den Koffern neben seinen Füßen.

»Wenn ich es mir recht überlege, reicht mein Schlafzimmer erst einmal aus. Ich will die Kinder nicht verärgern, wenn ich heute nicht dazu komme, sie zu sortieren.«

»Geh und mach den Tee.«

»Versuchst du, mich loszuwerden?« Sie stemmt die Hände in die Hüften. »Ich kenne dich, Joey Clarke. Was ist hier los?«

»Nichts. Ehrlich.«

»Habe ich dir nicht beigebracht, niemals zu lügen?«

»Lass mich in Ruhe, Mum. Es ist alles in Ordnung.«

Sie geht den Flur entlang. »Du weißt, wo ich bin, wenn du reden willst.«

Er schaut zu, bis sie wieder die Treppe hinunter verschwindet, bevor er die Leiter hochklettert, um das Licht auszuschalten. Doch dann gerät er in Panik. Was ist, wenn sie später noch einmal hochkommt, um die Sachen seines Vaters zu durchsuchen? Sie könnte die Waffe leicht finden. Er benötigt ein sicheres Versteck. Er nimmt die Waffe aus dem Lampenschirm und watet durch das Durcheinander, bis der Bodenbelag zu Ende ist. Er verkeilt sie unter der Bodendiele auf der Isolierung. Dort wird sie sie niemals finden.

Nachdem er die Dachbodenluke geschlossen hat, bringt er die Koffer in das Schlafzimmer seiner Mutter.

Ein helles, zartgelb gestrichenes Zimmer, das Joey vor ein paar Jahren für sie eingerichtet hat. Er dachte, das könnte ihre Stimmung aufhellen. Er stellt die Koffer neben ihrem Kleiderschrank ab. Er will das Zimmer verlassen, aber er zögert. An der Tür dreht er sich um und starrt sie an. Der Gedanke an die Kleidung seines Vaters, die in zwei Koffern verstaut ist, weckt den Kummer in seinem Herzen, den er in diesen Tagen zu unterdrücken versucht. Auch nach all den Jahren, in denen er sich mit der Trauer abgefunden hat, ist sie immer noch schmerzhaft. Er denkt an Becca und daran, was sie durchmachen muss und was auf sie zukommen wird, wenn sie das Leben nach diesem Trauma meistert, für das er mitverantwortlich ist.

KAPITEL 20

Die Obst- und Gemüseregale müssen wieder aufgefüllt werden. Fang mit den Kartoffeln an«, weist Mister Parasi an, als Joey zur Arbeit kommt. Er bereut es, dieser Schicht zugestimmt zu haben. Aber niemand hätte ahnen können, in welche Turbulenzen er geraten würde, als er sich für diese zusätzlichen Stunden zur Verfügung stellte. Joey folgt ihm nach hinten zum Lager. »Scheinbar kaufen alle Kartoffeln.« Joey belädt einen Stapler mit Paletten und verbringt seine Schicht damit, die leeren Regale wieder aufzufüllen, wobei er versucht, nicht an den großen Ärger zu denken, in dem er steckt. Aber es gelingt ihm nicht. Seine ständigen Ängste erinnern ihn daran. Genauso wie die penetranten SMS von Ronny, die ihm sagen, er solle sich besser melden, sonst ...

Als er die Arbeit verlässt, überprüft er sein Telefon. Er ignoriert weitere Nachrichten von Ronny, sieht aber, dass Becca versucht hat, ihn zu erreichen.

Ruf mich an, wenn du kannst. B

Er ruft sie an. Sie geht sofort ran. »Ich bin in dem Hotel, in dem Jessica gebucht hat, aber Dad ist nicht da. Ich dachte, er wäre schon zurück. Kannst du kommen? Allein werde ich wahnsinnig.« Joey zögert. Er will einfach nur nach Hause. Die Turnschuhe und der Mantel im Kofferraum seines Autos müssen entsorgt werden. Er fühlt sich wie eine Katze, die nur noch eines ihrer neun Leben hat und das muss er für alles aufsparen, was die nächsten Tage noch auf ihn zukommen wird.

»Bitte, Joey.«

»Welches Hotel?«

Sie gibt ihm die Adresse.

Er schaut auf die Uhr. »Ich bin so schnell wie möglich da.«

»Triff mich in der Bar.«

★ ★ ★

Auf dem Weg dorthin ruft Joey seine Mutter an und sagt ihr, dass sie ohne ihn essen sollen. Er wird erst spät zurück sein. »Wo gehst du hin?«, will sie wissen. Er war noch nie so oft unterwegs wie in letzter Zeit. Er weiß, dass er ihr von Beccas Mutter erzählen muss. Sie wird es eines Tages herausfinden, wenn sie es nicht schon aus den Lokalnachrichten erfahren hat. Sie weiß, dass er und Becca Freunde sind. Sie weiß, dass er sich wünscht, sie könnten mehr als nur Freunde sein. »Ich erzähle es dir später.«

»Du steckst in Schwierigkeiten, nicht wahr?«

Er will sie nicht stressen. Das würde nur ein Aufflackern ihrer Krankheit verursachen. »Alles in Ordnung, Mum. Entspann dich.«

»Hast du eine Freundin?«, hakt sie nach.

Sie klingt überrascht. Er hat nicht viele Freundinnen und nur eine einzige ernsthafte Beziehung gehabt. In seinen späten Teenagerjahren hatte er eine intensive, einjährige Romanze mit einem Mädchen, in das er glaubte, verliebt zu sein. Aber als sie einen Studienplatz an der Uni bekam, änderte sich alles. Es war bei ihnen viel zu schnell zu ernst geworden, sagte sie, als sie in ihrer Wohnung in Newcastle ankamen und sein Auto mit all ihren Sachen vollgestopft war. Sie benötigte Raum, sagte sie. Was sollte das denn heißen? Völlig geschockt fuhr er die vierhundert verdammten Kilometer nach Hause und hörte nie wieder etwas von ihr. Erst in den vergangenen Monaten, als sich seine Gefühle für Becca entwickelten, wurde ihm klar, dass das Mädchen aus Newcastle nur ein Teenagerschwarm war.

»Nein«, antwortet er. »Hast du die Koffer bereits durchgeschaut?«

»Das habe ich nicht. Ich konnte es nicht ertragen. Vielleicht morgen.«

»Mach dir keine Gedanken. Ich bringe sie zurück auf den Dachboden.«

»Nicht nötig. Zu einem anderen Zeitpunkt komme ich dazu.«

★ ★ ★

Das Hotel, in dem Becca wohnt, ist eines dieser gehobenen Hotels im Herzen der Stadt. Es handelt sich um eine denkmalgeschützte, umgebaute Bibliothek, in der die Beleuchtung gedämpft ist und der Empfangsbereich nach dem Leder der Sofas und Ohrensesseln riecht. Sie liegt gleich weit entfernt von der Polizeiwache und dem Krankenhaus, ideal für die Bedürfnisse von Becca und ihrem Vater. Joey fühlt sich unbehaglich, als er an den beiden Empfangsdamen vorbeigeht und den mit Eiche getäfelten Korridor zur Bar entlanggeht, wo er Becca auf einem Ledersofa mit einem Lagerbier vorfindet. Sie ist blass und ihre Haare sind zu einem unordentlichen Dutt auf dem

Kopf zusammengebunden. Für Joey sieht sie aber immer noch heiß aus. »Dad ist gerade vom Revier zurückgekommen«, sagt sie.

Joey setzt sich neben sie. »Wo ist er?«

»Er ist in sein Zimmer gegangen. Ihm geht es nicht gut. Wahrscheinlich der ganze Stress oder er hat sich das Virus eingefangen, das Jessica auf der Konferenz hatte. Willst du etwas trinken?«

Das möchte Joey schon. Mehr als etwas. Er möchte sich zehn Jägermeister hinter die Binde kippen, sie mit einem Bier herunterspülen und das Leben für eine Nacht vergessen. Er blickt besorgt auf die Bar. Bis zum Zahltag sind es noch ein paar Tage, und der Preis für zwei Bier an einem Ort wie diesem wird ein kleines Vermögen kosten und den Rest seines Geldes auffressen. Bevor er antworten kann, schlurft sie nach vorn, bis sie mit dem Hintern auf der Seite des Sofas sitzt. Sie nimmt ihr Glas vom Tisch. »Setz dich zu mir. Ich will nicht allein trinken.« Sie nimmt den letzten Schluck ihres Bieres.

»Ich bin dran«, entgegnet er. Das Mindeste, was er tun kann, ist, ihr ein Getränk zu spendieren. Wenn er ihr nur die Wahrheit sagen könnte, würde sie nicht die Hälfte des Kummers durchmachen, den sie jetzt ertragen muss. Er schnappt sich ihr leeres Glas. »Noch mal das Gleiche?« Aber jedes Mal, wenn er daran denkt, sich die Rolle einzugestehen, die er in diesem Drama gespielt hat, sieht er seine Familie mit so leeren Tellern wie das Glas, das er in der Hand hält. Das kann er ihnen nicht antun. Er weiß, dass es nur eine Frage der Zeit ist, bis Maggie aufwacht und alles offenbart, aber so furchtbar es auch klingt, er weiß auch, dass sie es vielleicht nicht schaffen wird.

Er wartet darauf, bedient zu werden und studiert die große Auswahl an Gins hinter der langen Theke. Es ist viel los und die Barkeeper bedienen bereits andere Kunden. Er wirft einen Blick auf Becca, die mit ihrem Handy telefoniert. Das Stirnrunzeln auf ihrem Gesicht wird von Sekunde zu Sekunde tiefer. Etwas ist passiert. Joey spürt einen vertrauten kalten Schweiß. Mit wem spricht sie? Nach einer gefühlten Stunde, in der sie nickt und murmelt, obwohl es weniger als eine Minute ist, nimmt sie das Telefon vom Ohr und starrt auf den Boden.

»Was darf ich dir bringen?«, fragt eine Barkeeperin und mustert Joey von oben bis unten.

»Ich bin gleich wieder da«, antwortet Joey und geht auf Becca zu. »Bist du okay?«, fragt er.

Sie lässt ihr Telefon auf den Schoß fallen und sieht ihn schockiert an. »Das Krankenhaus hat angerufen. Meine Mutter hat eine Blutung im Gehirn. Sie bringen sie in den OP.«

Joey setzt sich und ergreift ihre Hand. »Bex, es tut mir so leid.«

»Ich muss es Dad sagen. Ich habe versucht, ihn anzurufen, aber er ist nicht rangegangen. Er muss eingeschlafen sein.« Sie schlägt sich die Handflächen an die Schläfen und lässt sie über ihre Wangen gleiten. »Das ist ein Albtraum.«

»Was kann ich tun?«, erkundigt Joey sich.

Sie steht auf und schnappt sich ihr Telefon. »Finde den Bastard, der ihr das angetan hat.«

★ ★ ★

Joey murmelt den ganzen Heimweg über vor sich hin. Worte der Gewissheit, dass alles in Ordnung sein wird, wechseln sich mit denen ab, die ihn auffordern, sich selbst aufzugeben. Als er zu Hause ankommt, traut er seinen Augen nicht. Ades Auto steht draußen vor der Tür. Er schlägt mit der Faust auf das Lenkrad und lacht laut auf. »Das soll wohl ein Witz sein?«, ruft er. Er hatte geplant, die Sachen aus dem Kofferraum zu holen und sie vorerst auf dem Dachboden zu verstauen. Das dürfte die sicherste Option sein, oder? Er zweifelt immer wieder an sich selbst.

Lachen begrüßt ihn, als er die Haustür öffnet, zusammen mit Hetty, die vor Freude mit ihrem Hintern wackelt. Seine Mutter ruft wie immer: »Guten Abend, Schatz.«

Er hängt seinen Mantel in den Schrank und geht in die Hocke, um Hetty zu begrüßen. »Es ist wahr, weißt du«, sagt er und streichelt Hettys borstiges Fell. »Ein Hund ist der beste Freund des Menschen.«

Im Wohnzimmer sitzen die Familie und Ade am Esstisch und spielen eine Partie Monopoly. »Ich habe Hotels auf den violettfarbenen Feldern«, verkündet Dylan mit einer Selbstgefälligkeit in der Stimme, die den Ausdruck von Freude in seinen Augen überschattet.

Ihre Mutter verdreht ihre Augen. »Und rate mal, wer gerade darauf gelandet ist?«, fügt sie hinzu und schiebt einen kleinen Stapel Papiergeld über den Tisch in Dylans Richtung. »Das bin ich.«

»Du hast immer noch die grünen und drei Bahnhöfe«, motzt Dylan.

Ihre Mutter lacht. »Der Rathausplatz und die Hauptstraße sind mit Hypotheken belastet und ohne Geld habe ich keine Chance.«

»Lasst uns nochmal anfangen und Joey kann mitspielen«, schlägt Megan vor.

»Auf keinen Fall. Ich werde gewinnen.« Dylan sieht Joey an und runzelt kurz die Stirn, um zu fragen, ob es ihm gut geht.

»Aber ich will, dass Joey auch spielt«, protestiert Megan.

»Das muss nicht sein. Ich bin kaputt«, meint Joey und nickt in Ades Richtung.

»Im Ofen ist ein Hühnerauflauf für dich«, bemerkt seine Mutter. »Oder Reste vom Chinesen.«

»Ich habe schon gegessen«, lügt Joey. Schon wieder. Das ist das Problem mit den Lügen. Du erzählst eine und sie kommen immer wieder, eine nach der anderen. Du kannst sie nicht stoppen. Man muss ein gutes Gedächtnis haben, um nicht über sie alle zu stolpern. Er ist am Verhungern, aber er kann es nicht ertragen, vor einem Detective zu essen und höfliche Konversation zu führen, während er vorgibt, als sei in seiner Welt alles in Ordnung. Außerdem hat er das Gefühl, dass er höllische Kopfschmerzen bekommt.

»Wo?«

»Ein Sandwich nach der Arbeit.«

»Ein Sandwich macht dich nicht satt. Du verlierst Kraft.«

»Mir geht es gut«, murmelt er und überlässt es den beiden, sich um ihr Immobilienimperium zu streiten.

Nachdem er ein paar Schmerztabletten eingeworfen hat, klettert er die Leiter zu seinem Bett hoch. Er macht sich nicht einmal die Mühe, sich auszuziehen. Vor lauter Erschöpfung ist jede Sprosse eine große Anstrengung. Als würde er einen steilen Berg mit einer schweren Last auf dem Rücken erklimmen. Er gibt sich der Bequemlichkeit seiner winzigen Privatsphäre hin, streckt seine Glieder aus und hebt seine Knie an, damit seine Füße auf dem Rahmen ruhen können. Er schaut auf sein Handy. Es gibt einen weiteren verpassten Anruf von Ronny, aber nichts von Becca. Er liegt in der Dunkelheit und versucht, die nagende Stimme zum Schweigen zu bringen, die ihm sagt, dass er aufgeben soll. Aber es steht zu viel auf dem Spiel. Seine Familie wird ohne ihn nicht überleben. So brutal es auch klingt, er hat eine Chance, damit durchzukommen.

Wenn Beccas Mutter nicht durchkommt.

KAPITEL 21

DONNERSTAG

Sein knurrender Magen weckt Joey. Er ist so leer, dass er sich krank fühlt. Er schaut auf sein Handy. Es ist fast sechs. Er bleibt eine Minute liegen, bis er die Leere nicht mehr aushält. Oder ist er nervös wegen dem, was er gleich tun wird? Er steigt die Leiter von seinem Bett hinunter und lauscht auf Dylans leises Schnarchen. Er muss sich beeilen, wenn er nicht erwischt werden will. Joey streicht sich mit den Händen über Arme und Beine und versucht, die Kleidung von gestern zurechtzurücken. So leise er kann, kniet er sich neben Dylan auf den Boden, der tief und fest schläft. Er greift unter das Bett und zieht eine alte Reisetasche heraus. Er geht zum Heizkörper unter dem Fenster und dreht den Regler runter, um seinen Plan zu verwirklichen.

Im Haus ist es totenstill, alle schlafen noch fest. Er schleicht die Treppe hinunter und meidet die unberechenbare Treppenstufe, die dritte von unten. Manchmal knarrt sie unter seinem Gewicht. Alles, woran er denken kann, ist Toast mit Butter und Marmelade, aber als er in der Küche ankommt, ist der Brotkasten leer. Er gibt zwei große Löffel Cornflakes in eine Schüssel und fügt etwas Milch und mehrere Löffel Zucker hinzu, aber als er einen Löffel davon nehmen will, dreht sich ihm der Magen um. Er stellt die Schüssel auf die Seite. Hetty wartet zu seinen

Füßen, ihr Kopf bewegt sich von einer Seite zur anderen, in der Hoffnung, einen Leckerbissen zu erhaschen. »Es ist noch nicht Zeit für das Frühstück«, flüstert er. Er beugt sich zu ihr und streichelt sie. »Du musst noch warten, meine Liebe.«

Im Schrank unter der Treppe findet er seine Crocs. Die Crocs, die einst seinem Vater gehörten und die er seiner Mutter nicht überlassen wollte, obwohl sie in ihren keinen Halt mehr hatte und der linke Riemen gerissen war. So leise er kann, nimmt er langsam seinen Schlüssel vom Flurtisch und schlüpft aus der Haustür.

Der Wind peitscht gegen ihn, als er den Weg zu seinem Auto geht. Die Sonne ist bisher nicht aufgegangen, die Dunkelheit sein willkommener Freund. In der Eile verliert er fast das Gleichgewicht. Er stützt sich am Gartenzaun ab und nutzt ihn, um sich zum Tor zu orientieren. Ein heruntergefallener Ast knackt unter seinen Füßen und klingt donnernd in der Stille des frühen Morgens. Als er sein Auto erreicht, das hinter dem Haus geparkt ist, öffnet er den Kofferraum. Er blickt sich um, halb in der Erwartung, seine Mutter zu entdecken, die ihn von ihrem Schlafzimmerfenster aus beobachtet. Aber das Haus liegt im Dunklen. Plötzlich kommt ihm ein Gedanke. Was, wenn Ade über Nacht geblieben wäre? Er hat nicht einmal gehört, dass Dylan ins Bett gekommen ist, was also, wenn Ade gar nicht gegangen ist? Joey hat Ades Auto vor dem Haus nicht bemerkt, aber wer weiß, ob er es nicht weiter die Straße hinauf gefahren hat? Aber warum sollte er das getan haben? Seine Paranoia lässt ihn auch die Fenster seiner Nachbarn überprüfen, aber er kann keine Menschenseele sehen. Er stopft den Mantel, die Turnschuhe und den Rucksack aus seinem Auto in die Reisetasche, klappt den Kofferraumdeckel herunter und drückt ihn leise zu.

Bevor er wieder ins Haus geht, schaut er nach, ob Ades Auto auf der Straße geparkt ist, aber er kann es nicht sehen. Im Haus ist es immer noch still. Er wirft die Crocs in den Schrank und schleicht die Treppe hinauf, die Reisetasche über der Schulter. Leise öffnet er die Schlafzimmertür seiner Mutter und vergewissert sich, dass sie allein ist. Er findet die Stange zum Öffnen der Dachbodenluke im Lüftungsschrank und wartet, bis er nur noch das Klopfen seines Herzens in den Ohren hört. Als er sicher ist, dass sich niemand rührt, klappt er die Treppe zum Dachboden herunter. Er klettert Stufe für Stufe hinauf und stöhnt innerlich bei jedem Knirschen und Quietschen. Er bahnt sich im Zickzack den Weg durch die Unordnung zu der Stelle, an der er die Waffe versteckt hat. Aber als er unter die Bodendiele greift, ist da nichts.

Er beginnt zu schwitzen, trotz der Minustemperaturen. Das kann nicht sein. Er fummelt und stochert auf beiden Seiten des Hohlraumes herum. Wo ist sie? War seine Mutter auf dem Dachboden und hat sie mitgenommen? Hat er die richtige Stelle erwischt? Auf allen Vieren krabbelt er an den Dielen entlang und schiebt seine Hand unter jedes Brett zwischen den Balken, während er den Atem anhält und betet, dass er sich irrt. Er war sich sicher, dass es in der Mitte war. Erst als er die raue Oberfläche des Handtuchs berührt, kann er aufatmen. Er schnappt erneut nach Luft, als er die deutliche Stimme seiner Mutter hört, die eindringlich von unten flüstert. »Joey, was machst du da oben um diese Zeit?«

»Ich komme runter«, antwortet er. Seine Mutter klettert jetzt die Leiter hoch. »Bleib unten. Es ist eiskalt hier oben.«

Mit zitternden Händen versucht er, den Reißverschluss der Reisetasche aufzureißen, aber er bleibt hängen.

»Was tust du da?«, ruft seine Mutter wieder.

Er gerät in Panik. Die Reisetasche lässt sich nicht öffnen. Er reißt am Reißverschluss und die Naht geht auf. »Ich komme«, ruft er. Er stopft die Waffe zusammen mit dem Mantel, den Turnschuhen und dem Rucksack in die Tasche. Da er keine Zeit hat, etwas anderes zu tun, schiebt er sie zwischen die Dachsparren und die Bodenbretter und stopft sie unter eine Schicht Isolierung. Auf dem Weg zurück zur Luke hustet er, weil er den Staub eingeatmet hat. Sein Herz klopft immer noch, aber er hat schon vorgesorgt. Er klemmt sich den Heizstrahler unter den Arm und steigt die Leiter hinunter. »Mit dem Heizkörper in unserem Zimmer stimmt etwas nicht.«

Da haben wir es wieder. Noch mehr Lügen.

»Es ist eiskalt da drin.« Er erreicht die unterste Sprosse und seufzt. »Ich muss Pat noch einmal anrufen, damit er sich das ansieht.«

Seine Mutter nimmt ihm den Strahler ab. »Was ist denn damit los? Gestern Abend, als Dylan ins Bett ging, funktionierte sie doch noch einwandfrei.«

»Ich weiß, aber ich friere.«

»Hast du dir etwas eingefangen?«

»Vielleicht.« Nachdem er die Stufen zurück in den Dachboden geschoben hat, hebt er die Stange auf, die auf den Boden gefallen ist, und schließt die Klappe. Er nimmt seiner Mutter den Strahler ab und geht in sein Schlafzimmer. An der Tür dreht er sich um und täuscht ein Lächeln vor. Sie schaut ihn an, dann auf den Dachboden und wieder zu ihm. »Ich bin nicht von gestern, Joey. Ich weiß, dass du etwas im Schilde führst.«

Er nickt der Tür zu und senkt seine Stimme. »Mir ist kalt. Hör auf, nach Dingen zu suchen, die nicht da sind.«

Sie geht auf ihn zu. »Ich mache mir Sorgen um dich. Du verhältst dich wie nach dem Tod deines Vaters. Steckst du in Schwierigkeiten?«

Er legt seinen Zeigefinger an seine Lippen. »Du weckst noch Dylan und Megs. Hör auf, dich zu stressen. Geh wieder ins Bett.«

»Du hast gestern Abend sehr aufgeregt ausgesehen, als du hereingekommen bist. Ich wollte vor den anderen nichts sagen. Du warst bleich wie ein Laken.«

»Mir geht es gut.«

»Ist es wegen Ade?«

»Was meinst du?«

»Die Tatsache, dass ich jemanden kennengelernt habe.«

Er schüttelt den Kopf und zieht die Augenbrauen zusammen. »Nein. Nein. Ich freue mich für dich.«

»Bist du sicher? Ich würde verstehen, wenn es dir schwer fallen würde.«

»Es ist alles in Ordnung. Geh einfach wieder ins Bett.«

»Wo warst du letzte Nacht?«

Er zögert. Wenn es eine Person gibt, vor der es schwer ist, seine Probleme zu verbergen, dann ist sie es. Sie hat eine Art, ihn zu durchbohren, bis sie die gewünschten Informationen herausbekommt. »Meine Freundin Becca hat ein paar Probleme. Ich war bei ihr.«

»Was für Probleme?«

Er seufzt. »Ihre Mutter hatte eine Blutung im Gehirn. Sie ist im Krankenhaus und wird operiert.«

»Ein Schlaganfall?«

»Jemand hat auf sie geschossen.«

Seiner Mutter fällt die Kinnlade herunter. »Um Himmels willen. Wer?«

Joey zuckt mit den Schultern. »Sie wissen es nicht.«

»Ist sie bei Bewusstsein?«

»Sie liegt im Koma und kann nicht reden.«

»Warum hast du nicht schon früher etwas gesagt?«

Er zuckt wieder mit den Schultern.

Sie zieht den Gürtel ihres Morgenmantels fester. »Komm schon.« Sie neigt den Kopf zur Seite und bedeutet ihm, zur Treppe zu gehen. »Lass uns den Kessel aufsetzen.«

Er würde nichts lieber tun, als die ekelerregenden Ereignisse seiner Woche vor jemandem auskotzen. Seine Mutter würde wissen, was zu tun ist. Das tut sie immer. Aber er kann sie nicht mit seinem Kummer belasten. Das würde sie nur krank machen. Außerdem will er ihr das bisschen Glück, das sie gefunden hat, nicht verderben. »Alles gut, Mum. Ich gehe wieder ins Bett.« Er setzt ein Lächeln für sie auf. Wieder ein falsches.

KAPITEL 22

Joey verbringt die nächste Stunde im Bett und scrollt gedankenlos durch sein Handy. Selbst die witzigen TikTok-Videos, die ihn normalerweise zum Lachen bringen, entlocken ihm nicht das kleinste Lächeln. Dylan schnarcht leise unter ihm. Wie schon gestern Abend googelt er wieder nach *Hirnblutung,* um zu sehen, ob er weitere Informationen findet. Die Blutung tötet Gehirnzellen ab. Die Überlebensrate liegt bei fünfzig Prozent, aber die meisten Überlebenden haben Probleme mit Sprache und Gedächtnis. Unbehagliche und unpassende Gedanken quälen ihn.

Was ist, wenn Maggie sich nie daran erinnert, was passiert ist?

Was ist, wenn sie stirbt?

Er schreibt Becca eine SMS.

> *Gibt es Neuigkeiten von deiner Mutter? J*

Sie antwortet sofort.

Der Telefonanruf

Die Operation ist offenbar gut verlaufen.
Kannst du reden? B

Gib mir fünf Minuten. J

Er geht nach unten, füllt den Wasserkocher und reibt sich die brennenden Augen, während er darauf wartet, dass er kocht. Die Operation ist gut verlaufen. Heißt das, dass Maggie jetzt reden wird? Wird sie ausplaudern, dass er derjenige war, der ihr die Waffe gebracht hat?

Ist heute der Tag, an dem alles ans Licht kommt?

Er gießt sich eine Tasse Kaffee ein und fühlt sich benommen. Er kramt in der Keksdose herum. Es sind nur noch ein paar halbe Kekse und Krümel übrig. Er nimmt einen und tunkt ihn in sein Getränk. Er lehnt sich an die Seite und starrt auf die benutzten Becher von gestern Abend, die in der Spüle mit schmutzigem Wasser liegen. Genau wie er – versunken im Chaos des Lebens, das durch seine eigene Dummheit entstanden ist. Er will in den Keks beißen, flucht aber, als er sieht, dass er in der Tasse abgebrochen ist. Er hebt die Schüssel mit den Cornflakes von vorhin hoch. Es sieht überhaupt nicht ansprechend aus, aber er verschlingt alles wie ein ausgehungertes Tier. Er schnappt sich noch ein paar Kekse, geht mit seinem Kaffee ins Wohnzimmer und ruft Becca an.

Ihre Stimme ist ein Flüstern. »Warte mal.« Joey hört, wie sie sich bewegt und Türen öffnet und schließt. »Entschuldige, ich war in Dads Zimmer. Mir ist die Zahnpasta ausgegangen, also bin ich los, um welche zu holen. Jetzt bin ich wieder in meinem eigenen. Ich habe die ganze Nacht kaum geschlafen. Ich habe etwas auf dem Herzen, worüber ich mit jemandem reden muss.«

»Klar.«

»Ich weiß, das klingt vielleicht lächerlich und ich habe es auch noch niemandem erzählt, aber meine Mutter hat vor einiger Zeit erwähnt, dass sie glaubt, dass Dad und Jessica eine Affäre haben. Ich habe es abgetan und ihr gesagt, dass das lächerlich ist. Dad würde so etwas nie tun. Da bin ich mir sicher. Aber was, wenn ich falsch liege? Könnte es sein, dass er und Jessica das geplant haben, damit sie Mum loswerden und zusammen sein können? Könnte Jessica gelogen haben, um ihm ein Alibi zu geben?«

Joey denkt darüber nach, was Maggie ihm erzählt hat. Sie wollte mit der Waffe ihren Mann ermorden, weil sie dachte, er hätte eine Affäre. Hat Ronny sie dazu angestiftet – seiner Schwester eine Waffe gegeben, um ihren Mann zu töten?

»Bist du noch da, Joey?«

»Entschuldige, ich habe darüber nachgedacht, was du mir gerade erzählt hast. Was ist mit dem Mann, der dachte, er hätte deinen Vater in dieser Nacht gesehen?«

»Die Polizei hat ihn noch einmal befragt. Er ist sich hundertprozentig sicher, dass er jemanden gesehen hat, der denselben Mantel trug, den er und Dad besitzen. Aber er kann nicht mit Sicherheit sagen, dass es definitiv er war, der ihn getragen hat. Er war ähnlich groß, aber es hätte jeder sein können. Er konnte sein Gesicht nicht erkennen, da die Kapuze oben war und er eine Maske trug. Das ist schon etwas seltsam, findest du nicht?«

»Was meinst du?«

»Ein Mann, der auf der Straße eine Maske trägt. Das ist einfach komisch. Ich verstehe, wenn es in einem Laden war, aber auf der Straße?«

»Die Menschen tragen immer noch Masken. Wir sehen sie im Supermarkt, nicht wahr? Sind sie sicher, dass es eine Maske war? Es könnte auch ein Schal gewesen sein. Derzeit ist es verdammt kalt.«

»Sie sagen ›er‹, aber sie können nicht einmal sicher sein, dass es ein Mann war. Die Polizei schaut sich immer noch die Überwachungskameras an und bittet die Anwohner um Videomaterial. Aber nichts. Ich kann nicht glauben, dass mein Vater so etwas getan haben soll, aber es passt einfach nicht zusammen. Es ist noch etwas verwirrend. Der Mantel. Die Polizei hat im ganzen Haus und in Dads Büro nachgesehen, aber er fehlt. Das lässt sie glauben, dass derjenige, der meine Mutter angeschossen hat, Dads Mantel mitgenommen hat. Das ergibt keinen Sinn. Nichts davon ergibt einen Sinn.«

Joey geht wieder nach oben, um sich anzuziehen. Dylan setzt sich im Bett auf und streckt die Arme über den Kopf. Er gähnt laut. »Mum macht sich Sorgen um dich.«

»Was meinst du?«, fragt Joey.

»Sie hat mir Fragen gestellt.«

»Worüber?«

»Wo du hingegangen bist. Normalerweise gehst du nicht so oft aus. Sie hat mir gerade von Beccas Mutter erzählt. Hattest du etwas damit zu tun?«

Joey starrt ihn entsetzt an. »Was willst du damit sagen?«

»Du hattest eine Waffe. Du wolltest sie wo hinbringen. In derselben Nacht hat jemand auf die Mutter deiner Freundin geschossen.«

»Sie ist nicht meine Freundin. Wenn du mich fragst, ob ich Beccas Mutter erschossen habe, ist die Antwort ein klares NEIN.« Joey stöhnt. »Verdammt noch mal, Dylan. Wofür hältst du mich?«

Ein oder zwei Minuten herrscht Schweigen, bevor Dylan sagt: »Übrigens, ich werde wieder mit dem Bus zur Schule fahren.«

»Warum?«

»Eines Tages muss ich das tun und jetzt ist ein guter Zeitpunkt dafür.« Er macht eine Pause, bevor er fragt: »Was hältst du von Ade?«

»Er scheint nett zu sein. Weshalb?«

»Fühlt sich komisch an. Du weißt schon, Mum mit einem Freund.«

»Sie hat das Recht darauf, glücklich zu sein. Wenn er sie glücklich macht, dann mag ich ihn.«

»Ich auch.«

Joey verbringt den Vormittag damit, ein Gähnen zu unterdrücken, während er roboterhaft die Waren an der Kasse scannt und die Einkäufe in Tüten packt. Der Laden ist heute überfüllt. Zur Mittagszeit macht er nur eine fünfzehnminütige Pause. Mister Parasi bietet ihm ein Panini mit Schinken und Tomaten an. Eines von mehreren, die beschädigt wurden, als der Karton, in dem sie verpackt waren, auf den Boden fiel. »Die kann ich nicht verkaufen. Nimm zwei, wenn du willst«, bietet Mister Parasi an. Joey lehnt nicht ab.

Er legt eines in den Kühlschrank und isst es morgen zum Mittagessen. Während er in das Panini beißt, schaut er auf sein Handy. Es gibt mehrere verpasste Anrufe von Ronny und eine SMS von Becca, die ihn bittet, sie anzurufen.

Sie antwortet nach ein paar Mal klingeln. »Mum darf Besuch empfangen. Allerdings nicht vor dem späten Nachmittag. Sie wartet auf den Ultraschall und die Schwester hat gesagt, dass sie mich anrufen wird. Dad ist wieder auf der Polizeiwache.«

»Warum?«

»Die Polizei hat noch mehr Fragen an ihn. Es tut mir leid, dass ich dich belästige, aber bringst du mich ins Krankenhaus?«

»Ich kann nicht früher von der Arbeit weg. Es ist viel los heute. Nach vier müsste es gehen.«

»Das ist in Ordnung.«

»Wie geht es ihr?«

»Besser, hoffe ich. Ich bin so besorgt.«

»Soll ich Mister Parasi sagen, dass du am Samstag nicht kommst?«

»Ich weiß es nicht. Es könnte eine gute Ablenkung sein.«

»Warte einfach ab.«

Nach Joeys kurzer Pause weist Mister Parasi ihn an, die Kühltruhen aufzufüllen. Der Job, den Joey am meisten hasst. Er würde viel lieber an der Kasse arbeiten. Zwanzig Minuten nachdem er die Fischstäbchen und die Pommes frites gestapelt hat, steigt ihm ein vertrauter, ranziger Geruch in die Nase – der Geruch von abgestandenem Speck und Tomaten. Er dreht sich um, als gleichzeitig eine Hand mit solcher Wucht auf seiner Schulter landet, dass Joey die Knie wegknicken.

»Becca hat mir gesagt, dass ich dich hier finden würde.« Ronny lacht. »Das kommt davon, wenn du meine Anrufe ignorierst. Nicht besonders clever.«

Joey holt zwei weitere Tüten Pommes und wirft sie in das Gefrierfach. Wie hat er diese Information aus Becca herausbekommen? Er vermutet, dass Ronny beiläufig gefragt hat, wo ihr Freund arbeitet.

»Sehe ich aus wie ein Mann, der gerne ignoriert wird?«

Joeys Herz donnert in seiner Brust. Noch nie hat er einen Menschen so verachtet. Wie kommt er nur von diesem Mann los? Er ist schlimmer als die bösen Träume, die er von seinem Vater hat und die ihn auch nicht in Ruhe lassen wollen. Das Schinken-Tomaten-Panini, das er mittags gegessen hat, kommt ihm beinahe hoch. Er kann den sauren Geschmack von verfaulten Tomaten schmecken, genau wie den Geruch im Atem dieses Wahnsinnigen.

»Ich habe noch ein paar weitere Jobs für dich, Joey.«

»Lass mich einfach in Ruhe.«

»Du scheinst das nicht zu verstehen.«

»Was verstehen?«

»Du arbeitest jetzt für mich.«

»Die einzige Person, für die ich arbeite, ist Mister Parasi, dem dieser Laden gehört.«

Ronny deutet auf den Laden. »Aber das ist kein richtiger Job. Becca hat mir erzählt, dass die Bezahlung mickrig ist. Du bist für mehr geschaffen.«

»Wenigstens ist es legal.«

»Komm schon, Joey. Du weißt so gut wie ich, dass wir beide nur dann ein anständiges Einkommen erzielen können, wenn wir gewisse Grenzen überschreiten.«

»Ich will nichts mehr mit dir zu tun haben.«

Er gackert. »Ist das so?«

Joey fühlt sich zunehmend unbehaglich. Die Kälte aus der Tiefkühltruhe tut nichts, um die Hitze zu kühlen, die durch seinen Körper schießt und sich in seinem Gesicht ausbreitet. Er schaut sich um und überlegt, wohin er sich verziehen soll.

»Nein, das tust du nicht.« Ronny legt seine Hand wieder auf Joeys Schulter, aber dieses Mal drückt er sie so fest, dass Joey vor Schmerz aufschreit. Mit der anderen Hand hält Ronny ihm sein Handy vor das Gesicht. »Du willst doch nicht so enden, oder?«

Joey starrt auf das Bild. Es zeigt einen Mann, dessen Gesicht zu Brei geschlagen ist. »Was zum Teufel!«

»Er hat Glück, dass er noch lebt.«

»Du hast ihm das angetan?« Joey kann das Bild vor ihm nicht fassen.

»Ich?« Ronny lacht. »Sehe ich aus wie jemand, der sich auf solche Spielchen einlässt?« Er schüttelt den Kopf. »Nein, ich habe andere Leute, die sich um solche Dinge kümmern. Aber zu besonderen Anlässen genieße ich es auch.«

Joey ballt die Fäuste.

»Ich muss dir noch eine bestimmte Person zeigen.« Ronny nimmt seine Hand von Joeys Schulter und zeigt ein weiteres Foto auf seinem Handy. »Hier, bitte sehr. Was hältst du davon?«

Joey schließt die Augen; er möchte nicht hinsehen, aber seine Neugierde gewinnt. Er öffnet sie und blinzelt vorsichtig, um das Foto zu erkennen, bevor er die Pommes frites und die Tiefkühl-Erbsen mit seinem Mageninhalt bedeckt.

KAPITEL 23

Ronny setzt seine Drohungen fort. Seine Augen bohren sich in Joey. »Du gehst zur Polizei. Du weißt, was dann passiert.« Er schiebt den Bildschirm seines Handys vor Joeys Gesicht und zeigt ein Bild von Ronny und Dylan. »Und wenn ich mitbekomme, dass du dieses Gespräch mit einer anderen Person wiederholst, wird dein Bruder nach seiner Mami schreien.« Ronny schaut auf die Gefriertruhe, in die Joey gekotzt hat. »Das stinkt«, sagt er und verzieht das Gesicht. »Glaube mir, Joey Clarke. Mit mir ist nicht zu spaßen.« Ronny deutet ins Innere der Kühltruhe. »Viel Glück beim Aufräumen.« Er klopft Joey auf die Schulter. »Behalte dein Handy im Auge. Ich habe heute Abend drei Lieferungen für dich. Du holst sie in meiner Garage ab. Du weißt, wo du hin musst. Die Uhrzeit schreibe ich dir.« Mit einem letzten Klaps auf Joeys Schulter verabschiedet er sich und lacht. »Und schau, dass du dir die Zähne putzt.«

Joey sieht zu, wie er weggeht. Mörderische Gedanken rasen durch seinen Kopf. Er stemmt sich gegen die Kühltruhe und versucht, seine Fassung wiederzuerlangen. Nur zweimal zuvor hat er so viel Hass empfunden, dass er dachte, er könnte töten. Einmal, als er das Bild des betrunkenen Fahrers, der seinen Vater getötet hatte, in der Zeitung sah. Das zweite Mal, als er der Gruppe von

Drecksäcken gegenüberstand, mit denen er kurz nach dem Tod seines Vaters zusammen war und die versuchten, ihm das Verbrechen anzuhängen, das sie begangen hatten. Das war eine andere Art von Wut. Sie war mit Schmerz gemischt. Er hatte gedacht, sie seien seine Freunde. Aber das hier ist eine ganz andere Ebene.

Ronny bedroht seine Familie.

Und das tut niemand ungestraft.

Joey ist die Art von Mensch, die manipuliert werden kann. Das weiß er. Er möchte lieber ein friedliches Leben als jede Art von Konfrontation. Man kann ihn sehr weit treiben. Er ist ein Weichei.

Aber wenn es um seine Familie geht, ist das eine andere Sache.

Mister Parasi erscheint und begleitet ihn in den Personalraum. »Es tut mir so leid. Ich werde es aufwischen«, sagt Joey und gerät noch mehr in Panik, weil er sich bewusst ist, dass er diese Woche zu einer Belastung geworden ist.

»Du wirst nichts dergleichen tun. Geh nach Hause. Deine Schicht ist ohnehin in einer halben Stunde zu Ende.«

Er kann es sich nicht leisten, früher zu gehen. Er hat diesen Monat schon ein paar Stunden zu wenig und er braucht das Geld, um die Vollstreckungsbeamten von seiner Tür fernzuhalten. Ganz zu schweigen von all den anderen Rechnungen, die wie Regentropfen auf ihn einprasseln und sein Leben ruinieren. Er muss Dylan immer noch das neue Telefon kaufen, gerade jetzt, wo er selbst zur Schule fahren will. Wenn er es sich recht überlegt, muss Joey nach Ronnys Drohungen heute Dylan weiterhin zur Schule bringen.

»Hat der Mann etwas gesagt, das dich verärgert hat?«

»Welcher Mann?«

»Ich habe einen Mann gesehen, der mit dir gesprochen hat. Er hat dir etwas auf seinem Handy gezeigt, bevor dir schlecht wurde. Du schienst ihn zu kennen.«

»Nur ein Kunde. Er hat mir einen Witz gezeigt.« Joey schenkt sich ein Glas Wasser ein und trinkt es leer, gefolgt von einem zweiten. »Ich fühle mich jetzt besser. Es geht schon wieder.«

»Ein Scherz.« Mister Parasi beäugt ihn misstrauisch.

»Ich werde das Chaos aufräumen.«

»Du musst nach Hause gehen. Du siehst blass aus. Wenn du krank bist, will ich nicht, dass der Rest der Belegschaft es auch wird. Möchtest du, dass ich dich fahre?«

»Mir geht es gut, ehrlich.«

Becca ruft an, als er in sein Auto steigt, um nach Hause zu fahren. »Mum wurde untersucht. Sie ist bei Bewusstsein. Ich kann zu ihr.«

»Spricht sie?«, fragt Joey und denkt, dass ihm wieder schlecht werden könnte.

»Ich weiß es nicht. Ich dachte, du wärst noch auf der Arbeit. Ich habe dir gerade eine Nachricht hinterlassen, dass ich mit einem Taxi zum Krankenhaus fahre.«

Er schaut auf die Uhr. »Ich bringe dich hin. Ich bin so schnell ich kann da.«

»Danke. Das ist lieb.«

Joey erwischt seine Mutter mit Megan beim Singen und Tanzen zu einem Justin-Bieber-Song, den Megan auf ihrem Handy abspielt. Sie versucht, einen Tanz zu choreografieren und die beiden lachen hysterisch, weil ihre Mutter die Bewegungen immer wieder falsch macht. »Nein, Mum, der Body Roll kommt nach der Hüftbewegung, nicht davor. Schau mir zu.« Er kann sich nicht erinnern, wann er seine Mutter das letzte Mal so glücklich gesehen hat wie in dieser Woche. Als sie Joey sieht, hält sie inne. »Mach du weiter«, meint sie atemlos zu Megan. Sie wischt sich den dünnen Schweißfilm von der Stirn, der auf ihr glänzt.

Megan protestiert. »Du kannst jetzt nicht aufhören. Wir haben es fast geschafft.«

»Geh und mach deine Hausaufgaben und wir machen später weiter. Ich will mit deinem Bruder reden.«

Joey presst seinen Kiefer zusammen. Warum wollen Frauen immer reden? Die Freundin, mit der er mal eine ernsthafte Beziehung hatte, war auch eine große Rednerin. Als sie sich trennten, beschwerte sie sich, dass er sich ihr nie öffnete. Er machte sich nicht die Mühe, ihr zu sagen, dass er nie das Gefühl hatte, dass er das könnte. Zumindest nicht bei ihr. Erst als sich die Freundschaft mit Becca in den vergangenen Monaten vertieft und er begonnen hat, mit ihr über seinen Vater zu sprechen, hat er gemerkt, dass das Reden eine therapeutische Angelegenheit sein kann, die in beide Richtungen funktioniert. Mit der richtigen Person. »Ich bin noch nicht fertig. Ich bin nur nach Hause gekommen, um ein paar Sachen zu holen und dann gehe ich wieder.« Er geht zur Treppe, um sich die Zähne zu putzen und ignoriert ihre Bitte, ihr zu sagen, wohin er geht.

Als er eine Linie Zahnpasta auf die Bürste drückt, piept sein Telefon und kündigt den Eingang einer Nachricht an. Sie ist von Ronny.

> *Abholung in der Garage um 20 Uhr, komm nicht zu spät*

Er starrt sich im Spiegel an, während die elektrische Zahnbürste seine Zähne putzt. Graue Schatten verdunkeln die Haut unter seinen Augen. Auf seiner Stirn, über den Augenbrauen, sind Flecken entstanden und er muss sich rasieren. Sein Gesicht wirkt eingefallen, als hätte jemand mit einem Meißel seine Wangenknochen bearbeitet und dabei nicht unbedingt gute Arbeit geleistet. Er überlegt, ob er Becca anrufen und ihr sagen soll, dass sie ein Taxi nehmen soll. Aber wenn ihre Mutter etwas zu ihr sagt, will er derjenige sein, der ihr alles erklärt, bevor sie zur Polizei geht. Denn das wird sie machen müssen. Das weiß er. Er muss sich auf das Schlimmste vorbereiten.

Als er das Bad verlässt, steht seine Mutter an ihrer Zimmertür und winkt ihn zu sich. »Was willst du?«, fragt er und folgt ihr ins Zimmer. Sie hockt am Ende ihres Bettes und hält ihr Telefon in der Hand. »Diese E-Mail kam heute. Ich wollte dich nicht beunruhigen, aber ich muss sie dir zeigen. Ich kann es nicht fassen.«

Er nimmt ihr das Telefon ab und überfliegt schnell den Absatz, in dem erklärt wird, dass der Tarif ausläuft, den sie abgeschlossen haben. Er hört auf zu lesen. Joey weiß bereits, was das bedeutet. Ihre monatliche Stromrechnung wird bald doppelt so hoch sein wie vor einem Jahr.

»Was sollen wir tun?«, fragt sie.

Er lächelt, um ihr die Anspannung zu nehmen. »Es ist in Ordnung. Ich wusste, dass das kommen würde. Ich habe diesen Monat ein paar Überstunden gemacht und ich werde mir einen Teilzeitjob suchen. Mach dir keine Sorgen, Mum. Ich habe alles im Griff.«

Schon seit Weihnachten will er sich für einen Teilzeitjob bewerben, aber er muss erst seinen Lebenslauf aktualisieren und ein Anschreiben verfassen. Er hat noch nie eins schreiben müssen. Sein Vater hat ihm den Job bei Mister Parasi besorgt. Seit er fünfzehn Jahre alt war, arbeitete er freitags nach der Schule ein paar Stunden dort, um zu putzen oder Regale zu füllen. Als er sechzehn wurde, brachte ihm Mister Parasi bei, an der Kasse zu arbeiten und als er die Schule abbrach, hatte Mister Parasi Mitleid mit ihm und stellte ihn fest ein. Das letzte Mal aktualisierte er seinen Lebenslauf im Januar vor zwei Jahren, im Jahr 2020, als er beschloss, dass ein neues Jahrzehnt auch ein neues Ich bringen würde und er fasste untypischerweise einige Neujahrsvorsätze. Er wollte mit dem Rauchen aufhören und wieder zur Schule gehen. Ersteres hat er zeitweise geschafft. Drei Monate und drei Tage lang kam ihm keine Zigarette an die Lippen. Aber das Vereinigte Königreich wurde abgeriegelt und Mister Parasi ließ ihn rund um die Uhr schuften, während die Leute den Supermarkt stürmten, um die Regale zu leeren. Joey und der Rest des Teams konnten sie nicht schnell genug auffüllen, speziell Toilettenpapierrollen, Nudeln und Reis. Einer der Teilzeitarbeiter am Wochenende – eine Frau um die vierzig, die jeden Sonntag arbeitete, um ihre Wimpernverlängerungen und Gelnägel zu finanzieren – bot ihm eine Zigarette an, als ihre Schicht für den Tag zu

Ende war. Joeys Entschlossenheit schwand zusammen mit seiner Hoffnung, eine Ausbildung anzufangen.

»Du bist so ein guter Junge, Joey. Ich bin so stolz, dass du mein Sohn bist.«

Bitte, Mum. Hör auf! Du weißt nicht, wie falsch du liegst.

»Ich muss mit dir über etwas anderes reden.« Sie klopft auf den Platz neben sich.

Joey zieht eine Grimasse. Bitte sag nicht, dass sie oben auf dem Dachboden war.

»Ich weiß, dass dich das, was mit Beccas Mutter passiert ist, mitgenommen hat. Wie wäre es, wenn du mit Ade sprichst? Er hat zwar keine eigenen Kinder, aber drei Neffen im Teenageralter und arbeitet ehrenamtlich in einem örtlichen Jugendclub. Er ist es gewohnt, mit Kindern zu reden. In seinem Job kommt er mit allen möglichen Situationen in Berührung.«

Joey kann nicht glauben, was er da hört. »Ich bin kein Kind, Mum.«

»Ich weiß. Ja, ich weiß. Aber es könnte jemand Unparteiisches sein, der dir zuhört. Dich führt.«

»Lass es, ja? Meine Freundin macht eine schwierige Zeit durch. Ich versuche, sie zu unterstützen, so gut ich kann. Keine große Sache.«

»Aber wir können dir helfen.«

»Ich sagte, lass es.« Sein Tonfall ist scharf. »Ich will nicht mit Ade reden, weil es nichts zu reden gibt.«

»Er könnte dir helfen.«

›Du machst wohl Witze!‹, möchte er sie anschreien. Stattdessen sagt er: »Bitte, Mum. Meine Sache ist meine Sache. Sprich nicht mit ihm über mich. Ich meine es ernst.«

Warum können ihn nicht einfach alle in Ruhe lassen?

Der Telefonanruf

★ ★ ★

Auf der Fahrt zum Krankenhaus bringt Becca ihn auf den neuesten Stand, während sie auf die Scheibenwischer starrt, die den Regen wegwischen. »Sie erlauben einen Besucher pro Patient.«

»Wie kommt das?«

»Richtlinienänderungen auf der Station. Eine Stunde pro Tag. Ich habe mit Dad gesprochen und wir haben beschlossen, dass ich im Moment die beste Person bin.« Sie seufzt schwer. »Ich habe Angst.« Joey sieht zu ihr hinüber. Ihre Augen treffen sich – eine Verbindung aus Traurigkeit und Angst.

Er willigt ein, auf sie zu warten und sie ins Hotel zurückzubringen, wenn die Stunde mit ihrer Mutter vorbei ist. So kann er pünktlich in Ronnys Werkstatt sein. Er überlegt, ob er sich einen Kaffee holen soll, aber er hat keine Lust dazu und verbringt die Zeit damit, durch TikTok zu scrollen, um etwas zu finden, das ihn zum Lachen bringt. Nach fünf Minuten gibt er auf und schaltet stattdessen das Autoradio ein. Die Nachrichten laufen im Hintergrund, während er seine Reaktion plant, wenn ihre Mutter jetzt reden kann und Becca erzählt, dass er derjenige war, der ihr die Waffe gebracht hat, mit der sie sich erschossen hat. Er fühlt sich wie eine Bombe, die kurz davor ist, hochzugehen. Es ist nur eine Frage der Zeit.

Etwa eine Stunde später taucht sie um die Ecke des Gebäudes auf und schreibt eine SMS auf ihrem Handy. Als sie Joey sieht, schüttelt sie den Kopf. Er schaut weg und macht sich auf das gefasst, was kommen wird. Er greift hinüber und öffnet die Tür. »Was hat sie gesagt?«, fragt er.

KAPITEL 24

Beccas Tränen fließen in Strömen. Die Angst lähmt Joey beinahe. Im Radio läuft ein Soul-Song. Er schaltet es aus und setzt sich auf seine zitternden Hände. Ihre Worte kommen murmelnd und stammelnd heraus. »Nichts.« Sie schüttelt den Kopf. »Nicht nichts, eigentlich. Aber es ist eine Anstrengung für sie, den Mund zu öffnen. Wenn sie es tut, ergibt das, was herauskommt, keinen Sinn.« Sie wischt sich die Tränen aus dem Gesicht. »Als ich versuchte, ihr Fragen zu stellen, starrte sie mich nur an, als ob sie durch mich hindurchsehen würde.«

»Oh, Bex. Es tut mir leid.« Tut es ihm nicht. Nicht wirklich. Er empfindet etwas für sie. Natürlich tut er das. Er liebt sie. Das weiß er. Das weiß er schon seit Langem. Aber so grausam er sich auch fühlen mag, seine Reue hat eine Gegenseite: Erleichterung. Es ist ein zweischneidiges Schwert.

Sie hebt den Kopf. »Die Krankenschwester hat gesagt, es ist noch zu früh. Es können Wunder geschehen. Sie hat gesehen, wie sich Menschen erholt haben. Aber ich weiß, dass ihre Chancen nicht sehr hoch sind.« Sie wischt sich die Nase am Ärmel ihrer Skijacke ab und schnieft. »Dad hat angerufen. Er ist auf dem Polizeirevier fertig.«

»Das ist eine gute Nachricht.«

»Für den Moment. Er geht ins Büro, um Jessica zu treffen. Sie benötigt Hilfe bei einigen geschäftlichen Dingen. Er sagt, das wird ihn von der Situation ablenken. Anscheinend können wir am Wochenende wieder ins Haus zurück.«

»Ist die Spurensicherung denn schon fertig?«

Sie zuckt mit den Schultern. »Das hat die Beamtin nicht gesagt. Sie meinte nur, dass die Polizei den Fall abschließt und wir bald nach Hause können.« Sie lässt ihren Kopf auf die Brust sinken. »Ich weiß nicht, ob ich dorthin zurückkehren möchte. Es wird mich alles an die Nacht erinnern, in der ich sie gefunden habe und an das ganze Chaos. Das Blut.«

Joey drückt ihre Hand. Er fühlt mit ihr. Das ganze Blut. »Davon wirst du nichts sehen. Sie haben sicherlich Reinigungskräfte geholt. Profis, die das ständig machen.«

»Ich weiß. Die Beamtin hat es mir gesagt. Aber trotzdem. Weißt du, was mir am meisten Angst macht?«

»Was?«

»Was ist, wenn Dad und Jessica eine Affäre haben und sie gelogen hat, um ihm ein Alibi zu geben? Ich hasse es, so über ihn zu denken. Das tue ich wirklich. Ich weiß, dass ich mich ständig wiederhole, aber es ergibt einfach keinen Sinn.«

Joey spürt, wie die Last der Schuld, die er seit der Schießerei mit sich herumträgt, von Stunde zu Stunde schwerer wird. Er könnte sie alle jetzt von ihren Qualen befreien. Zur Polizei gehen und die Lügen richtigstellen, die er erzählt hat. »Glaubst du das wirklich?«

»Ich weiß nicht mehr, was ich glauben soll. Man sollte seinen Eltern doch mehr vertrauen können als allen anderen, oder? Und ich schäme mich dafür, dass ich so denke, aber ich kann nicht anders.« Sie schlägt ihm spielerisch auf die Schulter. »Wenigstens habe ich dich.«

Wie kann sie sich so irren?

»Komm doch mit rein«, schlägt sie vor, als Joey gegenüber dem Hotel anhält. »Trink etwas mit mir.«

»Ich kann nicht. Ich muss noch woanders hin.«

»Wohin?«, will sie wissen. Eigentlich möchte sie wissen, was wichtiger sein könnte als sie.

»Ich habe einem Freund versprochen, ich würde ihm bei etwas helfen«, murmelt Joey reumütig. Das Bedauern darüber, dass er die wichtigen Menschen in seinem Leben immer wieder anlügen muss, wird immer größer.

»Nur kurz? Bis Dad von seinem Treffen mit Jessica zurückkommt. Er hat gesagt, dass er nicht lange braucht.« Sie sieht ihn mit diesen Augen an. Die Augen, die normalerweise ruhig sind, aber jetzt vor Verzweiflung schreien.

Es ist noch nicht sieben Uhr. Er hat noch eine Stunde Zeit, bis er sich mit Ronny treffen muss. »Okay. Ein schneller Kaffee«, gibt er nach, obwohl er überlegt, nach etwas Stärkerem zu fragen, um seine Nerven zu beruhigen.

Hotelgäste und Einheimische füllen die Hotelbar. Joey erkennt einen Mann aus dem *Coach and Horses*, aber da er nicht in der Stimmung ist, mit ihm zu reden, vermeidet er den Blickkontakt. Becca schaut sich nach einem Sitzplatz um. »Ah, sie sind hier. Ich dachte, sie treffen sich im Büro«, bemerkt sie und deutet zu einem Tisch auf der anderen Seite der Bar. Joey schaut hinüber und sieht Alan mit einer Frau, die er für Jessica hält. Sie sitzen nebeneinander auf einem Ledersofa und arbeiten konzentriert an einem Laptop, Akten liegen verstreut daneben. Er zuckt zusammen. Das sind keine Menschen, mit denen er fünf Sekunden verbringen möchte, geschweige denn die halbe Stunde, die er mit Becca allein verbringen wollte. Wie kann Alan mit Jessica zusammensitzen, wenn seine Frau auf dem Sterbebett liegt?

Becca führt Joey zu ihnen hinüber. »Ich dachte, ihr würdet euch im Büro treffen«, begrüßt sie die beiden.

Sie schauen unisono auf. Alan nickt Joey zu und fordert ihn auf, in einem der Ledersessel auf der gegenüberliegenden Seite des Tisches Platz zu nehmen. Alan ist ein gut aussehender Mann, denkt Joey, schlank und durchtrainiert, mit einer für einen Mann in den Fünfzigern üppigen Haarpracht. Es ist kinnlang und fettiger, als Joey es in Erinnerung hat, aber das war, bevor der arme Mann verdächtigt wurde, seine Frau ermorden zu wollen.

Becca beugt sich vor, um ihrem Vater einen Kuss auf die Wange zu geben. »Ich habe deine SMS bekommen«, sagt er zu Becca. »Vielleicht darf ich sie bald sehen.« Er sieht verärgert aus. Kein Mann, der eine Affäre mit der Frau mit dem kinnlangen Kleopatra-Bob haben würde, die neben ihm sitzt. Ihr Haar glänzt im Schein der opulenten Stehlampen, die auf beiden Seiten des Sofas stehen. Sie ist ganz anders, als Joey sie sich vorgestellt hat. Bekleidet mit Leggings und einem luftigen Top wirkt sie viel jünger als Beccas Mutter und Vater, und sie trägt einen Ehering. Das ist nichts, was ihm normalerweise auffallen würde, aber er war neugierig und hat als Erstes danach gesucht. Ist es möglich, dass die beiden eine Affäre haben? Er würde sagen, nein. Sie sieht halb so alt aus wie Alan. Aber wer weiß? Der Mann der besten Freundin seiner Mutter hatte eine Affäre mit einer zwanzig Jahre älteren Kollegin. Eine höchst unwahrscheinliche Verbindung, sagte seine Mutter. Aber fünf Jahre lang hatte niemand etwas geahnt.

Alan stellt Joey Jessica vor. Sie nickt Joey zu, lächelt und sammelt die Akten ein. Alan sagt Becca, sie solle an die Bar gehen und eine weitere Runde Getränke bestellen. »Nicht für mich«, meint Jessica, hebt ihr Glas und trinkt den letzten Schluck aus, der wie Sprudelwasser aussieht.

»Wie geht es dir, Joey?«, fragt Alan.

»Wie geht es Ihnen denn?«, stellt Joey die Gegenfrage. Er spürt, wie seine Schuldgefühle immer mehr zunehmen. Es wird unmöglich, sie zu tragen.

»Ich hatte schon bessere Wochen, wie du dir vorstellen kannst.« Er sieht anders aus. Entkräftet – als ob die Ereignisse der letzten Tage das Leben aus ihm herausgesaugt hätten. Er nimmt einen Schluck von seinem Guinness.

»Ich muss nach Hause zu meinen Kindern«, sagt Jessica mit belegter Stimme. Sie nimmt eine Nylontasche vom Sofa und schiebt ihren Laptop hinein. »Ich kümmere mich später darum, wenn sie im Bett sind und melde mich morgen bei dir. Viel Glück!« Sie berührt Alans Arm. Ihre Stimme wird sanfter. »Ruf mich an, wenn du etwas brauchst.«

»Mache ich«, nickt Alan. »Danke für alles.«

»Kein Problem. Jederzeit. Ich verabschiede mich von Becca, wenn ich gehe.« Sie wendet sich an Joey. »Schön, dich kennengelernt zu haben.«

Peinlich ist eine Untertreibung für das, was Joey fühlt. Er weiß nicht, worüber er mit Alan reden soll, aber er wird von Becca gerettet, die an den Tisch zurückkehrt und Jessicas Platz einnimmt. »Sie bringen die Getränke rüber.« Joey hat keine Lust zu warten. Er will da raus. »Joey weiß alles, Dad«, erklärt sie und merkt gar nicht, wie wahr ihre Worte sind.

Joey kann es nicht ertragen, noch einen Moment mit dem Mann zu verbringen, dessen Freiheit er in seinen gefesselten Händen hält. »Ihr zwei habt etwas zu besprechen.« Er steht auf. »Wir sehen uns später.«

Becca streckt die Hand aus und ergreift seine. »Du musst nicht gehen.« Sie wendet sich an Alan. »Oder, Dad?«

Alan stimmt mit seiner Tochter überein. Ein Telefon klingelt. Es ist das von Becca. Sie hebt es vom Tisch und starrt auf den Bildschirm. »Es ist die Familienbeauftragte«, sagt sie und runzelt die Stirn. »Ich frage mich, was sie will. Ich habe nur mit ihr gesprochen, als ich das Krankenhaus verlassen habe.« Sie nimmt Joeys Hand und zerrt daran, damit er sich wieder hinsetzt, während ein Kellner mit den Getränken kommt.

Joey greift nach einem Löffel und kippt sich löffelweise Zucker in seinen Kaffee, weil er dringend Energie braucht. Alans müde Augen wechseln zwischen Becca und seinem Guinness hin und her, seine Stirn liegt in Sorgenfalten. Joey rührt in seinem Getränk und beobachtet, wie Beccas Stirn in Falten liegt. »Das klang bedrohlich«, meint sie, als sie das Gespräch beendet und sich aufrecht hinsetzt.

Alan und Joey sehen sie fragend an.

»Die Beamtin hat wichtige Neuigkeiten für uns. Sie kommt jetzt hierher.«

KAPITEL 25

Was für Neuigkeiten?«, erkundigt Alan sich. »Sie möchte es am Telefon nicht sagen. Es wäre besser, wenn sie sie persönlich überbringt, meinte sie. Was könnte es sein?«

Joey dreht sich der Magen um. Was jetzt? Wurde er gesehen, wie er in der Nacht, als Maggie sich erschoss, in sein Auto stieg? »Glaubst du, sie haben jemanden geschnappt?«

»Die Überwachungskameras hätten etwas ergeben können«, vermutet Alan. »Oder vielleicht der Amazon-Lieferant. Oder die Video-Türklingel des Nachbarn, obwohl ich mir da nicht viel Hoffnung mache.« Seine Hand umklammert sein Glas. Seine Fingerknöchel treten weiß hervor. »Ich habe es doch gesagt, oder nicht? Ich wusste, dass sie denjenigen, der ihr das angetan hat, am Ende erwischen würden.«

»Sie kommt direkt hierher. Sie sagte, es dauert nicht lange.«

Joey kippt seinen Kaffee hinunter. Er brennt in seinem Mund und in seiner Kehle. Er kann nicht dabei sein, wenn die Polizeibeamtin eintrifft. »Es tut mir leid, aber ich muss los. Ruf mich später an.«

★ ★ ★

Der durchdringende Geruch von Öl schürt Joeys Aggression, als er Ronnys Garage betritt. Brennend heiße Wut durchströmt ihn. Eine Wut, die so stark ist, dass sie sein rationales Denken außer Kraft setzt. Er war noch nie der aggressive Typ. Niemals. Seine Mutter hat ihm oft gesagt, dass er härter werden muss. Er ist zu weich. Aber er wünschte, er hätte die Waffe mitgebracht. Gott vergebe ihm, aber er würde sie jetzt benutzen; sie an Ronnys Kopf halten und abdrücken. Aber er würde nicht darauf abzielen, ihn sofort zu töten. Nein, er würde ihm einen langsamen und schmerzhaften Tod bereiten. Er würde ihn leiden lassen. Er kann nicht glauben, dass er diese Gedanken hat. Das ist nicht er.

Aber wenn es hart auf hart kommt, bedroht keiner Joeys Familie.

Niemand.

Ein Mechaniker arbeitet immer noch im Schein der Deckenbeleuchtung, versteckt unter einem verbeulten BMW, der auf einer Hebebühne ruht. Aus dem Radio ertönt die harte Rockmusik, die Joey verabscheut. Er bevorzugt fröhlichere Musik. Er kann nicht anders. So ist er nun mal. Er schleicht sich an dem Mechaniker vorbei, ohne den Blick zu heben und geht in das Büro am Ende der Werkstatt. Ronny sitzt hinter seinem Schreibtisch und sieht nicht anders aus als letztes Mal, als Joey ihn dort getroffen hat. Joey kann nicht glauben, dass er sich so normal verhält, nachdem er seiner Schwester so viel angetan hat.

»Joey. Ich bin froh, dass du pünktlich bist. Ich hoffe, es geht dir jetzt besser.« Er zeigt mit einem Stift in Joeys Richtung und grinst. »Und ich hoffe, du hast dir die Zähne geputzt.« Hinterhältige Genugtuung glitzert in seinen dunklen Augen.

Joey kann nicht sprechen. Er hat das Vertrauen in sich selbst verloren, das Richtige zu sagen.

Ronny öffnet eine Schublade seines Schreibtisches und holt drei weiße Versandtaschen heraus. Es sind die gleichen, die Mister Parasi in der kleinen Schreibwaren-abteilung des Supermarkts verkauft. An jeder Tasche ist ein fluoreszierender Aufkleber mit Namen und Adresse angebracht. Ronny ordnet die Tüten auf einem Stapel an. Er schiebt sie über den Schreibtisch und sagt: »Liefere sie der Reihe nach ab. Sie liegen alle nicht weiter als einen guten Kilometer voneinander entfernt, also bist du in we-niger als einer Stunde fertig. Sammle das Geld ein. Mach dir nicht die Mühe, es zu zählen. Das sind Stammkunden. Sie wollen sich nicht mit mir anlegen.« Er gluckst. »Das könnte ihnen den Spaß am Wochenende verderben.« Dann schiebt er ein Mobiltelefon über den Tisch. »Be-nutze das für alle zukünftigen Geschäfte mit mir. Ich habe dir eine SMS mit meiner Nummer geschickt.« Er nimmt ein paar Zwanzig-Pfund-Noten aus der gleichen Schub-lade und wirft sie auf den Tisch. »Hier, bitte sehr. Das wird dir bei deinen Problemen helfen. Ich weiß, wie sehr du dich abmühst.«

»Wie kommst du darauf?«

»Die meisten Leute, die eine Familie zu versorgen haben, haben es im Moment schwer. Schick mir eine SMS, wenn du das dritte Exemplar abgeliefert hast.«

Joey saugt die Luft durch seine Zähne ein. Wie kann dieser Mann es wagen, ihn wie einen schmuddeligen Fuß-abtreter zu behandeln, den er meint, einfach übergehen zu können? Mit zusammengebissenen Zähnen schnappt sich Joey das Geld und die Briefumschläge. »Morgen um dieselbe Zeit hier. Bring das Geld mit, das du heute Abend eingesammelt hast. Sei nicht zu spät.« Joey wendet sich zum Gehen, als Ronnys kalte Worte ihn auf der Stelle erstarren lassen. Ronnys Hand formt eine Pistole. »Du willst mich doch nicht im Stich lassen, oder? Es wäre so schade, wenn dein Bruder verletzt würde.« Er hebt seinen Zeige- und Mittelfinger in die Luft, als würde er eine Waffe abfeuern. »Er ist zu niedlich, dein kleiner Bruder.«

Joey stürmt zurück zu seinem Auto. Warum macht sich dieser Verrückte nicht mehr Sorgen um seine eigene Schwester? Er ist geistesgestört. Als ob er keine Gefühle für sie hätte. Er betastet die Tüten in der Tasche seines Hoodies. Er weiß, was drin ist; die mehlige Substanz ist durch die Luftpolsterfolie zu spüren. Er startet den Motor und versucht, das Inferno der Wut zu kontrollieren, das sein Blut aufheizt. Er ist jetzt offiziell der Besitzer eines Wegwerfhandys. Wie konnte es nur so weit kommen?

Er weiß, dass er mit diesen Wutgefühlen nicht fahren sollte, aber er muss von diesem Monster wegkommen, das ihn von einem gesetzestreuen Menschen zu einem zwielichtigen Drogendealer gemacht hat. Er greift den Schalthebel und legt den Rückwärtsgang ein. Das Auto hüpft rückwärts. Er legt den ersten Gang ein und braust los.

Ein paar Minuten später parkt er in einer Seitenstraße, um die Adressen zu studieren. Er gibt die erste Adresse in Google Maps ein und wartet auf die monotone Stimme, die ihm den Weg weist. Nach einer fünfzehnminütigen Fahrt kommt er an einer Kneipe am Rande der Stadt an. Er findet einen Parkplatz, steckt den Umschlag vorn in seinen Hoodie und eilt mit einem mulmigen Gefühl hinein. So sollte sein Leben nicht verlaufen.

Es ist eine typisch britische Kneipe mit einem gemusterten Teppich und einer Reihe von Zapfhähnen, die laut dem Metallschild über dem Lokal eine Auswahl der besten Biere anbietet. Der Geruch von Kneipenessen liegt in der Luft und es wimmelt nur so von Trinkern und Gästen, die sich noch nicht auf den Heimweg gemacht haben. Joey geht an das Ende der Bar und wartet. Während er von einem Bein auf das andere tritt, wirft er einen Blick auf die Kunden, die die Bar füllen und fragt sich, ob die Person, die er dort treffen will, auch unter ihnen wartet. Ein traurig aussehender Kerl mit einer roten Nase stützt sich auf die Bar neben ihm. Daneben teilen sich zwei Frauen in den Dreißigern eine Flasche Shiraz und daneben trinken ein paar Männer ein Bier. Ein verliebtes Pärchen mit geröteten Wangen, das sich eigentlich ein Zimmer nehmen sollte, sitzt am anderen Ende der Bar und der Platz neben ihnen ist frei. Joeys Blick fällt auf niemanden.

Da er kein Geld für ein Getränk verschwenden will, meidet er die Bardame. Er ist ohnehin nicht durstig. Aber zu einem Whiskey würde er nicht nein sagen, wenn ihm jemand einen anbietet. Alles, um ihn zu beruhigen. Stattdessen starrt er auf die alten Schwarz-Weiß-Fotos, die neben ihm an der Wand hängen. Bilder von Pferden und Fuhrwerken, die Bierfässer ausliefern und Frauen in langen Kleidern und Hauben. Er sieht einen Polizisten mit einem Helm und einem Knüppel in der Hand und wendet sich schnell ab.

In seinem Pullover glüht der Umschlag, als ob er Feuer gefangen hätte. Er will es schnell hinter sich bringen. Wo ist dieser Typ? »Halt dich von Ärger fern, Joey«, warnte ihn seine Mutter vor vielen Jahren, als er kurz nach dem Verlust seines Vaters aus der Spur geriet und seine Fingerabdrücke fast in der nationalen Datenbank landeten. »Ich kann es mir nicht leisten, dich auch noch zu verlieren.«

Ein Klopfen auf die Schulter schreckt ihn auf. Er dreht sich um und sieht einen korpulenten Mann in den Vierzigern, lässig gekleidet in Jeans und kariertem Hemd. »Ich glaube, dort drüben findest du den, den du suchst«, brummt der Mann mit einer rauen Stimme. Er nickt in Richtung der Mitte des Pubs. »Es ist eine Party zum vierzigsten Geburtstag. Komm mit mir.«

Joey folgt ihm zu einem Tisch voller rüpelhafter Typen, die schon seit dem Mittagessen dort sitzen, wenn man den Lärm des GepläNkels hört, das zwischen ihnen herrscht. Der Tisch ist übersät mit leeren Biergläsern und Chipstüten. Noch mehr Gelächter und Obszönitäten ertönen, als jemand von der Bar kommt und ein Tablett mit Tequila-Shots und eine Schale mit geviertelten Limetten bringt. Einer der Männer wippt auf zwei Beinen seines Stuhls und dreht sich zu Joey um. »Bist du Joey?« Joey nickt. »Geh auf die Toilette, ich treffe dich«, lallt der Mann.

Joey findet die Herrentoilette und tut so, als ob er das Pissoir benutzen wollte. Als der Mann reinkommt, greift Joey in seine Tasche und zieht den Umschlag heraus.

Er nickt Joey zu, schnappt sich das Paket und rülpst laut. Er reicht Joey eine dicke Rolle Geldscheine. »Worauf wartest du noch? Du kannst jetzt abhauen.« Er entlässt Joey mit einem Händedruck.

Der nächste Stopp ist ein großes Haus. Joey schluckt schwer. Modern und mit Doppelfassade erinnert es ihn an Beccas Haus. Eine Erinnerung, die er nicht wieder aufleben lassen will. Es ist zu grässlich. Joey steigt aus dem Auto aus und klopft an die Tür. Eine Frau, die ungefähr so alt ist wie seine Mutter, öffnet die Tür. Sie ist genauso gekleidet wie seine Mutter, als Ade in der letzten Nacht vorbeikam. Sie hat das schon öfter gemacht. Viele Male,

191

wie ihre fahle Haut und ihre geschwollenen Augen zeigen. Sie überreicht Joey einen kleinen Umschlag, den Joey im Tausch gegen die ihr zugewiesene Versandtasche entgegennimmt. Der Ausdruck der Freude in ihren Augen verrät Joey, dass sie es kaum erwarten kann, ihr Wochenendvergnügen in die Hände zu bekommen. Mit einem kindlichen Grinsen öffnet sie die Tüte, noch bevor Joey weggegangen ist. »Du bist neu«, stellt sie fest. »Was ist mit unserem üblichen Typen passiert?« Joey zuckt mit den Schultern und verabschiedet sich von ihr. Je weniger er mit diesen Leuten zu tun hat, desto besser.

Er fährt in die Stadt zur dritten Adresse. Eine Wohnung in einem alten, umgebauten Haus, wo Joey fünf Minuten lang darauf wartet, dass jemand an der Tür erscheint. Die spindeldürre Frau ist jünger als die ersten beiden Nutzer. Joey fragt sich, ob sie viel älter ist als er selbst. Sie trägt einen Jeansminirock und einen schwarzen Rollkragenpullover. Eine lange Perlenkette baumelt an ihrem Hals. Sie mustert Joey von oben bis unten. Ihre roten Lippen formen ein breites Lächeln, als sie ihre Ware nimmt und ihm das Geld zusteckt. »Du siehst lustig aus.« Sie kichert und hebt und senkt ihre Augenbrauen. »Willst du mit uns feiern?«

Um sie nicht zu beleidigen, antwortet er: »Vielleicht ein anderes Mal.«

Die Frau zwinkert ihm zu. »Wenn du es dir anders überlegst, weißt du ja, wo du mich findest«, meint sie mit einem weiteren Zwinkern, bevor sie die Tür schließt.

Joey bellt ein Lachen für die Verrücktheit der Welt, in der er sich wiedergefunden hat. Er kann es nicht ändern. Er war mit Freunden zusammen, die auf Partys Drogen nehmen, aber er hat sie nur einmal probiert. Auf einer obskuren

Dinnerparty während seiner Zeit mit seiner Ex und ihren Freunden aus der Oberstufe. Kurz, bevor sie zur Universität ging und sie sich trennten. In der Mitte des Abends, als das Essen vorbei war, schockierte sie ihn, indem sie ein Tütchen mit weißem Pulver hervorholte. Er hatte sie nie für diesen Typ gehalten. Sie räumte einen Platz vor sich frei, rollte die Tischdecke zurück und begann, das Pulver mit einer iTunes-Geschenkkarte in Linien auf dem Glastisch zu teilen. Er genoss diese Erfahrung nicht. Anstatt sich ihr und ihren Freundinnen anzuschließen, die in den folgenden Stunden wie im Rausch durch die Lounge tanzten, sich regelmäßig umarmten und versprachen, sich für immer zu lieben, saß er auf dem Sofa und versuchte, die wahnsinnige Paranoia zu unterdrücken, dass eine von ihnen ihn ermorden wollte.

Bevor er sich auf den Heimweg macht und erfahren wird, was die Polizei Becca und ihrem Vater zu sagen hat, überprüft Joey sein Telefon. Sein richtiges Telefon, nicht den billigen Schrott, den Ronny ihm vorhin präsentiert hat. Es gibt keine Nachrichten.

Er fährt ziellos, den Tränen nahe. So kann er nicht weitermachen. Er braucht einen Ausweg aus den Schwierigkeiten, in denen er unfreiwillig gelandet ist. Er braucht ihn schnell. Aber für jede Möglichkeit, die er in seinen Gedanken durchgeht, während er sich durch den Verkehr schlängelt und ausweicht, fallen ihm nur mehr Probleme auf.

★ ★ ★

Als er zu Hause ankommt, steckt er wie immer seinen Kopf durch die Wohnzimmertür und grüßt alle. Verhalte dich normal, Joey. Verhalte dich normal.»Ich habe dir etwas zu essen aufgehoben«, ruft seine Mutter vom Sofa aus, wo sie mit Dylan und Megan einen Film ansieht.

»Später.« Er eilt nach oben, um das Geld zu verstecken, das er heute Abend eingesammelt hat. Er könnte eine ganze Stunde unter der Dusche gebrauchen, so dreckig fühlt er sich. Eine Stunde, die er sich nehmen würde, wenn ihn nicht die ständige Bedrohung durch steigende Energierechnungen in seinen Gedanken verfolgen würde. Vielleicht kann er das auch, jetzt, wo er ein zusätzliches Einkommen hat. Er kann nicht leugnen, dass ihm dieser Gedanke durch den Kopf geht. Er hat heute Abend weit mehr verdient, als er für eine Zehn-Stunden-Schicht bei Mister Parasi bekommt. Es ist Bargeld, also kann das Finanzamt nicht einmal einen Teil abziehen. Er rechnet aus, wie viel er in einer Woche verdienen könnte, wenn Ronny jede Nacht seine Dienste bräuchte und er muss zugeben, dass die Summe verlockend ist.

Aber er ist nicht diese Art von Mensch. Er würde nie mit sich selbst leben können, oder? Er kennt die Antwort, bevor er sich die Frage überhaupt gestellt hat.

Joey hat das Gefühl, dass er untergeht.

Sein Leben ist außer Kontrolle geraten.

In seinem Zimmer fächert er das Bündel mit dem schmutzigen Geld auf. Es muss mindestens ein Tausender sein. Er stopft es in eine Einkaufstasche aus Plastik und steckt sie unter sein Kopfkissen. Morgen wird er ein geeignetes Versteck finden. Er steckt die Zwanziger, die Ronny ihm vorhin gegeben hat, in sein Portemonnaie, das er in der Hand zusammenpresst. So voll war es schon lange nicht mehr, muss er zugeben. Sogar vor dem

Lockdown, als Bargeld noch mehr genutzt wurde. Das Gefühl hat etwas sehr Beruhigendes an sich.

Er zieht sich bis auf seine Boxershorts aus und geht duschen, als er Megan begegnet, die ebenfalls ins Bad stürmt. »Nein«, schreit Joey. »Ich bin dran.« Er möchte ihr zuvorkommen und stößt sich dabei den Zeh am Geländer an.

»Schlafmützen werden Verlierer sein«, quietscht Megan, als sie ins Bad hüpft. Sie steckt ihren Kopf durch die Tür. »Das sagst du auch immer zu mir.« Sie lacht und streckt ihm die Zunge raus, bevor sie die Tür zuknallt.

Er könnte sie erdrosseln! Er hört sein Telefon klingeln. Joey eilt zurück in sein Schlafzimmer. Es ist Becca. »Wie ist es gelaufen?«, fragt er, als er den Anruf entgegennimmt.

Sie weint. »Ich kann es nicht glauben. Niemand hat versucht, meine Mutter umzubringen. Sie hat versucht, sich selbst umzubringen.«

KAPITEL 26

Joey wusste, dass er diese Worte irgendwann einmal hören würde. Er dachte nur, dass es länger dauern würde, bis die Polizei sie überbringt.

»Die Forensik beweist, dass sie selbst auf sich geschossen hat.«

»Das sind furchtbare Neuigkeiten«, sagt Joey. Oh, die Lügen, diese Lügen. Sie strömen aus ihm heraus, wie die Tränen aus ihr herausströmen.

»Jemand war definitiv bei ihr. Die Person, die die Waffe mitgenommen hat. Aber es gibt noch so viele unbeantwortete Fragen.« Sie hält inne. Eine Stille, die Joey nicht ausfüllen kann. Er hat Angst, dass er etwas Falsches sagen könnte. »Hast du Zeit? Kommst du vorbei? Dad ist schon ins Bett gegangen. Ich könnte Gesellschaft gebrauchen.«

»Klar«, verspricht er, ohne nachzudenken.

»Joey?«, fragt sie.

»Was?«

»Du bist ein wahrer Freund. Ich liebe dich.«

Das sind die Worte, von denen er immer nur geträumt hat. Aber unter anderen Umständen. Jetzt klingen sie ganz fehl am Platz. Als würden seine Ohren ihn für die Verbrechen bestrafen, die er begangen hat. Du hast diese Worte nicht verdient, Joey. Du bist ein lügender, betrügerischer Gauner. »Ich kann in einer halben Stunde bei dir sein.«

★ ★ ★

Dylan liegt auf seinem Bett, als Joey aus der Dusche zurückkommt. »Wo warst du heute Abend?«, will er wissen. »Mum fragt mich ständig.«

Joey hält das Handtuch an den Rändern fest, wirft es sich über die Schultern und trocknet sich den Rücken ab. »Bei Becca. Sie ist ziemlich fertig wegen ihrer Mutter.«

»Was gibt's Neues?«

»Niemand hat versucht, sie zu töten. Sie hat versucht, sich umzubringen.«

Dylans Augen weiten sich. »Warum?«

Joey zuckt mit den Schultern. »Wer weiß?«

»Es muss einen Grund geben.«

»Natürlich gibt es einen. Sie wissen nur nicht, was der Grund ist.«

»Woher wissen sie das?«

»Was sollen die ganzen Fragen?«, mault Joey und reibt das Handtuch über seine Beine.

»Ich will es wissen.«

»Die Polizei kann es beweisen.«

»Wie?«

»Die Spurensicherung. Der Winkel der Waffe; die Blutspritzer nehme ich an.«

»Wird sie sterben?«

»Sie wissen es nicht. Bist du jetzt zufrieden?«

»Was soll das denn heißen?«

»Du hast mich gefragt, ob ich sie mit der Waffe bedroht habe.«

»Ich habe es nicht so gemeint. Das weißt du doch.«

»Du hast es trotzdem gesagt.«

»Ich wette, Ade würde sich für all das interessieren.«

Joey stoppt mitten im Sprung in eine Boxershorts. »Wage es ja nicht, das ihm gegenüber zu erwähnen. Ich meine das ernst.«

»Warum?«

»Weil ich es gesagt habe. Versprich es mir.«

»Versprochen.«

»Geh jetzt ins Bett. Ich gehe nochmal zu Becca.«

Dylan beäugt ihn misstrauisch.

Joey entdeckt Becca dort wieder, wo er sie vorhin verlassen hat, auf dem gleichen Ledersofa in der Hotelbar. Sie sitzt gebückt und scrollt durch ihr Handy. Sie hebt den Kopf, als er sich ihr nähert, als ob sie seine Anwesenheit spüren könnte. Als sich ihre Blicke treffen, verzieht sich ihr Gesicht. Er lässt sich neben ihr nieder und bietet ihr seine offenen Arme an. Sie legt ihren Kopf an seine Brust und er hält sie fest, bis sie bereit ist zu reden.

In der Bar ist nicht mehr so viel los wie vorher, aber es ist lauter. Joey schaut auf die Menge, die plaudert und lacht und den Donnerstagabend wie ein normaler Mensch genießt: Es ist fast Freitag, lasst uns einen Drink nehmen, um zu feiern. Wann ist er das letzte Mal ausgegangen und hat sich so amüsiert? Er kann sich nicht einmal daran erinnern. Ein Kellner erscheint und Becca hebt den Kopf. »Willst du etwas trinken?«, fragt sie Joey. »Bestell, was du willst. Mein Vater hat gesagt, die Rechnung geht aufs Zimmer.«

Joey bestellt einen Whiskey on the Rocks. Er empfindet ihn als Trostgetränk. Sein Vater hat früher auch Whiskey getrunken. Er ließ Joey immer einen Schluck probieren, wenn seine Mutter nicht hinsah. Sein Vater legte seinen Zeigefinger an seine Lippen und zwinkerte ihm zu, bevor er ihm sagte, dass er es seiner Mutter niemals erzählen dürfe. »Ich nehme einen Wodka«, sagt Becca an den Kellner gerichtet und setzt sich aufrecht hin. Sie sieht Joey an. »Ich glaube, wir können beide etwas Starkes gebrauchen.«

Das kann man laut sagen.

»Hast du schon gegessen?«, möchte Becca wissen.

Joey schüttelt den Kopf. Er ist nicht hungrig, aber er weiß, dass er etwas essen sollte.

Sie blickt zum Kellner auf. »Servieren Sie noch Essen?«, fragt sie. »Ich hatte gestern Abend ein Club-Sandwich hier. Ich hätte gerne wieder eins davon.«

»Kein Problem«, antwortet der Kellner.

»Machen Sie zwei daraus«, fügt Joey hinzu und merkt zum ersten Mal seit Langem, dass er Geld in seinem Portemonnaie hat, um an einem Ort wie diesem Essen zu bestellen. McDonald's oder KFC sind seine bevorzugten Restaurants, wenn er das Geld erübrigen kann. Er muss zugeben, es ist ein gutes Gefühl. Für einen Moment. Wenn er sich nicht daran erinnert, wie er an das Geld gekommen ist. Wenn er die Tatsache ignoriert, dass das Geld schon vergeben ist. Der Kauf von Sandwiches in einem schicken Hotel wird seine Schulden nicht tilgen.

Der Kellner nickt und sammelt die leeren Gläser ein, bevor er sie auf sein Tablett stellt. Er wischt den Tisch kurz ab und legt zwei frische Einweg-Untersetzer ab. »Bin gleich bei euch.«

»Wie geht es deiner Mutter?«, erkundigt sich Joey.

»Unverändert. Ich habe kurz vor deiner Ankunft mit der Station gesprochen. Sie hat heute Abend ein paar Löffel Suppe zu sich genommen, aber sie ist immer noch sehr verwirrt. Es ist noch zu früh, sagen sie mir immer. Aber nach den letzten Nachrichten hat die Polizistin gesagt, dass sie ihr psychiatrische Hilfe anbieten werden. Das könnte ihr helfen, zu sprechen. Ich werde sie morgen besuchen. Dann werde ich mehr erfahren.«

»Ich schätze, sie suchen immer noch nach jemandem?«

»Sie sammeln immer noch Beweise und stellen Nachforschungen an.« Sie rutscht auf ihrem Platz hin und her und überschlägt ihre Beine. »Hör dir das mal an.« Sie zieht die Augenbrauen hoch, als sie erzählt, was die Spurensicherung in einem der Küchenschränke gefunden hat – zerstoßene Drogen in Mörser und Stößel, so fein zerstoßen wie Pulver. »Tests haben ergeben, dass es sich um Antidepressiva handelt. Ich habe auch herausgefunden, dass der Hausarzt sie ihr vor drei Jahren zum ersten Mal verschrieben hat. Dad wusste davon. Aber Mum wollte nicht, dass ich es erfahre, also haben sie es mir nie gesagt. Sie hatte am Tag zuvor ein neues Rezept geholt und den Inhalt der ganzen Flasche in dem Mörser zermahlen. Was allerdings keinen Sinn ergibt, ist, warum sie das getan hat, wenn sie vorhatte, sich zu erschießen. Das lässt die Polizei glauben, dass jemand unerwartet mit einer Waffe aufgetaucht ist.« Sie zuckt mit den Schultern. »Aber die große Frage ist, wer?«

»Haben sie eine Ahnung?«

»Überhaupt nicht. Dad kann es nicht erklären. Ich habe keine Ahnung und Onkel Ronny auch nicht. Meine Mutter hat nicht viele Freunde, aber die, die sie hat, wissen es auch nicht. Telefonaufzeichnungen und E-Mails zeigen nichts Ungewöhnliches.«

Der Kellner erscheint und stellt zwei Gläser auf den Untersetzern ab. Sie nehmen ihre Getränke und stoßen an. Joey nimmt einen Schluck und genießt die feurige Wärme, die die brennende Flüssigkeit in seiner Kehle hinterlässt. Er nimmt noch einen Schluck.

»Die Beamtin hat gesagt, dass wir morgen wieder ins Haus können. Die Teams haben alles erledigt.«

»Das ist eine gute Sache, oder?«

»Ich fürchte mich davor. Es wird nicht dasselbe sein, wenn Mum nicht da ist.«

»Wie kommt dein Vater damit zurecht?«

Becca zuckt mit den Schultern. »Das tut er eigentlich nicht. Die Beamtin hat mich gebeten, allein mit ihr zu sprechen, nachdem sie uns das alles erzählt hat.«

»Warum?«

»Sie hat mir noch mehr Fragen zu der Ehe von Mum und Dad gestellt – wie sie miteinander auskommen, wie viel Zeit sie miteinander verbringen. Dinge, die ich ihnen schon erzählt habe.«

»Denken sie immer noch, dass dein Vater etwas damit zu tun hat?«

Sie hebt die Schultern und zieht sie zu den Ohren hoch. »Ich bin genauso verwirrt wie sie.«

»Was hast du ihnen gesagt?«

»Die Wahrheit. Alles, was ich weiß. Warum sollte ich nicht?«

»Natürlich.«

Ihre Club-Sandwiches kommen. Joey entfernt den Cocktailspieß, mit dem die Schichten eines der Dreiecke zusammengehalten werden und beißt in das Sandwich, wobei er erst jetzt merkt, wie hungrig er ist. Es ist ein Luxus, an einem Ort wie diesem zu essen. Wie wäre es wohl, immer so zu essen? Mit der Freiheit, sich keine Gedanken darüber machen zu müssen, wie viel es kostet oder was er opfern müsste, um sich eine solche Extravaganz leisten zu können. Becca zupft die Cocktailspieße aus allen vier Dreiecken heraus und entfernt das Ei. Sie setzt sie wieder zusammen und knabbert an den Rändern eines der Dreiecke. »Was ist mit ihrem Bruder? Du hast neulich gesagt, dass er und dein Vater einen heftigen Streit hatten. Dass das eine Geschichte für ein anderes Mal sei. Was ist passiert?«

Sie verdreht ihre Augen und stößt den Atem aus. »Ich weiß es nicht genau, um ehrlich zu sein. Mein Vater hält alles sehr privat. Onkel Ronny hat für ihn gearbeitet, kurz nachdem Dad das Geschäft gegründet hatte.« Sie legt ihr angebissenes Sandwich auf den Teller und schiebt es weg. »An einem Tag arbeitete Ronny für ihn. Am nächsten Tag tat er es nicht mehr.«

»Warum?«

»Ich habe den wahren Grund nie herausgefunden. Mein Vater hat angedeutet, dass er etwas Zwielichtiges getan hat, aber er hat mir nie genau gesagt, was. Ronny war so nachtragend. Das verursachte einen massiven Familienzwist. Für Ronny war er ein Geschäftspartner, aber Dad sah das anders. Dad war derjenige, der das gesamte Kapital für die Gründung des Unternehmens aufgebracht hatte, bevor Ronny überhaupt auf den Plan trat. Er hatte Ronny als Angestellten auf der Gehaltsliste. Alles nur wegen Mum. Sie haben ihre Eltern verloren, als sie noch sehr jung waren und sind in Pflegefamilien aufgewachsen. Mum ist ihm gegenüber so beschützend.

Onkel Ronny kann in ihren Augen nichts falsch machen. Ronny glaubt, dass die Firma ohne ihn nicht das wäre, was sie heute ist. Er hat den ›Kunden Null‹ aufgetan.«

»Kunde Null?«, fragt Joey und stellt seinen leeren Teller auf den Tisch, während er Beccas Reste begutachtet.

Becca grinst. »So nennen sie ihren großen Kunden. Switchton Limited, das ist ein großer Fisch auf dem Markt.« Sie erklärt, wie Switchton unterschrieben hat, was andere dazu veranlasste, zu folgen. Viele andere. »Bis dahin hatten sie zu kämpfen, aber als Switchton an Bord kam, ging es erst richtig los. Laut Onkel Ronny hat er ein Jahr lang an der Beziehung gefeilt, bis sie auf der gestrichelten Linie unterschrieben haben. Dann ging alles schief für Onkel Ronny. Dad wurde ihn los und seine Frau, meine Tante Erin, verließ ihn. Sie haben eine Tochter – meine Cousine Freya. Erin zog mit ihr zu ihren Eltern. Um Onkel Ronny zu bestrafen, denken wir. Freya ging früher auf eine Privatschule. Als Ronny das Unternehmen verließ, konnte er die Gebühren nicht mehr bezahlen. Erin musste ihre Eltern dazu bringen, sie zu bezahlen. Sie *ist* ein kleiner Snob. Nicht, dass ich das Onkel Ronny gegenüber je erwähnen würde. Er würde sie morgen zurücknehmen. Nachdem sie ihn verlassen hatte, sprach sie ewig nicht mit ihm und ließ ihn nicht zu Freya. Darüber war ich traurig. Sie ist meine einzige Cousine, und wir standen uns als Kinder sehr nahe. Letzten Sommer hat Erin angefangen, ihn wieder zu ihr zu lassen. Aber nur, weil Ronny zugestimmt hat, Freyas Schulgeld zu bezahlen. Er zahlte Erins Eltern die Gebühren zurück, die sie in der Zwischenzeit übernommen hatten. Erin hat mir gesagt, dass das die Vereinbarung war.«

»Sein neues Geschäft muss gut laufen.«

»Das tut es. Bevor er bei Dad arbeitete, war er Mechaniker. Also hat er ein Grundstück gekauft, um sein eigenes Geschäft zu eröffnen. Er kauft und verkauft auch Autos. Seit Covid boomt der Gebrauchtwagenmarkt.«

Und der Kokainmarkt will Joey sagen. »Er muss etwas Schlimmes getan haben, damit dein Vater ihn loswird.«

»Ronny wurde faul, nachdem Switchton unterzeichnet hatte. Er dachte, er hätte seinen Beitrag geleistet und wollte einen größeren Teil des Kuchens, wie ich es verstanden habe. Dann fand er heraus, dass er eigentlich kein Partner war. Er ist ausgerastet. Er sagte, er hätte Dad vertraut.« Sie zuckt mit den Schultern. »Es war mehr als das, aber ich weiß nicht genau, was. Dad weiß, wie sehr Mum Ronny liebt, also hat er immer versucht, ihr zuliebe den Frieden zu wahren.« Sie nimmt einen Schluck Wodka.

»Das weiß sonst niemand?«

»Ich glaube nicht, dass das jemand weiß. Ich habe gehört, wie Onkel Ronny und Dad sich darüber gestritten haben. Sie wissen nicht, dass ich es weiß. Es war ungefähr zu der Zeit, als Mum krank wurde. Dad wollte ihr nicht noch mehr Stress bereiten. Also gab er Ronny das Geld, um sich selbstständig zu machen, und ließ die Leute glauben, er sei freiwillig gegangen.«

Der Kellner kommt vorbei und fragt, ob sie noch etwas trinken möchten. »Dasselbe noch mal«, bestellt Becca.

»Einen Kaffee für mich, bitte«, sagt Joey. »Ich muss noch fahren.«

»Bleib. Ich habe ein Kingsize-Bett in meinem Zimmer.« Becca bewegt ihre Hand hinüber zu Joeys Knie. Sie spüren beide die Elektrizität, die sie durchfährt. Er merkt es an ihrem schockierten Blick, den sie ihm zuwirft. »Ich könnte Gesellschaft gebrauchen.« Sie blickt zum Kellner auf. »Mach zwei daraus.«

Das ist keine gute Idee. Jedes andere Mal, wenn er diese einladenden Worte gehört hätte, wäre es der Himmel gewesen. Er hat schon unzählige Male daran gedacht, das Bett mit ihr zu teilen. Aber das ist nicht der richtige Zeitpunkt. »Bringen Sie mir bitte einen schwarzen Kaffee«, bittet er den Kellner.

»Wie auch immer. Ronny gab Dad die Schuld. Er sagte, wenn er ihn nicht aus der Firma geworfen hätte, wäre Tante Erin noch bei ihm.« Becca zuckt mit den Schultern. »Erin war schon immer eine kleine Geldgierige. Sie mochte ihren Luxus. Aber Ronny kann ein schwieriger Charakter sein.«

Das kannst du laut sagen, dachte Joey.

»Inwiefern?«

»Dad sagt, dass er ein Typ ist, der schon immer einen Komplex hatte, so groß wie ein Sack Kartoffeln.« Sie lacht. »Aber Ronny hatte schon immer eine Schwäche für mich und Mum liebt ihn, also denke ich, es ist eine Frage der Einstellung und des Schweigens. Mum hat versucht, Dad dazu zu bringen, Ronny zu überreden, in der Firma zu bleiben. Dad sagte, er hätte es getan, aber Ronny hätte seine Entscheidung getroffen und würde sie nicht ändern. Das passte alles nicht zusammen. Es steckte mehr dahinter, aber Dad wollte es nicht verraten. Jedenfalls zog sich Mum immer mehr zurück. Dad holte Jessica in die Firma, damit Mum ihre Arbeitszeit reduzieren konnte. Das muss ungefähr zur gleichen Zeit gewesen sein, als sie mit den Antidepressiva anfing.«

Der Kellner kommt mit der nächsten Runde an Getränken. Becca stößt mit ihrem Glas an das von Joey, doch dieser ist sich weiterhin nicht sicher, ob ein weiterer Whiskey eine gute Idee ist, nimmt drei Tütchen Zucker und leert sie in seine Tasse Kaffee. Seine Gedanken schweifen ab, während er darüber nachdenkt, ihr alles zu erzählen. Es würde ihr das Leben so viel leichter machen, nicht wahr? Ihr Onkel hat die Lieferung einer Waffe an ihre Mutter arrangiert, damit diese ihren Vater ermorden konnte, weil er eine Affäre mit seiner Kollegin hatte. Das klingt wie ein Szenario aus den Seifenopern, die seine Mutter so gerne sieht.

Becca nimmt sein Glas und drückt es ihm in die Hand. »Bleib«, fordert sie ihn auf und ihre blauen Augen sind wie ein warmes Meer, in das er eintauchen möchte. Er kann ihr nicht widerstehen. Joey will gerade einen Schluck Whiskey nehmen, als sein Telefon piept. Er hebt es vom Tisch auf. Es ist Dylan.

Woher hast du das ganze Geld, das du unter deinem Kopfkissen versteckt hast?

KAPITEL 27

Joey starrt auf die Nachricht.

»Was ist los?«, fragt Becca. »Es sieht nicht nach guten Nachrichten aus.«

Wie soll er das erklären? Er knallt das Glas mit dem Whiskey auf den Tisch. »Es tut mir leid, ich kann nicht bleiben.«

Da haben wir es wieder – ein weiterer Grund, sich zu entschuldigen.

»Was ist passiert?«

Er steht auf. »Meiner Mutter geht es nicht gut.«

Eine weitere Lüge.

»Ich muss nach Hause.«

Er findet seine Brieftasche, holt einen Zwanzig-Pfund-Schein heraus und reicht ihn ihr. Er erschrickt, als ihm einfällt, von wem er stammt – von ihrem Onkel.

Becca schiebt das Geld weg. »Das geht auf die Rechnung meines Vaters.«

Er lässt das Geld auf den Tisch fallen und zögert, bevor er sich zu ihr beugt und sie sanft auf die Lippen küsst. Der Moment ist berauschend; pures Glück inmitten von Chaos und Verwirrung. Es fühlt sich so richtig an. Aber dann kommen die Lügen und der Betrug zurück und das Unrecht nimmt überhand.

Auf dem Weg zum Auto ruft er Dylan an. »Was zur Hölle machst du in meinen Sachen? Ich habe es dir doch schon gesagt. Das ist privat. Ich wühle nicht in deinen Sachen.«

»Du steckst in Schwierigkeiten, nicht wahr?«

»Ich erkläre es dir, wenn ich zu Hause bin. Sag Mum nichts davon.«

★ ★ ★

Dylan liegt im Bett und wartet auf ihn. »Wo bist du gewesen?« Er holt Ronnys Geldbündel unter seiner Bettdecke hervor.

Joey stürzt herbei und versucht, das Geld zu greifen, aber Dylan ist zu schnell. Er packt es zurück unter die Decke. »Das bekommst du auf keinen Fall, bevor du mir nicht sagst, woher du es hast.«

Joey erhebt seine Stimme. »Gib es mir, sofort.«

»Sei lieber still, sonst hast du Mum hier drinnen. Was wird sie dazu sagen, dass du so viel Geld versteckt hast?«

»Ich warne dich.«

»Warum?«

Joey hockt am Bettrand. Dylan rührt sich nicht von der Stelle. »Gib es her.«

»Was wäre, wenn du an meiner Stelle wärst und herausgefunden hättest, dass ich in der Scheiße stecke?«

»Genug«, murrt Joey.

»Würdest du es ignorieren? Neulich war es eine Waffe. Heute Abend ist es ein unerklärlicher Haufen Bargeld.«

Dylans Worte sind so erwachsen, dass sie Joey verblüffen. Es ist, als hätte sich sein Bruder über Nacht verwandelt. Er sieht so erwachsen aus und klingt auch so. Aus dem unschuldigen kleinen Jungen ist jemand geworden, vor dem man sich in Acht nehmen muss. Oder ist er schon länger so und Joey hat es bis jetzt nicht bemerkt?

»Und halte mich nicht für einen Idioten.« Dylan setzt sich im Bett auf und lehnt sich nach vorn. Er umklammert Joeys Unterarm. »Was ist passiert? Denk daran, was Mum immer sagt. Ein geteiltes Problem ist ein halbes Problem.«

Als ihr Vater starb, versprach Joey seiner Mutter, dass sie sich keine Sorgen machen muss. Er würde immer da sein und sich um sie alle kümmern. Ein feierliches Versprechen, an das er sich sein Leben lang gehalten hat. Er weigert sich, es zu brechen. Joey beißt sich auf die Lippe und starrt auf den Boden, während er versucht, sich eine Geschichte auszudenken, die er seinem Bruder erzählen kann. Eine, die die Chance auf ein besseres Ende hat.

»Fang am Anfang an«, fordert Dylan.

Joey verschränkt seine Hände hinter seinem Kopf. »Ich wollte es nicht verraten – es sollte eine Überraschung sein – aber jetzt muss ich es scheinbar tun. Ich habe Überstunden gemacht und Gelegenheitsjobs angenommen, um ein paar Schulden zu bezahlen und dir ein neues Handy und Mum eine neue Brille zu kaufen. Zufrieden?«

KAPITEL 28

FREITAG

Joey schleicht sich auf Zehenspitzen aus dem Haus und macht sich auf den Weg zur Arbeit, während seine Familie schläft. Sowohl für Dylan als auch für Megan ist heute ein freier Tag, was ihm die Möglichkeit verschafft, früh anzufangen.

»Das ist das erste Mal«, meint Mister Parasi sarkastisch, lächelt aber anerkennend.

»Sie brauchen mich nicht zu bezahlen. Ich hole nur die Zeit nach, die ich diese Woche versäumt habe.«

»Gute Einstellung. Du übernimmst die Kasse für ein paar Stunden. Ich muss noch Papierkram erledigen, der bis zur Decke reicht.«

Joey zieht seine Sicherheitskarte an der Seite der Kasse durch und bedient einen Mann, der ein Päckchen Zigaretten kaufen möchte. »Machen Sie zwei Päckchen daraus«, sagt der Mann und hustet. Er hat einen buschigen Bart, genau wie Ronny. Joey fröstelt. »Das erspart mir, dass ich heute noch einmal raus muss.«

Joey versucht, sich auf seine Arbeit zu konzentrieren, aber er kann es nicht. Die Gedanken an Dylan und Becca und an den Job, den Ronny heute Abend für ihn bereithält, werden von der Angst verdeckt, dass Maggie ihr Gedächtnis zurückerlangt. Dann ist da noch der Gerichtsvollzieher, der in weniger als einer Woche wie ein

Damoklesschwert über ihm schwebt. Er lebt auf Gedeih und Verderb. Er weiß es.

In seiner Mittagspause schnorrt er sich eine Zigarette von Val, einer anderen Mitarbeiterin, die vor dem Supermarkt eine raucht. »Ich dachte, du hättest aufgehört«, meint sie und steht auf. Sie schnippt ihre Zigarette auf den Boden und drückt sie mit ihrem Fuß aus.

»Ich stehe unter Druck. Ich kaufe dir eine Schachtel.«

»Das wird aber auch Zeit«, lacht sie, während sie zurück zur Arbeit geht.

Joey mag Val. Sie hat drei Söhne und sagt ihm immer, dass sie hofft, dass sie so werden wie er.

Er wünscht sich, alle würden aufhören zu sagen, was für ein guter Mensch er ist.

Er schaut auf sein Handy, während er auf der Steinmauer sitzt und pafft. Der Rauch dringt in seine Lunge und ihm wird schwindelig. Es fühlt sich gut an – ein paar Sekunden Befreiung von seinen drängenden Sorgen. Zwei SMS warten auf ihn. Die Erste ist die Rechnung von Pat, dem Klempner. Die Zweite ist von Becca, die ihm mitteilt, dass sie in ihr Haus zurückkehren können. Er ruft sie an.

»Ich bin da«, sagt sie. »Es fühlt sich alles so seltsam an. Als ob das alles nie passiert wäre. Als ob Mum jeden Moment nach Hause kommen würde. Ich will nicht hier sein.« Joey zuckt zusammen. Ihr Schmerz ist auch sein Schmerz. »Hast du Lust zu kommen?«

»Ich kann erst später. Ich habe um vier Schluss. Ich könnte dich dann treffen. Hast du Lust, etwas trinken zu gehen?«

»Kannst du mich abholen? Mein Auto funktioniert nicht. Ich konnte es vorhin nicht anlassen. Ich bin mir nicht sicher, ob es daran liegt, dass ich eine ganze

Woche nicht gefahren bin. Mein Onkel muss es sich mal ansehen.«

»Klar.«

Joey tritt gegen die Wand. Warum hat er das getan – angeboten, in die Regency Close zurückzukehren?

Eine SMS von Ronny kommt auf dem Wegwerfhandy an. Er kramt es aus seiner Tasche.

Planänderung. Heute Abend um acht bei mir zu Hause.

Er tritt wieder gegen die Wand. So kann es nicht weitergehen.

★ ★ ★

Als Joey sich der Straße nähert, die zu Beccas Haus führt, sieht er sie mit geröteten Wangen über den Bürgersteig joggen. Ihr blondes Haar ist zu zwei Zöpfen gebunden, die unter einer Wollmütze hervorschauen und ihr bis zur Brust reichen. Er hupt und hält neben ihr an. Atemlos springt sie auf den Beifahrersitz. »Du bist früh dran.« Das ist er nicht, aber er korrigiert sie nicht. Ihre geröteten Wangen sind tränennass. »Ich musste da raus, also bin ich laufen gegangen.« Sie lehnt sich zu ihm rüber und küsst ihn auf die Wange.

»Das ist verständlich.« Joey zittert bei der Berührung ihrer Lippen auf seiner Haut und merkt, dass ihre Beziehung jetzt auf der nächsten Stufe angekommen ist. »Wie geht's deiner Mutter?« Die Übereifrigkeit in seiner Stimme lässt ihn zusammenzucken, aber er muss es wissen.

»Das Krankenhaus hat buchstäblich gerade angerufen. Sie ist aufgewacht und fragt nach mir. Kannst du mich dort absetzen? Wir könnten danach noch etwas trinken gehen.«

Er schluckt den Kloß der Angst hinunter, der sich in seinem Hals bildet. »Klar.«

»Ich gehe schnell duschen. Ich kann ohnehin erst in einer halben Stunde kommen. Sie haben sie zum Röntgen gebracht. Sie machen sich jetzt Sorgen um ihre Brust. Die Ärzte denken, sie könnte eine Lungenentzündung haben. Glaubst du, das war es?«, fragt Becca und wischt sich mit dem Handrücken den Schweiß von der Stirn. »Wird Mum uns endlich sagen, was passiert ist?«

Seine Hände zittern so stark, dass Joey das Lenkrad kaum noch halten kann. »Das wollen wir hoffen.« Er weiß nicht, was er sonst sagen soll. Ist es wirklich so weit? Sein letzter Tag in Freiheit, bevor sie ihn einsperren und den Schlüssel wegwerfen.

»Danke, dass du mich gefahren hast.« Becca berührt Joeys Unterarm. »Ich weiß nicht, was ich in der letzten Woche ohne dich getan hätte.«

Oh, welche Ironie in ihren Worten steckt.

Becca fährt fort. »Die Beamtin hat uns besucht, als wir zum Haus zurückkamen.«

»Sie ist eine echte Stütze, nicht wahr?«, mutmaßt Joey.

Becca nickt. »Sie sagt, sie haben es geschafft, mit ein paar weiteren Freunden von Mum zu sprechen. Aber nichts. Sie sagten alle, sie hätten seit ein paar Wochen nichts mehr von ihr gehört, aber dann sind wir umgezogen. Selbst ihre engste Freundin Mary berichtete, sie habe nichts Ungewöhnliches bemerkt. Sie sprachen kurz vor unserem Umzug miteinander. Mary kam anscheinend zu unserem alten Haus und half Mum beim Kistenpacken. Sie sagte, Mum wirkte gestresst, aber sie führte es auf den Umzug zurück. Mary konnte am Umzugstag nicht helfen, bot aber an, am Tag danach vorbeizukommen. Mum stimmte anfangs zu, hat ihr dann aber abgesagt, weil sie Husten hatte. Sie war besorgt, dass sie wieder Covid haben könnte und wollte nicht riskieren, dass Mary sich ansteckt. Mary ist Diabetikerin.« Becca seufzt schwer. »Die einzigen Menschen, die sie in der letzten Woche gesehen haben, sind ich, Dad und Onkel Ronny. Abgesehen von dem Mann, den jemand in Dads Mantel gesehen hat, haben die Nachbarn nichts bemerkt. Auf den Überwachungskameras wurde nichts gesichtet. Niemand hat sich mit Informationen gemeldet. Gar nichts.« Sie schüttelt den Kopf. »Die einzige Hoffnung, die wir haben, ist, dass Mum uns sagt, was vorgefallen ist. Hoffentlich wird sie genau das heute Abend tun.«

KAPITEL 29

Als sie bei ihrem Haus ankommen, parkt ein Auto in der Einfahrt. Becca runzelt die Stirn. »Das ist Jessicas Auto. Was macht sie denn hier?« Sie löst ihren Sicherheitsgurt. »Komm rein. Es wird nicht lange dauern.«

»Alles gut. Ich warte hier«, entgegnet Joey.

»Komm schon. Ich kann dich nicht hier draußen sitzen lassen. Es ist eiskalt.«

Joey zögert. Er hat keine Lust, dieses Haus zu betreten, aber er weiß, dass es komisch aussehen würde, wenn er draußen bliebe. Er weiß nicht, was er tun soll. Er weiß gar nichts mehr. Das Leben ist zu einem großen Durcheinander geworden, in dem es zu viele Entscheidungen zu treffen gilt. Was macht Jessica dort? Was ist, wenn Becca sie und ihren Vater zusammen erwischt? Er kann sie damit nicht allein lassen.

»Komm schon«, wiederholt Becca.

Vorsichtig folgt er ihr in das Haus, in dem dieser Albtraum vor weniger als einer Woche begann. Sie betreten den Flur, der immer noch mit ausgepackten Kartons vollgestellt ist, auf denen das Zimmer steht, in das er gehört. »Ich bin zu Hause«, ruft sie.

»Hier sind wir«, ruft ihr Vater aus einem Zimmer, das vom Flur abgeht. Becca zieht Joey in die Küche und sein

215

Magen protestiert bei der Erinnerung daran, dass ihre Mutter das Gleiche getan hat. Das macht ihn wahnsinnig. Sie bleibt an der Tür eines der Zimmer stehen und stößt sie auf. Ihr Vater und Jessica sitzen an einem Schreibtisch vor einem iMac und halten Tassen in der Hand. Der intensive Geruch von Kaffee erfüllt die Luft. »Jessica ist vorbeigekommen. Wir haben ein Problem mit der Arbeit«, erklärt Alan.

»Hast du meine SMS wegen des Krankenhauses bekommen? Sie hat nach mir gefragt.«

Alan nickt.

»Sie machen ein paar Tests«, erzählt Becca.

»Ich bringe dich hin«, bietet Alan an.

»Ist schon gut. Joey wird mich absetzen. Aber du könntest mich abholen?«

»Klar.«

Joey folgt Becca in die Küche. Es riecht nach Desinfektionsmittel; oder bildet er sich das nur ein? Setz dich, Joey. Setz dich hin, bevor du umkippst. »Etwas zu trinken?«, fragt Becca.

Er hält sich an der Rückenlehne des Barhockers fest. In seinem Kopf dreht sich alles und er wird immer wieder von der Gegenwart in jene Nacht zurückversetzt. Das Blut wurde weggewischt. Der gedeckte Tisch für zwei Personen, der Wein, die Gläser und alle Hinweise darauf, was in dieser Nacht passiert ist, sind ebenfalls nicht mehr da. Alles ist verschwunden. Wenn er doch nur alles so einfach aus seinem Gedächtnis löschen könnte.

»Hast du mich gehört?« Becca öffnet den Kühlschrank. »Willst du etwas trinken?« Die Art und Weise, wie sie ihren Kopf dreht, ist die gleiche wie bei Maggie in jener Nacht. Sie haben die gleichen kleinen Hände, ihre

Fingernägel sind kurz und glänzen. Die Ähnlichkeit ist beinahe unheimlich. Es könnte Maggie sein, die da steht. Sogar in ihrer Körpersprache gibt es eine Ähnlichkeit. Er schließt die Augen. Becca sagt: »Wasser?«, und zwar in demselben Ton, in dem Maggie an jenem Abend fragte: »Whiskey, Wein? Was ist dein Gift, Joey?«

»Joey. Was ist los mit dir?«

Ihre Worte reißen ihn aus seiner Trance. »Entschuldigung, was hast du gesagt?«

»Willst du etwas Wasser?« Sie schiebt eine Flasche über die Arbeitsplatte, genau wie Maggie es neulich Abend getan hat. Die schicke Flasche hatte er mit zur Arbeit genommen und in einem der großen Container hinter dem Supermarkt entsorgt, zusammen mit der Serviette, in die er die Waffe eingewickelt hatte, nachdem Maggie auf sich geschossen hatte. Sie öffnet eine weitere Flasche für sich und leert sie in einem Zug. »Hast du Hunger?« Sie öffnet einen Schrank und holt eine Packung Kekse heraus. »Bedien dich.« Sie rollt das Päckchen auf der Arbeitsplatte zu ihm hin. »Mach dir ein heißes Getränk, wenn du möchtest. Ich bin in fünf Minuten zurück.«

Er öffnet das Päckchen, hält aber inne. Der Anblick von Essen verstärkt die Übelkeit, die er spürt, seit er das Haus betreten hat. Er öffnet die Wasserflasche und nimmt einen Schluck – genau wie in dieser Nacht – und starrt aus der Terrassentür. Regentropfen rinnen an den Glasscheiben herunter. Er wirft einen Blick in die Küche. Die Kisten, die an der Wand stehen, warten noch darauf, ausgepackt zu werden. Die Kisten ganz oben sind geöffnet. Waren sie das neulich auch schon? Er kann sich nicht erinnern. Auf dem Küchentisch liegen Pakete mit in Luftpolsterfolie verpackten Gegenständen unterschiedlicher Größe. Ein paar silberne Kerzen-ständer und gerahmte Fotos wurden ausgepackt. Nein, so sah es neulich bestimmt nicht aus. Alan oder Becca müssen sie ausgepackt haben. Er geht hinüber und betrachtet sie. Eines ist von Alan und Maggie an ihrem Hochzeitstag. Sie sehen so jung aus. Er nimmt ein anderes von Becca als albernes Kind in die Hand und lächelt. Ein anderes zeigt sie auf ihrem Abschlussball in einem atemberaubenden, blauen Kleid. Die Farbe passt zu ihr. Sie passt zu ihren Augen. Ihm wird klar, dass er sie noch nie in einem Kleid oder einem Rock gesehen hat. Selbst bei der Hochzeitsparty ihrer Eltern, zu der sie ihn letztes Jahr in ihr altes Haus eingeladen hatten, trug sie einen weißen Hosenanzug.

Er hebt ein Foto von einer Gruppe von Menschen auf einer anderen Feier auf. Er erkennt Maggie und Alan. Sie haben ihre Arme umeinander gelegt, während sie gemeinsam ein Messer halten und in eine große Torte in Form der Zahl Zehn schneiden. Schon damals sah Becca Maggie so ähnlich. Er sieht sich das Foto genauer an und übersieht ihn fast. Aber da ist er, Ronny. Er ist kaum wiederzuerkennen. Der Bart fehlt und er sieht in Anzug und Krawatte so herausgeputzt aus. Ein schicker Anzug ohne Flecken; er ist gut gekleidet. Joey starrt ihn an. Er hat den Arm um eine Frau gelegt, die Joey von dem Bildschirmschoner auf dem Laptop in Ronnys Küche kennt. Die Frau, die den Kuss in die Kamera wirft. Das muss Erin sein. Das Mädchen, das vor ihren Eltern steht, muss Freya sein, ihre Tochter.

Gemurmel aus dem Arbeitszimmer dringt durch den Flur. Joey kommt aus der Küche und hört, wie sich Jessica und Alan unterhalten. Er schleicht sich heran und versucht, ihr Gespräch mitzuhören. Er weiß, dass er nicht lauschen sollte, aber er kann sich nicht zurückhalten.

»Er verhält sich komisch«, meint Alan.

Jessica antwortet. »Was meinst du?«

»Ich kann nicht anders, als zu denken, dass er irgendwie darin verwickelt ist.«

Joeys Kinnlade fällt herunter. Seine Angst verwandelt sich in Panik. Alan hat ihn durchschaut. Er geht seitlich an der Wand entlang und nähert sich der Tür.

»Wie?«

»Ich weiß es nicht. Ein Bauchgefühl. Wann immer es in dieser Familie Ärger gibt, hat dieser Mann eine Rolle zu spielen.«

Joey beginnt wieder zu atmen. Alan muss über Ronny sprechen.

»Warum hast du ihn aus der Firma geworfen? Das hast du mir nie gesagt.«

Alan seufzt schwer. »Ich wollte Maggie beschützen. Je weniger Leute davon wissen, desto besser.«

»Wenn du darüber reden willst, höre ich dir zu.« Joey bemerkt einen mitfühlenden Ton in Jessicas Stimme. Ein großer Unterschied zu ihrem schneidenden Ton gestern.

»Ich habe über die Jahre versucht, ihn zu mögen, Maggie zuliebe. Sie vergöttert ihn. Gott weiß warum. Jedes Mal, wenn ich versucht habe, ihm Gutes zu tun, ist es nach hinten losgegangen. Ich habe ihm nur einen Job gegeben, um sie glücklich zu machen. Sie flehte mich an, ihn in die Firma zu lassen. Ich wusste, dass es in Tränen enden würde. Ich hätte auf mein Bauchgefühl hören sollen.«

»Also, was ist eigentlich passiert?«

Alan seufzt erneut. »Ehre, wem Ehre gebührt: Er hat uns den Switchton-Vertrag verschafft, der das

Unternehmen von einem kämpfenden Start-up zu dem gemacht hat, was es heute ist. Ich hätte es am Ende auch geschafft, nur nicht so schnell. Aber ich bin auch nicht so gerissen wie er.« Er zögert, als ob er schon zu viel gesagt hätte.

»Du musst nicht weiterreden«, sagt Jessica.

»Alles in Ordnung. Er hat den Kundenbetreuer zum Essen eingeladen. Zuerst war ich erstaunt über all die Bewirtungskosten, die er eingereicht hat. Die Firma konnte sich das nicht leisten. Ronny sagte mir, ich solle mich entspannen. Am Ende würde es sich rechnen. Das tat es auch. Das muss ich ihm lassen, aber die Art und Weise, wie er es anging, war nicht korrekt. Ein Jahr später unterschrieb Switchton. Der Deal war abgeschlossen. Andere Firmen folgten. Ich war beeindruckt. Ich dachte, Ronny hätte endlich die Kurve gekriegt. Es war Zeit zu feiern. Aber schon bald wurde klar, dass Ronny, als Switchton unterschrieben hatte, den Fuß vom Gas nahm. Er kam zu spät und an manchen Tagen überhaupt nicht mehr.«

»Warum?«, fragt Jessica.

»Für ihn hatte die Pflege der Beziehung zu ihrem Kundenbetreuer die einzige Priorität.«

»Du bist ihn also losgeworden?«

»Das war nicht der Grund. Er war eine faule Sau, das konnte ich gerade noch ertragen, aber dann bekam ich einen Anruf vom Geschäftsführer von Switchton, der mich um ein dringendes Treffen bat. Ich sagte, ich würde Ronny bitten, es zu arrangieren, aber man lehnte ab. Es sollten nur wir beide sein. Der Geschäftsführer war nicht erfreut und machte auch keinen Hehl daraus. Ich bin in sein Büro nach London gefahren. Rate mal, was er mir erzählt hat?«

Joey hört drei Klopfgeräusche auf dem Schreibtisch. Es klingt wie ein Stift.

»Ronny hat den Kundenbetreuer erpresst, damit er den Vertrag unterschreibt.«

»Wie hat er das gemacht?«

»Ronny führte ihn eines Abends aus und füllte ihn ab. Ich erinnere mich, dass ich die Spesenabrechnung gesehen habe. Sie belief sich auf über einen Tausender. Als ich ihn zur Rede stellte, sagte er, ich solle mir keine Gedanken machen, es sei eine Feier zur Vertragsunterzeichnung gewesen. Das Unternehmen würde es jetzt weit bringen, versicherte er. Er hatte recht. Von da an ging es steil bergauf. Ich weiß nicht, wie er es geschafft hat. Der Geschäftsführer wollte es nicht erzählen, aber Ronny bekam in dieser Nacht eine Information aus dem Kundenbetreuer heraus. Er nahm auf, wie er zugab, was er getan hatte und drohte damit, ihn bloßzustellen, woraufhin der Kundenbetreuer einige Zahlen fälschte, um den Vertrag zu unterzeichnen. Das war erst der Anfang. Die beiden haben unsere beiden Unternehmen betrogen und Maggie hat beide Augen zugedrückt.«

Joey verdaut diese Information. Ronny hat diesen Mann also bedroht, genauso wie er ihn mit den Bildern eines verprügelten Mannes und Dylan bedroht hat. Wem hat er das noch angetan? Sie können nicht die Einzigen sein.

»Dieses Wiesel«, schimpft Jessica.

»Das ist ein zu höfliches Wort für ihn. Ich habe noch bessere. Der Geschäftsführer war mit unserer Arbeit für Switchton zufrieden, aber wir mussten ein paar Änderungen vornehmen, wenn wir den Vertrag behalten wollten. Ihr Kundenbetreuer war natürlich weg.«

»Was ist mit ihm passiert?«

»Der Geschäftsführer hat nie etwas gesagt, nur angedeutet, dass er Mitleid mit ihm hatte, ihm aber sagte, dass er ihn nie wieder sehen wolle. Sie waren seit Jahren befreundet.« Es entsteht eine Pause. »Vermische niemals Geschäft und Familie. Das war ein großer Fehler. Wir mussten den Vertrag mit ihnen neu verhandeln. Der Geschäftsführer legte inoffiziell fest, dass Ronny keine weiteren Geschäfte mit ihnen machen sollte. Er schlug außerdem vor, dass ich seine Rolle in unserem Unternehmen gründlich überdenken sollte.«

»Das war, als du ihn losgeworden bist?«

»Danach musste ich keine Überzeugungsarbeit mehr leisten. Der neue Vertrag war nicht so profitabel, aber die Tatsache, dass wir immer noch eine Beziehung zu Switchton unterhielten, bedeutete, dass wir eine Menge anderer Aufträge bekamen, also mussten wir unterzeichnen.«

»Was hat Maggie zu all dem gesagt?«

»Wie ich schon sagte, wusste sie, dass er etwas im Schilde führte, aber sie ignorierte die außerplanmäßigen Spesenabrechnungen und fragwürdigen Ausgaben. Das war auch der Grund, warum ich sie ermutigen musste, eine weniger aktive Rolle in der Verwaltung zu übernehmen.«

»Du hast es nicht mit ihr besprochen?«

Er seufzt schwer, bevor er fortfährt. »Es gibt vieles, was du nicht über Maggie weißt. Vieles, das niemand weiß. Sie und Ronny stehen sich sehr nahe. Sie betet den Boden an, auf dem er wandelt und er weiß es nicht. Weißt du, sie hatten eine traumatische Kindheit. Ihre Mutter erschoss ihren Vater, bevor sie die Waffe auf sich selbst richtete.«

»Oh mein Gott, das ist furchtbar. Warum?«

Der Telefonanruf

»Sie fand heraus, dass ihr Mann eine Affäre mit einer Kollegin hatte.«

KAPITEL 30

Joey kann nicht glauben, was er gerade gehört hat. Die Geschichte wiederholt sich.

»Es wird noch schlimmer«, sagt Alan.

»Wie kann es noch schlimmer werden als das?«

»Maggie war dabei. Sie hat es miterlebt.«

»Oh mein Gott. Das ist schockierend. Die arme Maggie. Wie alt war sie?«

»Sieben. Ronny war vier.«

»Hat Ronny es auch gesehen?«

»Es war spät in der Nacht. Ronny lag im Bett und schlief. Maggie war aufgewacht, weil sie hörte, wie sich ihre Eltern stritten. Es ist erstaunlich, an wie viel sie sich noch erinnern kann. Sie hat nur ein einziges Mal mit mir darüber gesprochen. Sie hat mir alles bis ins Detail beschrieben, sogar das mit Gänseblümchen bestickte Nachthemd ihrer Mutter und die blaue Krawatte ihres Vaters.«

»Darüber habe ich schon mal gelesen. Menschen, die ein Trauma erleiden, verdrängen es, können sich aber Jahre später noch an die merkwürdigsten Details erinnern.«

»Maggie hat es lange Zeit verheimlicht. Ich wusste immer, dass sie psychisch litt. Sie hatte manchmal schreckliche Stimmungsschwankungen, aber erst als ich ihr vor ein paar Jahren einen Termin bei einem

Therapeuten verschaffte, begann sie, sich mir zu öffnen. Es war Teil ihrer Genesung, mit ihrer Familie zu reden. Aber ich musste ihr versprechen, nie ein Wort zu Becca zu sagen. Ich versuchte, sie davon zu überzeugen, dass es das Beste wäre, aber sie weigerte sich. Das war, als es mit Ronny auf der Arbeit losging und ich wollte sie nicht noch mehr aufregen, also habe ich es gelassen. Deshalb habe ich die ganze Switchton-Sache vor ihr geheim gehalten. Damals schien es das Richtige zu sein. Jetzt bin ich mir da nicht mehr so sicher. Sie sagt, es ist nicht Ronnys Schuld, dass er so ist, wie er ist. Da bin ich anderer Meinung.«

»Was ist mit ihnen passiert, nachdem ihre Eltern gestorben sind?«

»Sie sind im System gelandet.«

»Hat sie als Kind keine Therapie bekommen?«

»Doch, aber sie hat sich geweigert, über die Nacht zu sprechen, in der es passiert ist. Sie hat es in sich hineingefressen und versucht, mit ihrem Leben weiterzumachen.«

»Ich nehme an, du musstest ein bisschen Mitleid mit Ronny haben.«

»Ich habe es über die Jahre hinweg versucht. Glaube mir, ich habe es versucht. Deshalb habe ich ihn überhaupt eingestellt und trotz allem, was er der Firma und mir angetan hat, habe ich ihm das Geld gegeben, damit er sein eigenes Unternehmen gründen konnte. Seine Frau Erin verließ ihn kurz nachdem ich ihn rausgeschmissen hatte.« Er hält inne. »Entschuldigung, sollte ich sagen, nachdem er sich entschlossen hatte, zu gehen und sich selbstständig zu machen. Das habe ich ihm erlaubt, allen zu erzählen, um Maggies willen. Um Beccas willen. Es war seine Entscheidung, zu gehen.«

»Warum hat Erin ihn verlassen?«

»Aus mehreren Gründen. Sie war wütend auf ihn, weil er die Firma verlassen hatte. Ich habe ihn anständig bezahlt. Mehr als er verdiente. Ronny sagte, seine Werkstatt würde ihnen das gleiche Einkommen verschaffen, aber die Dinge liefen nicht so gut für ihn. Seine Prognosen lagen weit daneben. Erin zog wieder bei ihren Eltern ein. Seine Tochter ging auf eine Privatschule und er konnte das Schulgeld nicht mehr bezahlen. Ronny gab mir die Schuld.«

Es herrscht Schweigen, während beide ihre Gedanken ordnen, bis Jessica sagt: »Als ich bei dir anfing und Maggie mich einwies, war sie immer so professionell. Freundlich.«

»Das ist Maggie durch und durch. Sie ist einer der freundlichsten Menschen, die ich je getroffen habe. Deshalb habe ich mich auch in sie verliebt.« Alans Stimme bricht. »Und deshalb will ich, dass es ihr besser geht.«

»Weiß die Polizei das alles?«

»Ich habe ihnen erzählt, was mit ihren Eltern passiert ist. Ich sah keinen Sinn darin, die Probleme mit dem Unternehmen wieder aufzugreifen.«

»Du glaubst also, dass Ronny etwas damit zu tun hat, ja?«

»Wer weiß? Er ist eine Ratte, aber er liebt seine Schwester. Die Polizei hat ihn befragt. Er spielt Snooker und war letzten Dienstag in seinem Club. Sie glauben also, dass er in dieser Nacht nicht hier gewesen sein kann.«

»Das Leben hört nie auf, uns zu überraschen, oder?«

»Danke fürs Zuhören. Entschuldige, dass ich dich in all meine Sorgen hineingezogen habe. Ich wollte dich nicht mit all meinen familiären Problemen konfrontieren. Aber es tut gut, mit jemandem darüber zu sprechen.«

»Dafür sind Freunde doch da.«

Joey tritt von der Tür zurück und nimmt sich eine Minute Zeit, um zu verdauen, was er gerade gehört hat. Becca ruft ihm zu, als sie die Treppe herunterkommt. »Ich bin fertig.« Joey eilt zurück in die Küche und setzt sich auf den Hocker, auf dem sie ihn zurückgelassen hat. Er hört, wie sie stehen bleibt, um mit ihrem Vater zu reden. Er trinkt einen Schluck Wasser und ist erstaunt, wie viel man aus einem kurzen Gespräch erfahren kann. Eines ist sicher: Das war nicht das Gespräch zweier Menschen, die eine Affäre haben.

★ ★ ★

Nachdem er eine melancholische Becca im Krankenhaus abgesetzt hat, fährt Joey nach Hause, um Ronnys Geld zu holen. In seinem Bauch bilden sich Knoten aus Angst und Wut darüber, wovon er wegfährt und wohin er fährt – vom Regen in die Traufe. Er hat Becca bei ihrer Mutter abgesetzt, die ihr jetzt vielleicht erzählen kann, was in der Nacht, in der sie sich umbringen wollte, wirklich passiert ist und jetzt ist er auf dem Weg zu Ronnys Haus, um seinen neuen Job als Drogendealer wieder aufzunehmen.

Als er das Haus betritt, schlägt ihm der Geruch des hausgemachten Currys seiner Mutter entgegen. Er fühlt sich ausgezehrt, weil er zu wenig geschlafen und gegessen hat, aber er weiß, dass er sich nicht traut, etwas zu essen und er fragt sich, ob er jemals wieder ruhig schlafen wird. Es sind jetzt schon fünf Tage vergangen. Fünf Tage, seit er den Anruf erhalten hat, der ihm die Hauptrolle in dieser Horrorstory beschert hat. Er spürt den Stress am lockeren Bund seiner Jeans und an den ständigen Kopf-schmerzen, die ihn nicht in Ruhe lassen wollen. Es ist nur eine Frage der Zeit, bis sie sich in eine Migräne verwandeln. Seine Mutter tischt Basmati-Reis auf. Das Radio läuft und die Fenster sind beschlagen. »Hast du meine SMS nicht bekommen?«, fragt sie.

»Ja, Joey. Wir haben den ganzen Nachmittag versucht, dich zu erreichen«, meldet sich Megan, die am Herd steht und mit einem Holzlöffel einen Topf mit Curry umrührt.

»Was hast du so getrieben?«, fragt Dylan, der seine Hände in eine Schüssel mit schaumigem Wasser getaucht hat. Er dreht sich von der Spüle weg und wirft Joey einen fragenden Blick zu.

»Ich war an der Arbeit und habe mich dann mit Becca getroffen.«

»Wie geht es ihr?«, erkundigt sich seine Mutter.

»Es geht so. Ich habe sie gerade im Krankenhaus abgesetzt. Ihre Mutter hat vorhin nach ihr gefragt.«

»Das ist doch gut, oder?«

»Klar«, antwortet Joey und versucht, etwas Enthusiasmus in seine Stimme zu legen. Dylan wirft ihm einen Blick zu, um ihm zu signalisieren, dass er sich verstellt anhört.

»Ich fahre gleich wieder los, um sie abzuholen.« Wieder eine Lüge, aber er kann nicht wirklich die Wahrheit sagen.

»Du bleibst zum Abendessen«, stellt seine Mutter in einem mütterlichen Tonfall fest, der ihm verdeutlicht, dass dies eher ein Befehl als eine Frage ist.

»Sicher. Aber ich habe nur zwanzig Minuten Zeit.«

»Ich habe Gemüsecurry gemacht.«

»Ja. Das ist Mums leckeres Gemüsecurry. Wie könntest du das ablehnen?«, witzelt Dylan, hält sich den Bauch und tut so, als sei ihm schlecht.

Joey grinst. »Toll«, brummt er und versucht es noch einmal mit dem Enthusiasmus, aber er scheitert kläglich.

»Spiel den Kellner, Schatz«, fordert ihn seine Mutter auf.

Joey bringt das Essen an den Tisch. Er hat plötzlich keinen Hunger mehr, aber er weiß, dass sie nicht glücklich sein werden, wenn er sich nicht zu ihnen setzt.

Es ist eines dieser Familienessen, die nicht reibungslos ablaufen. Das passiert. Joey versucht, beim Essen mehr Fröhlichkeit vorzutäuschen. Es ist ein Kampf. Es gefällt ihm nicht, wie seine Mutter ihn ständig ansieht ... oder ist das Paranoia, die ein Nebenprodukt der Schuldgefühle ist? Er erzählt einen Witz, der seine Familie zum Lachen bringt, aber innerlich bricht er zusammen. Vielleicht sollte er eine Karriere in der darstellenden Kunst in Betracht ziehen?

»Ich habe keinen Hunger«, mault Dylan und schabt mit seiner Gabel auf dem Teller herum, was Joey auf die Nerven geht. »Ich hasse diesen Gemüsescheiß.«

Ihre Mutter klopft auf den Tisch. »Dylan Clarke. Du weißt, dass ich diese Art von Sprache in diesem Haus nicht dulde. Jetzt iss.« Sie reißt ein Naan-Brot in zwei Hälften und beugt sich vor, um es auf Dylans Teller zu legen. »Das ist die gleiche Soße, die ich für das Hähnchencurry verwende und das isst du, ohne zu meckern.«

Joeys Telefon piept. Er holt es aus seiner Jeanstasche. »Keine Handys am Tisch, Joey. Du kennst die Regeln«, singt Megan und imitiert ihre Mutter, bevor sie die Chance hat, ihn zu schimpfen. Er hält das Handy unter dem Tisch und schaut auf eine SMS von Pat, dem Klempner. Er liest sie voller Angst.

> Wie geht es dir? Ich wollte nur fragen, ob du meine Rechnung bekommen hast. Sag mir Bescheid, wann du Zeit für ein Bierchen hast. Es wäre schön, wenn wir uns mal wieder richtig unterhalten können. Pat.

»Keine Handys am Tisch«, wiederholt seine Mutter.

Ähnlich wie ihr Bruder über das Essen jammert, greift Megan nach dem Salz. »Leg das weg. Du brauchst es nicht. Ich habe beim Kochen genügend hineingetan.« Megan ignoriert ihre Mutter, streut eine Portion Salz über ihr Essen und stößt ein Glas um. Der Orangensaft schwappt über den Tisch und spritzt in Megans Essen, woraufhin sie sich beschwert: Das war's, sie kann unmöglich noch mehr essen. Sie und Dylan streiten sich und ihre Mutter geht in die Küche und murmelt: »Manchmal weiß ich gar nicht, warum ich mir die Mühe mache.«

Joey schnappt sich seinen Mantel und rennt die Treppe hinauf. Er klettert auf die obere Pritsche, um die Tasche mit dem Geld zu holen. Es klopft an der Tür und seine Mutter streckt ihren Kopf ins Zimmer. »Joey, komm und schau dir das an, bevor du gehst.«

Was denn?

Joey folgt ihr in ihr Zimmer. »Du wirst stolz auf mich sein«, bemerkt sie. Sie streckt einen Arm aus und präsentiert die beiden Koffer seines Vaters, die offen auf dem Bett liegen und bis auf ein paar gefaltete Kleidungsstücke leer sind. »Und sieh mal«, fügt sie hinzu und zeigt auf zwei große Wäschesäcke aus Plastik, in denen sich die ordentlich gepackten Sachen seines Vaters befinden. »Ein paar meiner Lieblingsstücke habe ich behalten, aber das hier kann zur Kleiderspende oder auf die Müllhalde. Wenn ich morgen Lust habe, gehe ich auf den Dachboden und sortiere seine anderen Sachen aus.«

»Nicht ohne mich«, fordert Joey. »Warte, bis ich dir helfen kann.«

»Ich komme schon klar. Du wirst schon sehen.«

»Mum, ich meine es ernst. Mach es nicht ohne mich. Da oben herrscht das reinste Chaos. Da sind lose Dielen. Ich weiß, wo sie sind, du nicht. Wir machen das am Wochenende zusammen und ich fahre in den Wohltätigkeitsladen und zur Müllhalde.« Er küsst sie auf die Wange. »Du sollst dich nicht verletzen.«

»Du bist ein guter Junge, Joey Clarke.«

Das ist er nicht. Er ist ein Lügner und ein Krimineller.

Als er zurück in sein Zimmer geht, steht Megan am oberen Ende der Treppe, ihre Wangen sind noch vom Abendessen gerötet. »Joey.«

Was nun?

Sie winkt ihn in ihr Schlafzimmer. »Du hast doch nicht das Geld für meine Klassenfahrt vergessen, oder? Es war heute fällig.«

Joey knirscht mit den Zähnen und lügt. »Natürlich nicht. Es steht auf meiner Liste der Dinge, die ich erledigen muss.« Er wird so gut in diesem Spiel der Täuschung – ein echter Champion.

»Es sollte heute Nachmittag eintreffen.«

»Ich weiß, aber mach dir keine Gedanken. Es wird keinen Unterschied machen.«

»Vergiss nicht, dass du das Formular unterschreiben musst, um mir die Erlaubnis zu geben, zu fahren. Du musst es per E-Mail zurückschicken. Oder soll ich Mum fragen?«

»Nein, ich habe die E-Mail bekommen. Alles erledigt.«
Ihrer Mutter geht es im Moment gut. Er möchte, dass das
so bleibt. »Sag noch nichts zu Mum. Wir sagen es ihr,
wenn ich es bezahlt habe.«

»Du benötigst kein Bargeld. Du musst das Geld über
ParentPay schicken.«

»Ich weiß, Megs. Ich werde es morgen früh machen.«

»Du musst es heute Abend tun.«

»OKAY.«

»Wann wirst du es tun? Ich werde auf dich warten.«

»Nicht nötig. Ich kümmere mich darum.«

»Ich liebe dich, Joey.« Sie hüpft auf ihn zu und gibt ihm
einen Kuss auf die Wange. »Du bist der beste große Bruder der Welt.«

Er könnte schreien.

KAPITEL 31

Joey biegt nach rechts auf den Feldweg ab, der zu Ronnys Haus führt und wird langsamer, um den Schlaglöchern auszuweichen. In der Dunkelheit kann er keinen platten Reifen gebrauchen. Das Auto holpert vor sich hin, die Räder sinken in die Löcher ein und wieder heraus. Der Regen prasselt auf die Windschutzscheibe, die Wischerblätter schaben nervtötend und der Wind bläst kräftig. Er parkt vor dem Haus und fragt sich, wo Ronny ihn heute Abend hinschicken wird. Er erhält eine SMS von Becca, die auf die SMS antwortet, die er vor seiner Abfahrt geschickt hat:

Es gibt nichts zu berichten. Mum hat versucht, eine Weile mit mir zu reden, aber es waren nur Wortfetzen, dann ist sie für den Rest der Zeit, die ich da war, eingeschlafen. Ich fahre morgen wieder hin. B

Er kann einen weiteren Tag durchatmen.

Er steigt aus dem Auto und schnappt sich die Plastiktüte mit den Einnahmen der letzten Nacht. Ronny öffnet die Tür, bevor Joey klopfen kann. Er trägt einen wattierten Mantel und hat seine schwarze Katze auf dem Arm. »Du bist spät dran«, mault er mit mürrischer Stimme. »Ich habe noch etwas zu erledigen.« Er tritt zurück, um Joey hereinzulassen. »Ist das für mich?«, fragt Ronny und nickt auf den Beutel, den Joey in der Hand hält. Joey reicht ihn ihm. In der Küche riecht es immer noch nach Speck und Katzenfutter. Eine Bratpfanne, ein Teller und ein paar Tassen stehen auf dem Abtropfbrett neben der Spüle. Joey fährt sich mit der Hand durch seine nassen Locken. Es landen Wassertropfen auf dem gefliesten Boden. Ronny schüttelt den Kopf und winkt ihn auf die andere Seite des Raumes.

Joey folgt ihm. Er will nicht dort sein. Er will zu Hause bei seiner Familie sein und sich auf dem Sofa einen Film ansehen. So wie im Lockdown, als sie, abgesehen von der Arbeit, alle zusammen in Sicherheit waren und jeden Abend gemeinsam Filme oder Krimis schauten. Sogar die Liebeskomödien seiner Mutter sind im Vergleich zu dem, was er jetzt erlebt, reizvoll. Obwohl das Geld eine Herausforderung war, hatten diese Zeiten etwas Tröstliches. Als Maggie, Ronny und sogar Ade in einer anderen Welt lebten – einer Welt, von der er nie gedacht hätte, dass er sie jemals betreten würde.

Die Katze springt aus Ronnys Armen und schlendert zu Joey hinüber, schnurrt und schlingt ihren schwarzen Schwanz um sein Bein. Joey beugt sich vor, um ihren Rücken zu streicheln. Ronny öffnet die Tasche und legt das Geld auf den Tisch neben seinem Laptop. Der Deckel ist schräg geöffnet. Der Bildschirmschoner zeigt ein anderes Foto als das, auf dem seine getrenntlebende Frau der Kamera eine Kusshand zuwirft. Heute ist ein Bild von ihr mit Ronny und ihrer Tochter zu sehen. Er erkennt sie von dem Familienfoto, das er in Beccas Küche gesehen hat.

Ronny wirft Joey einen misstrauischen Blick zu. Er leckt sich den Daumen und zählt die Scheine, sein Gesicht verzieht sich wie das eines verbitterten Geizhalses. Joeys Hass auf ihn wird jedes Mal stärker, wenn er ihn trifft, trotz allem, was er über seine schwierige Kindheit erfahren hat. »Gut.« Ronny schiebt die Scheine zusammen und steckt sie zurück in die Tasche. »Alles da.« Er geht zu dem Schrank, in den er neulich die Akte gelegt hat und wirft die Tasche hinein.

Joey sieht, dass sein Abendauftrag auf dem Tisch liegt – drei weiße Kuverts mit Aufklebern. »Maggie hat heute nach Becca gefragt«, erzählt Ronny.

»Ich weiß.« Es gibt eine Pause, bevor Joey hinzufügt: »Was passiert, wenn sie anfängt, richtig zu reden?«

»Was meinst du?«

Joey versucht, den Sarkasmus aus seiner Stimme zu halten. Er will ihn nicht verärgern, aber es liegt ein Hauch von Spott in seinem Ton. »Wenn sie sagt, dass ich es war, der die Waffe für dich ausgeliefert hat. Die, mit der sie versucht hat, sich den Kopf wegzupusten.«

»Sie wird mich nicht erwähnen.«

»Warum?«

»Ich weiß, dass sie es nicht tun wird. Sie ist meine Schwester. Sie passt auf mich auf.«

»Was ist mit mir?«

»Was soll mit dir sein?«

»Was ist, wenn sie erzählt, dass ich derjenige war, der sie gebracht hat?«

»Darüber habe ich keine Kontrolle.«

»Dann bin ich tot.«

»Wie gesagt, das liegt nicht in meiner Macht. Ich werde mit ihr reden, wenn ich sie besuchen darf.«

»Das kann ewig dauern. Die Covid-Regeln lassen das nicht zu.«

»Du weißt, dass sie sich wahrscheinlich nicht mehr daran erinnern wird, was in dieser Nacht passiert ist.«

Joey nickt. So mies er sich auch fühlen mag, darauf setzt er. Er findet etwas Mut. Gott weiß, woher er kommt. Wahrscheinlich wegen der Drohungen, die dieses Untier seiner Familie gegenüber ausgesprochen hat. »Wenn wir zusammenarbeiten wollen, Ronny, musst du mir vertrauen. Warum hast du ihr eine Waffe zukommen lassen?« Joey treibt ihn zu weit. Er ist kein Mann, der gerne gedrängt wird. Aber Joey benötigt Antworten.

Ronny starrt ihn an, seine Lippen sind verzogen. »Na, na, na! Würdest du es wissen wollen? Der Kleine hat echt Mumm.«

»Sie hat mir erzählt, dass sie ihren Mann umbringen will. Stimmt das? Sie sagte, Alan hätte eine Affäre mit Jessica.« Ronny starrt ihn weiter an, aber Joey ignoriert seinen drohenden Blick. »Hast du ihr eine Waffe gegeben, um Alan zu töten?«

Ronny seufzt schwer. »Hör zu. Ich bezahle dich nicht dafür, Fragen zu stellen. Ich bezahle dich dafür, dass du tust, was man von dir verlangt.« Er schnappt sich die drei Versandtaschen und stapelt sie der Reihe nach. »Nimm die hier. Genauso wie gestern Abend. Liefere sie der Reihe nach ab. Bring das Geld um zehn Uhr wieder hierher.« Er presst Joey die Tüten an die Brust und schiebt ihn in Richtung Tür. »Komm nicht früher. Ich werde nicht hier sein.«

Joey stopft die Kuverts vorn in seinen Mantel und verlässt den ekelerregenden Geruch von Speck und Katzenfutter für die willkommene frische Luft. Er rennt zu seinem Auto, während der Regen auf ihn niederprasselt. Er lässt den Motor an und plant seine Route. Genau wie letzte Nacht. So wie viele weitere, wenn er keinen Ausweg aus dieser Situation findet.

Die Kundschaft ist die gleiche wie die Süchtigen, die er gestern Abend getroffen hat und die ihren wöchentlichen Stoff brauchen. Ronny hat sich ein ziemlich bequemes Leben aufgebaut; schmutziges Geld wäscht er in seiner Werkstatt. Diese Leute verlassen sich auf ihn. Menschen, die er wahrscheinlich noch nie getroffen hat. Joey fährt in den noblen Teil der Stadt. Dort liegen die Häuser weit auseinander und haben Gärten mit Tennisplätzen.

»Schon wieder ein Neuer«, murrt der große Kerl mit rasiertem Kopf, der als Zweiter auf der Liste steht, als Joey ihm seinen Fix reicht. Der Typ trägt eine teure Jeans und einen Pullover mit Reißverschluss unter einer Weste mit Designermotiv.

»Wie bitte?«, fragt Joey, unsicher, was er meint.

»Ich gewöhne mich an einen von euch und dann taucht ein anderer Typ auf.« Er verstaut seinen Einkauf in seiner Westentasche. »Bis zum nächsten Mal.« Er verabschiedet Joey höhnisch und lacht. »Wenn du noch da bist.«

Was soll das denn heißen? Hat Ronny eine ganze Reihe von Ganoven wie Joey, die er für seine Drecksarbeit einsetzt? Unschuldige Menschen, die er mit Bildern ihrer Familien bedroht? Um sie dazu zu zwingen, Marionetten an Fäden unter seiner Kontrolle zu sein? Joey sieht zu, wie der Kerl zurück zu seinem Wohnblock stolziert. Ein ähnlicher Wohnblock wie der, in den Joey neulich das Paket geliefert hat. Ein Haus mit Balkonen und Zugangssystemen, in dem er immer davon geträumt hat, eines Tages zu wohnen. Jetzt sieht er sich nur noch in einer Gefängniszelle leben.

KAPITEL 32

Joey weiß, dass er so nicht weitermachen kann. Das ist nicht das Leben, das er möchte. Er muss Ronny, diesen Mistkerl, überlisten. Er hat seine Welt auf den Kopf gestellt und ihm seine Integrität genommen. Wenn es ihm vorher an Entschlossenheit gemangelt hat, hat die Bedrohung von Dylan ihm neue Energie gegeben. Doch die Angst, dass Maggie sich an die Geschehnisse erinnert und ihn der Polizei ausliefert, macht ihn panisch. Es ist, als ob er jeden wachen Moment mit einer Schlinge um seinen Hals verbringt und darauf wartet, dass sie sich zuzieht. Das Wegwerfhandy klingelt. Joey fischt es aus seiner Tasche und nimmt den Anruf von Ronny entgegen. »Bist du fertig?«, ruft Ronny über die dumpf dröhnende Musik im Hintergrund.

»Alles erledigt.«

Es entsteht eine Pause, als Joey eine Tür zuschlagen hört und die Musik verklingt. »Gut. Hör zu. Ich bin mit etwas beschäftigt und werde es nicht nach Hause schaffen. Ich möchte, dass du mir das Geld hierher bringst. Ich schicke dir die Adresse. Komm sofort. Ruf mich an, wenn du hier bist. Lass mich nicht warten.«

Joey startet den Motor und wartet. Die Wut, die in ihm brodelt, erreicht den Siedepunkt. Nach einer Minute piept das Handy mit einer Nachricht, die ihm sagt, wohin er fahren muss. So wird es künftig nicht mehr weitergehen.

Auf Messers Schneide zu leben und sich von diesem Mistkerl herumkommandieren zu lassen. Das geht nicht.

Zeit, stark zu werden, Joey. Es wird Zeit, stark zu werden.

Er fährt wie befohlen und schmiedet einen Plan. Seine Entschlossenheit, die Richtung zu ändern, in die sein Leben geht, bringt ihm etwas Hoffnung. Nur einen winzigen Hauch, aber sie ist da.

Er ist fest entschlossen.

Das wird die letzte Lieferung sein, die er macht.

Ronny erscheint weniger als eine Minute, nachdem Joey vor einem beeindruckenden, frei stehenden Haus in einem wohlhabenden Dorf an der Durchgangsstraße angehalten hat. Aus den großen Erkerfenstern dröhnt Musik und eine Gruppe von Menschen sitzt rauchend in der großen Veranda zusammen.

Joey kurbelt das Fenster herunter, als Ronny sich nähert. Der Geruch von Cannabis dringt ins Auto. Zwei Frauen torkeln auf hohen Absätzen, in kurzen Röcken und Lederjacken vorbei. Ronny sieht genervt aus, seine Wangen sind rot und sein Kiefer ist verkrampft. Er drückt Joey Zwanzig-Pfund-Noten im Austausch gegen das Geld, das Joey heute Abend eingesammelt hat. »Danke, dass du den Weg hierher gefunden hast. Jemand sollte mich hier treffen, aber er verspätet sich eine ganze Stunde.«

Hat Ronny ihm gerade gedankt? Joey zittert. Dankbarkeit klingt falsch, wenn sie von ihm kommt.

★ ★ ★

Joey fährt direkt zurück zu Ronnys Haus. Verängstigt, aber voller Trotz, der ihn anspornt. Er nimmt den

Feldweg, fährt aber nicht den ganzen Weg zum Haus. So blöd ist er nicht. Als er sich das erste Mal auf den Weg machte – vor vier Tagen oder waren es fünf? – entdeckte Joey eine Abzweigung, kurz nachdem die Äste der Bäume am Straßenrand einen Bogen zu Ronnys Haus gebildet hatten. Er nimmt diese Abzweigung und parkt sein Auto außer Sichtweite. Er schaltet den Motor aus und atmet tief durch, um Mut zu schöpfen. Joey hat ihn noch nie mehr gebraucht.

Der Regen hat nachgelassen, aber ein leichtes Nieseln ist geblieben. Joey schaltet die Taschenlampe auf seinem Handy ein und leuchtet den Weg zurück zum Feldweg. Dabei versucht er, den Schlaglöchern auszuweichen, von denen jedes Pfützen gebildet hat, die der Traum eines Kleinkindes wären. Eine Weile gelingt es ihm, den vielen Wasserpfützen auszuweichen, aber dann verliert er den Halt und rutscht aus. Sein Handy verschwindet in einer Pfütze. Es ist stockdunkel. Joey kann nichts sehen und hört nur die beunruhigenden Geräusche der nächtlichen Wildtiere. Er taucht seine Hand in das eiskalte Wasser und fischt nach seinem Handy. Er findet es und reibt es hektisch an seinen Oberschenkeln. Er kann es sich nicht leisten, dass es den Geist aufgibt. Die Taschenlampe leuchtet auf und er hüpft weiter über die Pfützen und den Feldweg hinauf zu seinem Ziel.

Als er Ronnys Haus erreicht, liegt es im Dunkeln, genauso wie das Nachbarhaus. Er nimmt den Weg durch das Seitentor und geht durch das Chaos im Garten. Genau wie neulich mit Becca. Nur mit dem Licht seines Handys verfolgt er ihre Schritte zurück und sucht nach der Lichtung im Efeu. Es braucht drei Versuche, die Blätter des wuchernden Busches zu trennen und drei

Versuche, die Kieselsteine umzudrehen, um den mit der schwarzen Plastikabdeckung und dem Zahlenschloss zu finden. Darin verbirgt sich der Schlüssel zu Ronnys Hintertür. Er dreht an den Ziffernblättern des Schlosses, bis sie Beccas Geburtsdatum anzeigen. Aber als er versucht, die Plastikabdeckung aufzuschieben, lässt sie sich nicht bewegen. Das kann doch nicht wahr sein! Es hat ihn seine ganze Entschlossenheit gekostet, bis zu diesem Punkt zu kommen. Er blinzelt auf den Code und stellt fest, dass die letzte Ziffer nicht ganz eingerastet ist. Er atmet erleichtert auf, öffnet die Abdeckung und schnappt sich den Schlüssel.

Joey rennt zur Hintertür, wo er den Regen aus seiner durchnässten Jeans presst. Als er die Tür öffnet, pumpt das Adrenalin durch ihn. Die Droge, die ihn am Laufen hält. Er macht das Licht nicht an. Er traut sich nicht. Was, wenn Ronny nach Hause kommt? Ein Vorteil – und in Joeys Augen gibt es nur einen – dieser Isolation ist, dass Joey ihn wenigstens hören wird, wenn er zurückkommt. Aber nach dem, was Ronny auf der Party gesagt hat, glaubt Joey, dass er für mindestens eine halbe Stunde in Sicherheit ist. Er wischt sich energisch die Schuhe an der Fußmatte ab und grinst über die Botschaft darauf: ›Willkommen‹.

Er weiß nicht, wonach er sucht, aber bei dem Gauner, der Ronny nun einmal ist, weiß er, dass er etwas bei ihm finden wird. Joey kann weiterhin nicht fassen, dass er dort ist, aber manchmal treibt einen die Verzweiflung aus der eigenen Komfortzone. Er weiß ganz genau, dass er für den Rest seines Lebens für diesen Mann arbeiten muss, wenn er jetzt nichts unternimmt. Vorausgesetzt, er wird nicht in eine Zelle verfrachtet.

Er setzt sich an den Tisch und hebt den Deckel des Laptops an, um zusätzliches Licht zu seinem Telefon zu werfen. Er wettet, dass Ronny dort etwas Interessantes gespeichert hat. Joey versucht sein Glück und tippt Beccas Namen in das Feld für das Passwort. Aber wie immer ist das Glück nicht auf seiner Seite. Er probiert noch ein paar andere Möglichkeiten aus – den Namen seiner Frau, Erin, dann den seiner Tochter, Freya, CC-Autos, aber keine ist erfolgreich. Er probiert Beccas Geburtsdatum aus, das gleiche wie das des Zahlenschlosses, aber er gibt auf, als das nicht funktioniert. Es bleibt keine Zeit, um daran herumzufummeln.

Er wendet sich den Papieren zu, die auf dem Tisch verstreut liegen, und sieht einen Stapel Rechnungen von CC-Autos durch. Neue Reifen hier, neue Bremsbeläge dort. Viele Rechnungen sind höhere Beträge. Er blättert sie durch – den Verkauf von Autos und den Austausch von Katalysatoren. Der Rest des Stapels besteht aus mehreren Einkaufsrechnungen. Manchmal hilft er Mister Parasi bei seinem Papierkram, indem er seine Rechnungen sortiert, hauptsächlich am Computer, also weiß er etwas darüber, wie ein Geschäft funktioniert. Warum sind sie alle bei Ronny zu Hause und nicht in der Werkstatt? Sind es gefälschte Rechnungen und die echten bewahrt er in seinem Büro in der Werkstatt auf? Ist das ein Beweis für Geldwäsche? Er hat im Fernsehen gesehen, wie Geld durch eine vermeintlich seriöse Firma gewaschen wird. Joey wirft die Rechnungen beiseite und leuchtet mit seiner Taschenlampe auf den anderen Papierkram auf dem Tisch, aber nach einer kurzen Suche findet er nichts anderes als Dinge, die mit der Autoindustrie zu tun haben.

Er muss an die Dateien auf dem Laptop kommen. Da ist bestimmt etwas dabei. Denk nach, Joey. Denke nach. Aber das kann er nicht. Das ist nicht sein Gebiet. Er weiß, wie man sich Zugang zu den Grundlagen verschafft, aber Technik ist für ihn ein Minenfeld. Sein Gehirn ist matschig von den Kopfschmerzen, die seine Sicht beeinträchtigen, und seine Beine fühlen sich schwach an, als würden sie ihn jeden Moment im Stich lassen.

Er leuchtet mit der Taschenlampe durch den Raum zu dem Schrank, in den Ronny das Geldbündel geworfen hat. Vielleicht ist da etwas drin. Er geht auf die Tür zu, aber das Geräusch eines Automotors lässt ihn innehalten. Sein Herz rast. Ronny muss früher zurückgekommen sein.

KAPITEL 33

Joey hört, wie sich eine Autotür öffnet und zuknallt. Das kann doch nicht wahr sein. Warum ist Ronny so früh zurück? Er hat doch gesagt, er würde noch eine Weile auf der Party bleiben. Joey blickt zur Küchentür. Er hätte sie abschließen sollen, aber er hat nicht nachgedacht. Der Plan war, schnell rein und wieder rauszukommen. Jetzt hat er keine Zeit mehr, sie abzusperren. Er huscht ins Wohnzimmer und stellt fest, dass die Vorhänge zugezogen sind. Er durchquert den Raum und geht in den kleinen Flur, der zur Eingangstür führt. Sobald er hört, wie Ronny die Seitentür öffnet, will er durch die Tür fliehen und sich schnell aus dem Staub machen. Aber das Leben läuft nie so, wie man es sich wünscht. Joey sollte das inzwischen wissen. Schwere Schritte dringen bis zur Haustür vor. Er duckt sich in die Garderobe im Erdgeschoss. Es stinkt nach Schweiß und nassen Schuhen. Joey drückt seinen Körper gegen die Wand und wartet darauf, dass die Tür geöffnet wird. Er hört das Klopfen an der Eingangstür. Sein Herz rast schneller, sein Kopf pocht heftiger. Es ist, als wüsste Ronny, dass er da drin ist und ihn verspottet, damit er dafür bezahlt, dass er glaubt, ihn überlisten zu können.

Der Briefschlitz klappert auf und ein Paket fällt auf den Boden. Die schweren Schritte ziehen sich den Weg zurück, den sie gekommen sind. Joey späht durch die Garderobentür und sieht einen großen Briefumschlag auf dem Boden unter dem Briefkasten.

Er rennt zum Wohnzimmer und schiebt einen der Vorhänge zur Seite. Ein Mann geht in den Garten nebenan und auf die Haustür zu. Das muss der Nachbar sein. Joey stützt seinen Kopf in die Hände und murmelt: »Ich kann das nicht mehr ertragen.«

Er eilt zurück zum Schrank im Essbereich der Küche und öffnet die Tür. Ein Licht geht automatisch an. Der Schrank ist voller Müll: ein Staubsauger und ein Besen sowie Regale, in denen eine Kiste mit Werkzeug, Glühbirnen, verschiedene Flaschen und alte Farbdosen stehen. Ganz hinten verbirgt sich ein großer, grüner Metalltresor. Er fragt sich, was Ronny darin wohl aufbewahrt. Er geht auf die Knie und kriecht zum Tresor wie eine Katze auf der Suche nach Beute. Ein Regal voller Mäntel an der Seitenwand macht es dunkel. Er kann die Ziffern auf dem Tastenfeld nicht sehen. Er greift in seine Gesäßtasche und verwendet die Taschenlampe seines Telefons, während er mit sich selbst spricht, als ob er einen Freund bräuchte. »Bitte, Gott. Meine es ausnahmsweise mal gut mit mir. Bitte hilf mir.« Er ist nicht der religiöse Typ. Das war er noch nie, aber manchmal ist alles möglich, wenn man sich in den Tiefen der Verzweiflung befindet.

Der Geruch von gebratenem Speck hängt noch in der Luft von vorhin. Er hält den Atem an. Mit zitterndem Zeigefinger drückt er die Ziffern von Beccas Geburtstag in das Tastenfeld. Es summt achtmal, aber es passiert nichts. Es gibt kein knarrendes Geräusch wie am Vortag. Er will sterben, genau hier. Dem Ganzen ein Ende setzen. Mach weiter, Joey. Versuch es weiter. Vielleicht ist es nur eine verkürzte Version – zwei Ziffern für das Jahr. Er versucht es erneut, während ihm Gedanken an seinen Vater durch den Kopf schießen. Was denkt er gerade über Joey, wenn er von oben auf ihn schaut?

Es gibt ein klickendes Geräusch und die Tür ruckt. Joey packt den Griff und zieht daran. Die schwere Tür öffnet sich knarrend. Er lenkt den Lichtstrahl seines Handys hinein und sieht zwei Bereiche, die durch eine Wand getrennt sind. Oben liegen Geldbündel, Tausende von Pfund und Tüten mit Drogen unter einem Stapel von Akten. Er legt die Akten auf den Boden und ist neugierig, was er finden wird. Es sind etwa zehn Stück. An der linken oberen Ecke jeder Akte ist mit einer Büroklammer ein Foto befestigt. Er blinzelt auf das erste und sein Herz sinkt bis zu den Sohlen seiner Turnschuhe, als er sich selbst erkennt.

Er legt den Stapel auf den Schrankboden und nimmt die erste Akte in die Hand. Seine Akte. Er klappt den Einband auf. Sein Name ist mit dicker schwarzer Feder auf die Titelseite gekritzelt. Darunter befindet sich eine vergrößerte Version des Fotos, das auf der Vorderseite angebracht ist. Es zeigt ihn, wie er sein Haus verlässt. Er schlägt die Seite um und sieht das Foto, das Ronny ihm im Supermarkt gezeigt hat, als Dylan die Schule verließ. Das Foto, auf dem Ronny im Vordergrund steht und verschmitzt in die Kamera lächelt. Es ist mit dem Datum vom Dienstag dieser Woche versehen. Er blättert eine weitere Seite um, um Details über ihn und seine Familie zu lesen. Woher hat Ronny all diese Informationen? Der Supermarkt, in dem Joey arbeitet; die Schulen, die Dylan und Megan besuchen; ihre Adresse. Die nächste Seite ist leer.

Mit einem mulmigen Gefühl im Magen nimmt er die zweite Akte zur Hand und erschrickt, als er das Foto eines anderen Mannes sieht, den er aus der Kneipe kennt. Er öffnet die Akte und verarbeitet ähnliche Inhalte über diesen Mann, aber die letzte Seite ist alles andere als leer. Es ist dasselbe Foto, das Ronny ihm neulich auf seinem Handy gezeigt hat und das den armen Mann aus verschiedenen Blickwinkeln zeigt, nachdem Ronny – oder wer auch immer – sein Gesicht zu Brei geschlagen hat.

Die dritte Akte folgt einem ähnlichen Muster, aber hier geht es um Oz. Die vierte ist von jemandem, der früher in den Pub ging. Dieses Mal ist es eine Frau. Er kann sich nicht an ihren Namen erinnern, aber sie war früher mit Becca zusammen und ist vor ein paar Jahren mit Oz ausgegangen. Er hat sie schon eine Weile nicht mehr gesehen.

Es folgen weitere Akten. Menschen, die Joey nicht kennt, einige sind übel zugerichtet. Er blättert sie durch und nimmt detaillierte Informationen über die Personen und ihr Leben auf. Er kann nicht glauben, was er da sieht. Aber es ist die letzte Akte, die besonders seine Aufmerksamkeit erregt.

KAPITEL 34

Ein Gefühl wie Stecknadeln reizt Joeys linken Fuß. Er rappelt sich auf und stößt dabei an einen Mantel im Regal darüber. Die Höhe des Schranks erlaubt es ihm nicht, aufrecht zu stehen. Er bückt sich und streckt seine Wadenmuskeln so gut er kann in dem engen Raum. Er hat genug davon, in klaustrophobischen Räumen herumzuklettern. Als der kribbelnde Schmerz zur Taubheit wird, balanciert er die letzte Akte auf seinem angewinkelten Arm, damit er die Seiten umblättern und den Inhalt lesen kann. Sein Handy ist zwischen Kinn und Brust eingeklemmt, die Taschenlampe wirft Licht auf Details von Pat, dem Klempner: wo er wohnt, seine Familie, sein Geschäft. Joey runzelt verwirrt die Stirn. Es sieht so aus, als ob Ronny diese Leute überwacht hat. Bekommt er so seinen Kick? Wie ist Pat in die Fänge von Ronny geraten? Wie sind diese Leute überhaupt mit ihm in Kontakt gekommen?

Joeys Telefon summt und sein Kopf zuckt. Das Telefon rutscht aus dem Griff seines Kinns und seiner Brust und fällt auf den Boden. Als er sich bückt, um es aufzuheben, sieht er eine SMS von Becca.

Ich habe dir eine Nachricht hinterlassen. Ruf mich an, wenn du kannst. B

Er sammelt die Akten ein und überlegt, was er tun soll. Er muss auf sie zugreifen können, um Ronny loszuwerden.

Joey möchte sie mitnehmen, aber draußen prasselt der Regen. Selbst unter seinem Mantel werden sie klatschnass. Er nimmt sie mit an die Vorderseite des Schranks, wo das Licht ihm erlaubt, Beweise für Ronnys kleines *Unternehmen* zu sammeln. Klick, klick, klick. Er fotografiert jede Seite. Bei zehn Akten dauert das eine Weile. Er ist fast am Ende, als das Handy in seiner Gesäßtasche mit einer SMS von Ronny summt.

Was machst du denn?

Joeys Magen dreht sich und gerät außer Kontrolle. Kann Ronny ihn sehen? Sicherlich nicht. Er leuchtet mit der Taschenlampe in den Schrank. Gibt es eine versteckte Kamera? Er muss da raus. Ronny ist auf dem Rückweg. Mit einem letzten Schnappschuss von der letzten Akte kniet Joey nieder und stößt die Kanten der Akten auf den Boden, sodass sie perfekt aufeinanderliegen. Er krabbelt zum Tresor und legt sie wieder hinein, wobei er einen Blick auf den Stapel Bargeld auf dem obersten Regal wirft. Es kostet ihn alles, was von seiner Integrität noch übrig ist, um es nicht einzusammeln und in seine Taschen zu stecken. Er ist hin- und hergerissen. Joey Clarke ist kein Dieb. Er hat in seinem Leben noch nie etwas gestohlen. Aber er weiß, dass Ronnys unrechtmäßig erworbenes Geld ihn aus der finanziellen Misere holen könnte, in die er und seine Familie geraten sind. Er schiebt die Tür zu, nur um seine Meinung zu ändern. Er öffnet sie wieder und nimmt ein Bündel Fünfzig-Pfund-Noten aus dem obersten Regal, bevor er die Tür wieder schließt.

Joey sieht sich im Schrank um. Nachdem er sich vergewissert hat, dass alles so ist, wie er es vorgefunden hat, schaltet er das Licht aus und schließt die Tür. Die Wohnung liegt wieder im Dunkeln. Er stürmt nach draußen in den Regen. Seine Nerven übermannen ihn und er versucht, die Tür abzuschließen. Der Regen fällt noch stärker. Als sich der Schlüssel gedreht hat, rennt er zu dem Versteck im Efeu. Er steckt den Schlüssel wieder hinein und lässt den Kieselstein zu den anderen fallen. Der Regen prasselt auf ihn herab, Wassertropfen bilden sich auf seinen Wangen. Er zupft an dem Efeu, um die Öffnung zu verbergen und geht durch das Tor, um dem Feldweg zu seinem Auto zu folgen.

Das Zurücklaufen scheint ewig zu dauern. Er setzt einen Fuß vor den anderen, so schnell er kann, aber er scheint nicht weiterzukommen. Seine Beine sind schwer, ein Gewicht aus Aufregung und Angst. Das Geräusch eines Automotors hält ihn auf. Er blickt nach vorn, aber nur Schwärze begegnet seinem Blick. Joey kann es aber hören. Das Fahrzeug biegt ein und poltert über die unebene Straße. Ronny kommt auf ihn zu. Seine Beine sind schwach. Sie können nicht mehr. Das Geräusch kommt von hinter ihm. Er dreht sich zu den Scheinwerfern um, die sich von hinten nähern.

Joey springt in die Hecke neben der Straße und stolpert in einen unsichtbaren Graben im Unterholz. Er flucht vor Schmerz, als er sich den Knöchel verstaucht und stolpert, als er versucht, sich aufrecht zu halten. Seine Arme rudern. Er kann sich nicht halten. Er fällt hin, rollt sich zusammen, atmet tief ein und umklammert seinen Knöchel, während er das vorbeifahrende Auto beobachtet. Er kann gerade noch die Silhouette des Mannes von vorhin erkennen, den er zuletzt gesehen hatte, als er auf das Nachbargrundstück fuhr. Der Mann sieht ihn nicht. Das glaubt Joey jedenfalls.

Er hält seine Augen fest geschlossen, während der Regen auf ihn niederprasselt. Aber Visionen von seiner

Mutter, Dylan und Megan blitzen vor seinem inneren Auge auf. Sie brauchen ihn. Er stemmt seinen müden Körper hoch und stützt sich am Rand des Grabens ab. Die Scheinwerfer sind jetzt außer Sichtweite. Er taumelt zurück zu seinem Auto und macht sich nicht mehr die Mühe, den Pfützen auszuweichen. Er macht sich keine Gedanken mehr. Aus Angst, Ronnys Scheinwerfer zu begegnen, will er nur noch so schnell wie möglich weg.

Er taumelt die letzten Meter mit Schmerzen zurück zu seinem Auto, das pflichtbewusst darauf wartet, ihn aufzufangen, als er auf dem Vordersitz zusammenbricht. Joey liegt auf den Sitzen und friert, hat aber zu viel Angst, den Motor einzuschalten. Denn er weiß, sobald er den Schlüssel im Zündschloss umdreht, muss er da raus.

Er bleibt ein paar Minuten lang sitzen, zittert und will, dass sein Knöchel aufhört zu pochen. Der Schmerz ist unerträglich, intensiv und brennt wie Feuer in seinem Bein. Er öffnet das Handschuhfach und kramt im Handbuch, der Sonnenbrille und den Handschuhen seines Vaters nach Schmerzmitteln, findet aber nichts.

Er greift in seine Tasche und tastet nach dem Geld, das er aus dem Safe gestohlen hat. Da ist es. Trotz seiner Schuldgefühle weiß er, welche Erleichterung es ihm in den kommenden Tagen bringen wird, wenn er seine Schulden begleicht. Dann wird er einen Weg finden, all die Rechnungen zu begleichen, die im letzten Monat wie der Regen auf ihn hereingeprasselt sind. Dieser Gedanke gibt ihm den Anstoß, sich aufzusetzen. Unter Schmerzen setzt er sich auf eine Pobacke und streift sein Handy aus der Jeans. Es gibt keine neuen Anrufe oder Nachrichten. Er lässt den Motor an und dreht die Heizung auf, um sich aufzuwärmen. Seine Gedanken sind bei Becca, aber als er aus der Einfahrt herausfährt, überkommt ihn das Gefühl, dass Ronny ihn erwischt hat.

Er fährt so schnell wie möglich den Feldweg hinauf und hält den Atem an, weil er Angst hat, Ronnys Scheinwerfern zu begegnen, die ihm entgegenkommen. Erst als er die Hauptstraße erreicht, kann er wieder richtig durchatmen. Er fährt nach Hause und der Schmerz in seinem Knöchel wird jedes Mal stärker, wenn er auf die Bremse drückt. So viele Gedanken gehen ihm durch den Kopf, dass sie sich schneller drehen als die Räder des Autos.

Das Licht im Wohnzimmer ist an. Seine Mutter muss noch wach sein. Am liebsten würde er ins Bett klettern und wie ein Toter schlafen, aber er weiß, dass er noch nicht hineingehen kann. Wie soll er erklären, in welchem Zustand er sich befindet? Seine Kleidung ist durchnässt und schmutzig von der Wanderung auf dem Feldweg und dem Sturz in den Graben; und er humpelt. Er fährt los und weiß genau, wo er hin will.

Joey parkt in einer Straße, die von Reihenhäusern gesäumt ist. Er tippt den Buchstaben P in sein Telefon, findet die Nummer und ruft an.

Überraschung überzieht Pats Worte. »Joey! Bist du okay?«

»Weißt du, dass ich dir ein Bier schulde? Kann ich es dir jetzt ausgeben?«

»*Jetzt?* Weißt du, wie spät es ist?«

»Ich könnte bei dir vorbeikommen? Ich bin nicht weit weg.«

Der Telefonanruf

»Wo bist du?«

»Vor der Tür, um genau zu sein.«

»Du kommst besser rein. Ich glaube, ich weiß, worüber du reden willst.«

KAPITEL 35

Das Haus ist ein viktorianisches Haus aus rotem Backstein mit zwei Stockwerken, in dem Pat mit seiner Frau, seiner Tochter und seinem schwarzen Labrador lebt. Als Pat die Tür öffnet, springt sein Hund durch den Flur und über die Schwelle. Er springt an Joey hoch und balanciert auf seinen Hinterbeinen wie ein Känguru. Er wirft ihn fast um. »Runter! Runter«, befiehlt Pat mit gedämpfter Stimme. Er schnappt sich das leuchtend pinkfarbene Halsband des Hundes und fordert ihn auf, von Joey abzulassen. »Tut mir leid. Sie ist so ein guter Hund, aber ein Albtraum, wenn sie Fremde kennenlernt. Sie ist zu aufgeregt.« Joey wartet an der Türschwelle, seine nassen Klamotten kleben an seinem Körper. Pat mustert ihn von oben bis unten. »Mein Gott, was ist denn mit dir passiert?« Er öffnet die Tür weit. »Du solltest besser hereinkommen.«

Joey zieht seine durchnässten Turnschuhe aus und humpelt benommen in den warmen Flur. Pat berührt den Ärmel von Joeys durchnässter Jacke. »Zieh die besser aus, Kumpel«, sagt er und hilft Joey, sie auszuziehen. »Ich lege das auf die Heizung.« Er drückt Joey eine Hand in den Rücken und führt ihn in ein kleines Wohnzimmer, in dem eine einsame Tischlampe unheimlich weiches Licht spendet. »Was soll das Hinken?«

Joey verdreht seine Augen. »Das ist eine lange Geschichte.«

Aus dem Fernseher ertönt eine Comedy-Show mit einem für den Moment unpassenden Gelächter. Pat sucht zwischen Zeitschriften, Büchern, Haarbändern und Schokoladenverpackungen auf dem Couchtisch nach der Fernbedienung und schaltet ihn aus. Das Zimmer ist voll mit Fotos und rosa Spielzeug – so viel Rosa überall. Pat führt Joey zum Kamin, wo schwache Flammen in einem Holzofen lodern. Er schiebt den Feuerschutz beiseite und wirft ein dickes Holzscheit hinein, um Glut zu entfachen. Er klopft Joey auf die Schulter. »Bleib hier stehen. Dir wird bald warm werden.«

»Ich kann doch nicht um ein heißes Getränk bitten, oder?«, fragt Joey und kann nicht verhindern, dass er zittert.

»Doch, klar. Ich hole dir ein paar trockene Sachen und setze den Kessel auf. Starker schwarzer Kaffee mit einem Spritzer von etwas Hartem, denke ich. Es sieht so aus, als bräuchtest du etwas Eis für deinen Fuß.«

»Wo ist deine Frau?«, fragt Joey.

»Im Bett. Mach dir keine Gedanken.«

Joey streckt seine Hände nach dem Feuer aus und saugt die Wärme ein, während die frischen Flammen knistern und brutzeln. Er geht näher heran, zu nah, aber er ist es gewohnt, am Rand zu leben und versucht, das Gleichgewicht zu halten. Der Hund von Pat sitzt zu seinen Füßen. Joey starrt auf eine Reihe gerahmter Fotos, die durch eine Kerze auf einer silbernen Schale auf dem Kaminsims getrennt sind. Er betrachtet die Bilder von Pat, seiner Frau und seiner Tochter bei verschiedenen Gelegenheiten: am Strand, auf einer Party, beim Spaziergang mit dem Hund im Park. Eines davon zeigt Pat und seine Frau in einem Fotoautomaten, wobei Pat um Jahre jünger aussieht als heute. Sie ziehen die seltsamsten Grimassen und lachen sich kaputt. Unbeherrschtes Lachen! Wann hat Joey das zuletzt getan? Er denkt kurz nach, kann sich aber nicht erinnern. Das andere Foto befindet sich hinter einem herzförmigen Passepartout und hat an der Seite ein Datum eingeprägt. Pat mit seiner Tochter an dem Tag, an dem sie geboren wurde. Ein normales Leben, nach dem Joey sich sehnt, von dem er aber befürchtet, dass es weit entfernt ist.

»Hier, bitte sehr. Das ist das Beste, was ich bieten kann«, meint Pat. »Zieh dir das an und ich hole die Getränke.« Er reicht Joey eine graue Jogginghose und ein passendes Sweatshirt. »Dann können wir uns unterhalten.«

Joey legt sein Handy auf den Boden und zieht seine durchnässten Socken aus, die an seiner Haut kleben, gefolgt von seiner Jeans und Boxershorts. Sein Fuß ist geprellt und lila Flecken, die von der Kälte verursacht wurden, bedecken seine Beine. Er schlüpft in die Jogginghose und reißt sie über die hervorstehenden Winkel seiner Hüftknochen hoch. Sie hängen an ihm herunter. Er zieht die Kordel zu, um den Bund enger zu machen, dann schlüpft er aus seinem Kapuzenpullover und T-Shirt und zieht das Sweatshirt an. Er ertrinkt darin.

Pat erscheint und wirft Joey eine Packung gefrorener Erbsen zu. »Leg das auf deinen Fuß«, fordert er. »Ich bin gleich zurück.« Joey zuckt zusammen, als er die Erbsen auf seinen empfindlichen Knöchel legt. Pat taucht wieder auf und hat zwei Becher dabei. Er reicht Joey einen davon. »Zieh dir das rein, Kumpel. Das wird deine Knochen wärmen.«

Joey nimmt einen Schluck von dem Getränk; starker Kaffee mit einem Hauch von Brandy. Er gleitet hinunter und brennt hinten in seiner Kehle. Er nimmt einen weiteren Schluck. Pat stößt mit dem Fuß einen Sessel in Richtung Feuer und weist Joey an, sich zu setzen. »Versuch lieber, die Klamotten etwas zu trocknen.« Pat legt Joeys nasse Kleidung über den Feuerschutz. »Das sollte genügen.« Er räumt die Unordnung auf dem Couchtisch beiseite, damit er so nah wie möglich bei Joey sitzen kann.

Joey nimmt einen weiteren Schluck von seinem Getränk. Der Kaffee schmeckt gut – ein kleiner Trost in dem Chaos, das sein Leben geworden ist. »Tut mir leid, dass ich dir das antue, aber wir müssen reden.«

»Reden?« Pat runzelt die Stirn, stützt die Ellbogen auf die Knie und ballt die Hände zu einer Faust. »Wenn es um das Geld geht, das du mir schuldest, Joey, ist das in Ordnung. Ich kann für eine Weile darauf warten. Du brauchst dich nicht zu stressen.« Pats Sorge um Joeys Wohlergehen scheint seine Geldprobleme zu überwiegen.

Joey nimmt sein Handy in die Hand und durchsucht die Fotos, bis er die gewünschten findet. »Ich habe dein Geld, Pat. Das ist es nicht.«

Pat sieht ihn verwirrt an.

Joey dreht den Bildschirm in Pats Richtung: das Foto aus seiner Akte, die Ronny zusammengestellt hat. Joey beugt sich nach vorn und neigt seinen Kopf, um ebenfalls einen Blick darauf zu werfen. Pat blinzelt auf den Bildschirm, während Joey durch die Schnappschüsse blättert, die er vorhin gemacht hat: Details von Pats Haus, Geschäft und Familie und eine Collage mit Fotos von ihm, seiner Frau und seinem Kind.

Völlige Verwirrung überzieht Pats Gesicht. »Ich verstehe das nicht.«

Joey sieht Pat in die Augen. »Du bist nicht allein. Es gibt viele wie diese.«

Pat zappelt herum und presst seine Hände fester zusammen, die Knöchel sind gerötet. »Woher hast du die?« Sein Blick huscht zu Joey und dann auf den Teppich, sein Kiefer ist zusammengepresst. Er starrt Joey wieder an, allwissend. »Ronny Carling.«

Joey schnaubt und erklärt, wie er zu den Fotos gekommen ist. »Was hast du mit ihm zu tun?«

Pat setzt sich aufrecht hin und stützt sich auf seinen Knien ab. »Können wir einander vertrauen?«

»Auf jeden Fall.«

Die Worte sprudeln aus Pat heraus wie das Wasser aus den geplatzten Rohren, die er oft reparieren muss. »Jemand in der Kneipe hat mich mit Ronny bekannt gemacht. Becca. Du kennst sie. Die Hübsche mit den langen blonden Haaren. Sie hängt manchmal mit dem Armeemädchen ab.« Er senkt den Kopf und legt die Finger an seine Schläfe. »Wie heißt sie?«

»Du meinst Courtney.«

»Das ist sie. Becca ist die Nichte von Ronny.«

»Ich weiß. Wir sind enge Freunde.«

»Vor ein paar Jahren erzählte sie mir, dass ihr Onkel einen Klempner suchte und fragte mich, ob ich Interesse an einem Auftrag hätte. Er war gerade in sein Haus gezogen. Es war eine richtige Bruchbude: keine Zentralheizung, stinkende Feuchtigkeit, Einrichtung aus dem letzten Jahrhundert, du weißt schon. Jedenfalls wirkte er wie ein anständiger Mann.« Pats Stimme bricht. »Am Anfang.«

Joey starrt ins Feuer und denkt darüber nach, Pat von der Waffe und Maggie zu erzählen. Am liebsten würde er alles jemandem erzählen, der es versteht, aber ist es nicht umso besser, je weniger Leute davon wissen? Maggie könnte sterben. Vielleicht wird sie sich nie erinnern. Niemand sonst muss es je erfahren. Gott, wie sehr er sich für diese Gedanken hasst. »Erzähl weiter.«

»Er war bereit, mir einen guten Preis für den Einbau einer Zentralheizung zu zahlen. Das war, als meine Frau mit unserem Kleinen schwanger war und wir ein Angebot für das Haus gemacht hatten. Bargeld auf die Hand, sagte er mir, als Bonus. Er war einverstanden, dass ich abends und an den Wochenenden arbeitete und so konnte ich alles mit meinen anderen Jobs vereinbaren. Ich gab mir alle Mühe, es für ihn so schnell wie möglich zu erledigen. Für mich. Ich benötigte das Geld. Wir haben uns in dieser Zeit gut verstanden. Er war sehr umgänglich und wir hatten viel zu lachen. An manchen Abenden tranken wir sogar gemeinsam ein Bier, wenn es spät wurde, was oft vorkam. Er war ziemlich niedergeschlagen, weil seine Frau ihn verlassen hatte und ich hatte Mitleid mit ihm. Sie hatte ihre Tochter mitgenommen und lebte bei ihren Eltern. Sie hatten ihr Haus verkaufen müssen, weshalb er in dieser Bruchbude gelandet war. Das war alles, was er sich leisten konnte.«

»Becca hat mir erzählt, dass er sich seit Kurzem wieder mit seiner Tochter trifft.«

»Ist das so?«, wundert sich Pat und zieht die Augenbrauen hoch.

»Er möchte seine Frau zurück.«

Pat schüttelt den Kopf. »Sie sind besser dran, wenn sie bei ihren Eltern wohnen bleiben. An dem Abend, an dem ich das Geld abholen wollte, ging alles schief. Er lud mich ein, mit ihm etwas trinken zu gehen. Ich war so gestresst – Probleme mit einem Job, keine Kohle für einen Lieferanten. Sie drohten, mein Konto zu sperren. Wir waren kurz davor, die Verträge für dieses Haus unterzeichnen.« Sein Blick schweift durch den Raum. »Ich brauchte das Geld. Sonst hätten wir es nicht bekommen. Das konnte ich meiner Frau nicht antun. Sie wollte es unbedingt haben.« Er schüttelt den Kopf. »Sie hatte sogar schon die Tapete ausgesucht.«

Joey trinkt sein Glas aus und stellt es an das Fußende des Sessels. »Ich glaube, ich weiß, was jetzt kommt.«

Pat schüttelt den Kopf. »Oh nein, das weißt du nicht. Das kannst du unmöglich wissen.«

KAPITEL 36

Wir haben etwas getrunken. Ich war betrunken. Wenn ich betrunken sage, dann meine ich völlig weggetreten. Ich kann mich nicht erinnern, was zum Teufel passiert ist.« Pats Gesicht ist schmerzverzerrt. »Ich weiß es bis jetzt nicht. Ich habe mich oft gefragt, ob er mir etwas ins Glas getan hat. Ich wachte am nächsten Morgen auf dem Sofa in seinem Wohnzimmer auf. Er war wach und pfiff, während er das Frühstück zubereitete. Mein Kopf hämmerte. Ich meine, er dröhnte so richtig. Stell dir das mal vor, ich hatte mir sogar in die Hose gepinkelt.« Er hört auf zu reden und sieht aus, als würde er gleich weinen.

Joey schenkt ihm ein ermutigendes Lächeln. »Nur zu, Kumpel.«

Pat steht auf, geht zum Feuerschutz hinüber und dreht Joeys Kleidung so, dass die nasse Seite zum Feuer zeigt. »Jedenfalls hat er mir eine alte Jeans zugeworfen und mir gesagt, ich solle mich sauber machen und an den Tisch kommen. Es ist alles so verschwommen. Ich konnte nicht fassen, in welchem Zustand ich war. Er hatte uns Schinkensandwiches gemacht.«

»Er mag seinen Speck wohl sehr. Das ganze Haus stinkt danach.«

»Ich war ausgehungert. Als ob ich am Abend zuvor nichts gegessen hätte. Hatte ich wahrscheinlich auch nicht. Ich kann mich nicht erinnern. Es war ein eigenartiges Gefühl. Ich war so hungrig und fühlte mich doch so krank wie ein Hund. Auch er verhielt sich komisch. Als wir mit dem Essen fertig waren, fragte er mich, ob ich mich an das erinnerte, was wir am Abend zuvor besprochen hatten. Ich sagte ihm, dass ich mich nicht einmal daran erinnern konnte, wie ich dort angekommen war. Um es kurz zu machen: Ich hatte den ganzen Abend über meine Geldsorgen gejammert, also bot er mir einen Job an, ich sollte ›ein paar Besorgungen‹ für ihn erledigen.« Pat lehnt sich leicht zurück und zieht die Augenbrauen hoch. »Und anscheinend habe ich zugestimmt.« Er zuckt mit den Schultern. »Er wollte ein Kurierunternehmen gründen und benötigte Fahrer. Er wollte nur Umschläge ausliefern – juristische Dokumente und so weiter. Wenn ich ehrlich bin, habe ich von Anfang an geahnt, dass es eine dubiose Sache ist, aber das Geld war knapp. Er klang so überzeugend.«

»Kommt mir bekannt vor.«

»Von da an ging es immer weiter. Ehe ich mich versah, hatte ich meine eigenen Stammkunden, die ich mit Drogen versorgte. Die Wahrheit ist, dass ich mich an das zusätzliche Geld gewöhnt habe. Wir zogen hier ein und dann kam unser Kleiner. Babys sind teuer und es musste so viel an diesem Haus gemacht werden. Ich habe einen ziemlich hohen Schuldenberg angehäuft. Ich sagte mir, dass ich mir sechs Monate Zeit nehmen würde, um wieder auf die Beine zu kommen und dann würde ich ihm sagen, wohin er sich verziehen sollte. Das ist nie passiert. Jetzt hole ich jede Woche einen Vorrat an Koks und Gras ab und liefere die ganze Woche über aus. Ich hasse mich dafür.« Pat schließt die Augen und zuckt zusammen. »Ich hasse mich. Aber welche Wahl habe ich denn? Jetzt keine mehr.«

»Was meinst du?«, fragt Joey.

»Hast du noch etwas anderes in dieser Datei gefunden?«

Joey schüttelt den Kopf.

»Er hat ein Diktiergerät. Es war wahrscheinlich im Safe bei den Akten.«

Joey denkt an vorhin zurück. Er war so aufgeregt, dass er es übersehen haben könnte. »Ich kann mich nicht erinnern, etwas gesehen zu haben. Da waren Haufen von Geld. Vielleicht war es dahinter. Was war darauf?«

»Der Bastard hat mich hereingelegt. In meinem Vollrausch habe ich mehr geredet, als ich sollte.«

»Worüber?«

»Letztes Jahr hatte ich genug davon. Aber als ich damit aufhören wollte, sagte er, ich solle meine Position überdenken, wenn ich meine Frau und mein Kind behalten wolle. Dann holte er das Diktiergerät hervor und drückte auf ›Play‹.«

Joey empfindet tiefes Mitgefühl für ihn. »Was war drauf?«

»Sagen wir einfach, ich war über die Jahre nicht ehrlich zum Finanzamt. Ich habe zu viele Jobs angenommen, bei denen ich schwarz bezahlt wurde. Jeder macht das. Aber ich Dummerchen habe an diesem Abend damit geprahlt. Er hat das alles auf Band. Ich würde alles verlieren, wenn es jemals in die falschen Hände gerät.« Pat breitet die Arme aus und blickt sich im Raum um. »Wir würden das Haus mit Sicherheit verlieren. Ich bekäme eine ganze Reihe von Vorstrafen und könnte sogar eingebuchtet werden. Meine Frau würde mir das nie verzeihen. Weißt du, als sie ein Kind war, ist ihr Vater wegen derselben Sache im Gefängnis gelandet. Ronny wusste das. Ich habe es ihm an diesem Abend erzählt.«

»Er ist der König der Arschlöcher.«

»Ich habe ewig gebraucht, um sie davon zu überzeugen, dass ich die Nacht auf dem Sofa eines Freundes verbracht habe, denn natürlich hat mich diese Nacht verändert. Sie dachte, ich hätte sie betrogen. Ein kleiner Teil von ihr traut mir bis jetzt nicht. Ich mache ihr keinen Vorwurf. Wonach sah es denn aus? Ich bin nicht nur nicht nach Hause gekommen, sondern habe nicht einmal angerufen, um zu sagen, dass ich wegbleibe. Dann kam ich in einem Zustand nach Hause, stank nach Alkohol. Als ich am nächsten Morgen aufwachte, hatte ich zwölf verpasste Anrufe von ihr. Sie war richtig schlecht gelaunt. Beim sechsten Anruf habe ich aufgehört, zuzuhören. Sie sagte, dass sie dachte, ich sei tot.«

»Warum hast du es ihr nicht einfach erzählt?«

»Was, du gibst vor der Frau, die du liebst, zu, dass du ein Krimineller bist, wenn sie kurz davor ist, dein Kind zu bekommen? Aus demselben Grund, der ihre Kindheit zerstört hat? Ich konnte ihr das nicht antun. Ich habe nach der Geburt unseres Kleinen eine Weile darüber nachgedacht, aber dann hätte ich all die Lügen zugeben müssen, die ich seitdem erzählt habe. Sie hasst Drogen; ihr Bruder war zeitweise ein Junkie. Dieser Dreckskerl hat mich also in seinen Klauen.«

»Ich kann sehen, welchen Einfluss er auf dich hat.«

»Ich habe gelernt, mit der Schuld zu leben. Sie ist ein Teil meines Lebens geworden. Nicht nur die Art, wie ich meine Bücher frisiert habe, sondern auch der Betrug und die Lügen, die ich ihr erzählt habe.«

Jetzt ist Joey an der Reihe. Sein Herz hat die Angewohnheit, seinen Kopf zu beherrschen. Aber es ist, als hätte er einen Verbündeten gefunden. Einen treuen Freund, der die Qualen verstehen kann, die er durchmacht. Er schüttet alles über Becca und ihre verkorkste Familie aus. Als er einmal angefangen hat, kann er nicht mehr aufhören. Er fühlt sich wie ein zum Platzen aufgeblasener Luftballon. Ein Ballon, in den Pat eine Nadel gesteckt oder das Ventil geöffnet hat, um den Druck abzulassen, der sich seit dem Anruf am Sonntagabend in ihm aufgestaut hat. »Ich komme mir vor wie ein Idiot«, endet er. »Ein kompletter Idiot.«

Pat streckt die Hand aus und klopft Joey sanft auf das Knie. »Du bist nicht allein, Kumpel.«

»Es fing erst am Sonntag an, so scheinbar unschuldig und, bevor ich mich versah, war ich ein verdammter Drogendealer.«

»Sag mir nicht, Becca hat dich ihm vorgestellt?«

»Es war eigentlich Oz. Ronny hat mir einen Job angeboten ... nur eine Versandtasche ausliefern.«

»Der Dreckskerl hat ihn jetzt dazu benutzt, den Prozess in Gang zu setzen, oder?«

Joey tippt auf seinem Handy herum und zeigt Pat das Dossier von Oz. »Sieht so aus, als wäre Oz nur ein weiteres Opfer. Ich war zuerst misstrauisch, aber ich bin auch knapp bei Kasse. Das ist eigentlich eine Untertreibung. Ich stecke bis über beide Ohren in Schulden. Gerichtsvollzieher, Rückstände bei der Gemeindesteuer, Kreditkartenrechnungen. Ganz zu schweigen von all den Haushaltsausgaben.« Er klopft sich mit der Handfläche an die Stirn. »Und die Hypothek. Wir sind bereits im Rückstand. Wenn das so weitergeht, werden wir unser Haus verlieren. Mein Auto bereitet auch Probleme und meine Mutter ist zu krank, um regelmäßig zu arbeiten. Meine Schwester will auf einen Schulausflug nach Alton Towers. Ich habe ihr gesagt, dass ich dafür bezahle.«

Pat nickt. »Er sucht sich die Schwachen aus.«

»Dann ging der verdammte Heizkessel kaputt.«

»Hör zu, Joey. Mach dir keine Gedanken, dass du mich sofort bezahlen musst. Ich kann wirklich eine Weile warten.«

»Ich bin ein Idiot gewesen. Ich habe meinen Kopf in den Sand gesteckt. Es ist alles außer Kontrolle geraten.«

»Es gibt Organisationen, an die du dich wenden kannst, weißt du. Sie können dir helfen.«

»Ich dachte immer, ich würde das schon allein hinbekommen. Ich wollte nicht, dass meine Mutter damit zu tun hat, weil es sie stresst. Ihre Gesundheit leidet und alle möglichen Probleme kommen auf.«

»Dann hast du Ronny getroffen.«

»Zuerst dachte ich, es könnte leicht verdientes Geld sein. Viel einfacher als Regale zu füllen und acht Stunden am Tag nörgelnde Kunden zu bedienen. Ronny war anfangs ganz in Ordnung. Ich übernahm sein Paket, aber als ich losfahren wollte, sprang das Auto nicht an. Der Motor machte keinen Mucks. Er war sehr hilfsbereit. Er sagte mir, ich solle das Auto stehen lassen und er würde einen seiner Mechaniker holen, der es am nächsten Tag reparieren würde. Welche Wahl hatte ich schon? Als ich das Auto abholen wollte, sagte er mir, dass es eine neue Lichtmaschine benötige. Er hat es gewartet und auch neue Scheibenwischer eingebaut. Er hat sogar Benzin hineingetan.«

»Du musst nichts mehr sagen. Du konntest es dir nicht leisten, ihn zu bezahlen, also hast du mehr Pakete für ihn ausgeliefert.«

Der Telefonanruf

Joey seufzt schwer. »Es kommt noch schlimmer. Viel schlimmer.«

KAPITEL 37

Joey spart nicht mit Details und landet bei Maggie und der Waffe. »Und zu allem Überfluss hat sich Mum mit einem Polizisten eingelassen. Das nenne ich einen Eiertanz.«

»Mensch und ich dachte, ich hätte Probleme. Du hast Glück, dass Maggie nicht reden kann.«

»Nach dem, was sie durchgemacht hat, ist es möglich, dass sie sich gar nicht mehr daran erinnern kann, was in dieser Nacht passiert ist.«

»Wie stehen die Chancen dafür?«

»Fifty-fifty. Genauso wie die Chance, dass sie nie wieder sprechen wird.«

»Was hast du mit der Waffe gemacht? Und dem Mantel und den Turnschuhen?«

»Sie sind auf dem Dachboden zu Hause.«

Pat erschaudert. »Mein Gott, Joey.«

»Ich weiß. Ich weiß.« Joey stützt sein Gesicht in seine Hände. »Ich hätte sie gar nicht erst mitnehmen sollen, aber ich bin in Panik geraten.« Er sieht zu Pat auf. »Ich wusste nicht, was ich sonst damit machen sollte. Im Nachhinein betrachtet, hätte ich die Waffe in der Nacht, in der Dylan sie gefunden hat, direkt zu Ronny zurückbringen sollen. Aber man weiß nie, wie man reagieren wird, bevor man sich in einer solchen Situation befindet.«

Joey schluckt. »Ich ertrinke in Schulden. Woher sollte ich das Geld nehmen, um Ronny für die Reparatur meines Autos zu bezahlen? Dann kam er irgendwie in den Besitz eines Fotos von Dylan. Er muss zu seiner Schule gegangen sein und es aufgenommen haben, als Dylan herauskam. Er tauchte im Supermarkt auf und zeigte es mir, zusammen mit einem Foto, auf dem das verhaue ne Gesicht eines Mannes zu sehen war. Ronny drohte mir und sagte mir, dass ich jetzt für ihn arbeite. Andernfalls würde Dylan mit dem gleichen Gesicht enden wie dieser Typ. Das hat mich umgehauen und ich habe beschlossen, dass ich etwas tun muss, um von ihm wegzukommen.« Joey hält inne. »Er kann sich mit mir anlegen, aber nicht mit meiner Familie.«

»Und ich dachte schon, du kommst, um mir zu sagen, dass du kein Geld für eine lausige Heizungspumpe hast.« Pat setzt sich aufrecht hin, schiebt seine Hände die Beine hoch und bläht seine Brust auf. »Weißt du was? Ich stimme dir zu. Es reicht. Es ist an der Zeit, ihm die Stirn zu bieten. Bereite dem Ganzen ein Ende.« Er schweigt kurzzeitig. »Es war mutig von dir, heute Abend dorthin zu gehen. Schön für dich. Aber warum hast du nicht einfach die Akten mitgenommen?«

»Ich habe darüber nachgedacht, aber es regnete in Strömen. Ich dachte, dass sie auf dem Weg zurück zum Auto durchweichen würden. Außerdem brauchte ich Zeit zum Nachdenken. Während ich dort war, bekam ich eine SMS von ihm, in der er mich fragte, was ich denn mache. Das machte mich wahnsinnig. Ich konnte nicht mehr klar denken. Ich dachte, dass irgendwo eine Kamera versteckt sein könnte und er mich beobachtete. Ich machte mir Sorgen, dass er auf dem Heimweg war und mich erwischen würde. Ich geriet in Panik und verließ sein Haus. Bevor ich hierherkam, schrieb ich ihm eine SMS und fragte ihn, was er meinte. Er erwiderte, die Nachricht sei für jemand anderen bestimmt gewesen.«

Sie sitzen schweigend da und beobachten die Flammen. Joey beginnt, sich zu erwärmen. »Was denkst du? Sollen wir uns ihm gemeinsam stellen, nur wir beide oder sollen wir die anderen einbeziehen?«

»Du bist also dabei?«

»Ich muss etwas tun. Mich zu bedrohen ist eine Sache, aber meine Familie zu bedrohen ...« Er schüttelt den Kopf. »Nein, niemand bedroht sie.«

»Vergiss die anderen. Ich habe keine Zeit mehr für seine Spielchen. Ich muss auch an meine Familie denken.«

Sie sitzen beide im selben Boot.

»Ich frage mich, was der Typ mit dem zerschlagenen Gesicht getan hat, um so eine Tracht Prügel zu verdienen«, überlegt Joey.

»Hast er Ronny gesagt, dass er aufhören will?«

Beide drehen sich zur Tür, als sie sich öffnet. Eine zierliche Frau in einem rosafarbenen Nachthemd mit langen, kastanienbraunen Haaren erscheint. »Ist alles in Ordnung?« Sie starrt von Pat zu Joey und zu der Wäsche, die vor dem Kamin hängt.

Pat springt auf und schreitet auf sie zu. »Ich helfe nur einem Kumpel aus, Schatz. Du brauchst dir keine Sorgen zu machen.« Er sagt zu Joey: »Bin gleich wieder da.« Dann führt er seine Frau aus dem Zimmer.

Joey sieht sich all die Sachen an, die eine ganze Wand einnehmen. Kisten voller Stofftiere und tonnenweise Plastik: ein Kinderwagen, ein Puppenhaus, Bauklötze, eine Kamera und eine Schmuckschatulle. Es erinnert ihn an das Wohnzimmer, als Megan noch klein war und alle sie verwöhnten, auch er selbst. Sein Vater starb kurz vor ihrer Geburt und das Mitleid der Leute kam in Form von großzügigen, in Rosa verpackten Geschenken. Würde es einen Unterschied machen, wenn er selbst Kinder hätte? Würde er immer noch so wütend sein, wenn Ronny eines seiner Kinder bedroht hätte? Er weiß, dass es so wäre.

Familie ist Familie.

Ein pochender Schmerz dröhnt in seinem Kopf. Er sollte zu ihnen nach Hause gehen. Megan und seine Mutter schlafen wahrscheinlich schon, aber bei allem, was diese Woche passiert ist, wird Dylan vermutlich auf ihn warten. Er steht auf und greift nach seiner Jeans. Sie ist immer noch nass, aber trockener als bei seiner Ankunft. Er lockert die Kordel von Pats Jogginghose, schlüpft aus ihr in seine Jeans und zieht sich den Kapuzenpullover über. Die Socken sind noch zu nass, also rollt er sie zusammen und stopft sie in die Taschen seiner Jeans. Pat taucht wieder auf. »Tut mir leid«, entschuldigt er sich. »Ich habe ihr erzählt, dass du Probleme mit einer Frau hast.« Er lacht. »Sie hat gesagt, ich sei ein guter Ratgeber für dich. Verstehst du, was ich meine? Sie hat mir diese Nacht bis jetzt nicht ganz verziehen.«

»Wie wollen wir das denn angehen?«

»Jeden Sonntagabend hole ich meinen Wochenvorrat bei ihm ab. Um zwanzig Uhr. Meine Frau denkt, dass das mein Kneipenabend ist und das ist es auch. Nicht, dass ich noch viel trinke. Ich treffe mich um achtzehn Uhr mit den Jungs im *Coach and Horses* und fahre danach zu seiner Werkstatt, um meinen Wochenvorrat abzuholen. Ich schlage vor, dass wir ihn dann zur Rede stellen.«

Joey ist sich da nicht so sicher. »Sollten wir uns nicht mehr Zeit für die Planung lassen?«

»Vergiss es. Es ist das perfekte Timing. Er wird auf mich warten.«

»Und was genau sollen wir deiner Meinung nach tun?«

»Ihn mit der Waffe erschießen, die er für seine Schwester besorgt hat. Nimm sie mit.«

Joey hält Pat seine Handflächen entgegen. »Ganz ruhig.«

Pat lacht zum ersten Mal an diesem Abend. »Natürlich nicht. Glaube mir, ich wünschte, ich könnte es, aber ich habe zu viel zu verlieren. Nach allem, was er mir angetan hat, kann ich aber eine gute Show abliefern. Ich werde ihn zu Tode erschrecken. Wenn er sich davon erholt hat, dass er keine Kugel in den Kopf bekommt, können wir ihm mit einem kleinen Hinweis auf seine Frau drohen. Er wird seine Tochter nie wieder sehen.«

»Wir müssen vorsichtig sein. Wir wissen nicht, was er noch in petto hat«, meint Joey unsicher.

»Was willst du? Dass du in drei Jahren noch so lebst wie ich? Dieser Fiesling hat mich dazu gebracht. Ich schaue ständig über meine Schulter und habe Angst, etwas falsch zu machen. Angst, dass ich alles verliere.«

Joey weiß, dass Pat recht hat. Andernfalls bleibt ihm nichts anderes übrig, als sich mit Ronny anzufreunden, den er niemals loswerden kann.

Pat formt seine Lippen zu einer Linie. »Genug ist genug. Wir müssen dem Ganzen ein Ende setzen. Ich nehme an, du hast ein Wegwerfhandy?« Joey nickt. »Gib mir die Nummer. Wir wollen nicht, dass Nachrichten zwischen unseren eigenen Telefonen ausgetauscht werden. Ich werde dich morgen anrufen.«

Ein Telefon klingelt. Es ist das von Joey. Beccas Name blinkt auf dem Display. Er überlegt, ob er den Anruf annehmen soll, lässt ihn aber auf die Mailbox laufen. Sie hinterlässt keine Nachricht. Sie ruft erneut an. Er sieht Pat an. »Es ist Becca.« Es klingelt.

»Ruf sie zurück.«

»Ich kann jetzt nicht. Ich rufe sie später an.«

Pat wirft ein weiteres Holzscheit in den Kamin und sie besprechen kurz ihre Optionen für den Umgang mit Ronny. Joey hat das unangenehme Gefühl, dass Pat weiter gehen würde als er, was seine Angst noch verstärkt.

Becca versucht ein drittes Mal, Joey zu kontaktieren, dieses Mal per SMS. Das Telefon summt. Joey liest die Nachricht. Seine Kinnlade fällt herunter und Erleichterung mischt sich mit Gefühlen der Traurigkeit und des Bedauerns.

Meine Mutter ist heute Nacht gestorben. B

KAPITEL 38

SAMSTAG

Es ist bereits Mitternacht, als Joey das Haus von Pat verlässt. Er ruft Becca an, als er in sein Auto steigt. Sie sprechen nur eine Minute lang miteinander. »Sie hatte eine weitere Blutung im Gehirn. Sie konnten sie nicht mehr retten. Dad war bei ihr. Sie haben ihn zu ihr gelassen, Gott sei Dank. Ich kann nicht glauben, dass sie tot ist.« Ihre Stimme ist betäubt vom Schmerz und einer Schlaftablette von Maggie, die sie im Badezimmerschrank ihrer Eltern gefunden hat.

Joey sinkt im Sitz zusammen. Wann wird dieser Albtraum enden?

»Komm rüber. Bitte«, fleht sie. »Dad ist noch im Krankenhaus. Er will sie nicht verlassen. Ich kann meinen Onkel Ronny nicht erreichen und ich will nicht allein sein.«

»Ich komme, so schnell ich kann.«

Er fährt nach Hause und zieht sich erst um. Er kann nicht in nassen Klamotten auftauchen. Im Haus ist es ruhig, aber Dylan ist noch wach und wartet im Bett auf ihn. Er bombardiert Joey mit Fragen, als wäre er ein Detective. Joey erzählt ihm nur, dass Beccas Mutter gestorben ist und er die Nacht bei ihr verbringen wird.

»Scheiße.«

»Hör auf zu fluchen.«

Nachdem er in saubere Klamotten geschlüpft ist, fährt er direkt zu Beccas Haus. Regency Close Nummer 1, wo dieser Horror begann. Sie öffnet die Tür in einem schwarzen Pyjama, ihre Augen sind rot und geschwollen. »Ich kann es nicht glauben«, sagt sie, als er sie in seine Arme zieht. Er trägt sie die Treppe hinauf in ihr Zimmer, ihr schlanker Körper liegt schwer an seinem. Innerhalb von fünf Minuten scheint das Schlafmittel sie in einen tiefen Schlaf zu versetzen.

Joey hat eine weitere schlaflose Nacht vor sich. Scham und Mitleid für Becca vereiteln seine Versuche, einzuschlafen. Schafe zählen, sich auf seine Atmung konzentrieren, die von seiner Mutter empfohlene App – nichts funktioniert. Die Kopfschmerzen, die ihn schon die ganze Woche wie ein herrenloser Hund verfolgen, nähren den Brechreiz der Schuldgefühle, die auch nicht nachlassen wollen. Er verbringt die Zeit damit, über alles nachzudenken, was vorgefallen ist, starrt an die Decke oder stützt sich auf seinen Ellbogen, um Becca beim Schlafen zuzusehen und wünscht sich, dass alles anders wäre.

Um sieben Uhr nimmt er einen Stift von ihrem Schreibtisch und ein Stück Papier aus dem Drucker und schreibt ihr einen Zettel. Es gibt so viel, was er ihr sagen möchte, aber er weiß, dass er es nicht kann. Stattdessen sagt er ihr, wie leid ihm ihr Verlust tut und dass er heute arbeiten muss, aber danach vorbeikommen kann. Er wird Mister Parasi sagen, dass sie nicht kommen wird. Wenn sie etwas braucht, ist er für sie da. Bevor er geht, stupst er sie sanft an. »Becca, ich muss gehen.« Sie rührt sich nicht. Er beugt sich zu ihr und küsst sie auf die Stirn.

★ ★ ★

Als Joey nach einer weiteren schlaflosen Nacht nach Hause kommt, sitzt seine Familie um den Tisch und frühstückt. Dylan schmiert Butter auf eine Scheibe Toast und Megan schüttet Milch in ihre Müslischale, während sie darüber streiten, wer am Wochenende die meisten Hausaufgaben machen muss.

»Was hast du mit deinem Fuß gemacht?«, fragt seine Mutter, die eine Tasse Tee in der Hand hält.

»In der Kneipe über einen Stuhl gestolpert.«

Sie wirft ihm einen Blick zu. Der Blick, mit dem sie ihn fragt, ob er denkt, dass sie von gestern ist. »Es tut mir leid, das von Beccas Mutter zu hören.«

»Was ist mit ihr passiert?«, fragt Megan.

»Sie ist gestorben«, antwortet Joey, der keinen Blickkontakt zu seiner Schwester herstellen kann.

»Ich mache dir eine Tasse Tee.« Seine Mutter steht auf und geht in die Küche.

»Hast du die Kosten für meine Reise bezahlt?«, hakt Megan nach. Dylan zischt ihr zu, still zu sein.

»Erledigt«, lügt Joey. Er wird es später tun.

»Ich liebe dich, Joey.« Megan streckt Dylan die Zunge raus, der ihr sagt, sie solle erwachsen werden.

»Lasst es gut sein, ihr zwei«, sagt Joey, bevor er geht und sie ihr Frühstück beenden.

Der Tag vergeht noch langsamer als sonst. Ein Samstag ohne Becca auf der Arbeit ist schon deprimierend genug, aber zu wissen, was sie gerade durchmacht, macht es noch hundertmal schlimmer. Am Abend schreibt Joey eine Entschuldigungsmail an Megans Schulbüro. Es tut ihm leid, aber es hat nicht funktioniert, das Geld für Megans Klassenfahrt über ParentPay zu überweisen. Er wird es am Montag noch einmal versuchen. Bis dahin liegt die ausgefüllte elterliche Einverständniserklärung für ihre Teilnahme bei. So hat er ausreichend Zeit, um zur Bank zu gehen und Geld einzuzahlen, damit sein Konto nicht überzogen wird. Als er auf ›Senden‹ drückt, ruft Pat an. In seiner Stimme liegt ein Unterton, den Joey noch nie wahrgenommen hat. »Ich habe alles im Griff«, teilt Pat ihm mit. »Bring die Tasche mit den Sachen, die entsorgt werden müssen und die Waffe mit. Ich habe mir schon überlegt, was wir damit machen. Hier ist der Plan.«

KAPITEL 39

SONNTAG

Der Tag zieht sich. Joey muss Überstunden machen, weil zwei Sonntagsmitarbeiter gestern positiv auf Covid getestet wurden und Mister Parasi Joey die Überstunden angeboten hat. Er kann nicht aufhören, auf die Uhr zu schauen, während er Regale auffüllt und Kunden bedient. Alles, woran er denken kann, ist Becca und was sie durchmachen muss, und wie Pat mit Ronny umgehen will. Becca ist bei ihrem Vater, seit er gestern Morgen aus dem Krankenhaus nach Hause gekommen ist. »Er ist am Boden zerstört«, erzählte sie gestern Abend, als er anrief, um zu fragen, wie es ihnen geht. »Und er ist wütend.«

Als es so weit ist, wartet Joey an der Abzweigung des Feldwegs zu Ronnys Haus, wie Pat es ihm aufgetragen hat. Sein Knöchel schmerzt immer noch, wenn auch nicht mehr so stark wie in der letzten Nacht und sein Kopf beginnt wieder zu pochen. Seine Daumennägel sind angeknabbert. Bevor das alles anfing, hat er nie an seinen Nägeln gekaut. Es ist jetzt eine Woche her, dass er den größten Fehler seines Lebens gemacht und den Anruf angenommen hat. Eine Woche in der absoluten Hölle.

Der erwartete Anruf von Pat kommt um halb acht. »Er ist in der Werkstatt. Zeit zu gehen.«

»Bist du sicher?«

»Entspann dich, Joey. Er ist sonntagabends immer da. Behalte einfach die Nerven und folge dem Plan.«

Joey macht sich auf den Weg zu Ronnys Haus und kann sich nicht vorstellen, wie das alles enden soll. Er zwingt sich, sich zu beruhigen, aber er kann es nicht. Die Tasche mit der Waffe, den Turnschuhen und dem Mantel im Kofferraum des Autos lässt das nicht zu. Als er von der Arbeit nach Hause kam, reinigte er die Waffe noch einmal gründlich und rieb mit einem Tuch darüber, bis seine Hand schmerzte.

Den Schlüssel zu Ronnys Hintertür zu finden, ist genauso einfach wie zuvor. Auch das Eindringen in sein Haus und das Öffnen des Safes scheint zu einfach. Zuerst sucht er nach dem Diktiergerät, von dem Pat überzeugt war, dass es dort sein muss. Hinter all dem Bargeld auf dem obersten Regal findet er es. Joey drückt auf ›Play‹. Pats undeutliche Stimme durchbricht die Stille. Er drückt auf Stopp. Das muss er nicht hören. Er steckt das Diktiergerät in seine Tasche und sieht nach, ob sich noch etwas anderes in dem Safe befindet, entdeckt aber nur die Akten, Bargeld und einen Vorrat an Kokain. Er durchsucht die Akten und nimmt, auf Pats Anweisung hin, seine und Pats heraus und legt den Rest in den Safe, bevor er die Tür schließt.

Joey tritt aus dem Schrank und geht zur Hintertür. Erst dann beginnt er mit dem Video auf seinem Handy. Der Film zeigt, wie er durch Ronnys Küche geht, den Safe mit dem Bargeld und dem Kokain öffnet und die acht verbleibenden Akten herausnimmt. Eine nach der anderen öffnet Joey sie und filmt jede einzelne, bevor er den Film beendet. Die Mission ist erfüllt: der Beweis für Ronnys kriminelle Aktivitäten auf Film.

Joey steckt die Akten in eine Plastikhülle, die er für diesen Zweck mitgebracht hat und schiebt die Tür zu. Er zögert, bevor er sie wieder öffnet und starrt auf den Haufen Geld. Wieder einmal drängt ihn sein Gewissen, es liegen zu lassen. Aber nein, dieser Mann hat ihm und seiner Familie auf so viele Arten Unrecht getan. Er stopft das Geld in seine Taschen. Es ist genug, um es mit Pat zu teilen und ihm einen Neuanfang zu ermöglichen. Einen, bei dem er keine Schulden mehr hat, bei dem die Schulausflüge für Megan keine Last mehr sind und bei dem er sich gelegentlich ein Essen zum Mitnehmen für seine Familie leisten kann. Er wird Dylan das neue Handy und seiner Mutter eine neue Brille kaufen.

So schnell er kann, denn sein Knöchel schmerzt, kämpft er sich zurück zu seinem Auto. Jeder Schritt kommt ihm wie eine Meile vor. Als er ankommt, wirft er den Plastikbeutel zusammen mit der Reisetasche in den Kofferraum. Er ruft Pat an, während er den Feldweg von Ronnys Haus in Richtung der Hauptstraße entlangfährt.

»Hast du das Diktiergerät gefunden?«

»Alles erledigt«, berichtet Joey. »Es hätte nicht reibungsloser laufen können.«

»Ein Auto voll mit Beweisen. Es ist besser, wenn du nicht angehalten wirst. Fahr vorsichtig. Ich bin hier und warte.«

Joey hält jede Geschwindigkeitsbegrenzung, um Pat, ohne in eine Kontrolle zu geraten, in Ronnys Garage zu treffen. Jedes Mal, wenn er mit dem Fuß auf die Bremse tritt, schmerzt sein Knöchel. Er zwingt sich, an Becca zu denken, um sich von den Schmerzen abzulenken und an die guten Zeiten zu erinnern, die sie über die Jahre hatten, bevor dieser Albtraum begann.

Wie Pat vorgeschlagen hat, parkt er um die Ecke in einer unbeleuchteten Straße, wo er sich eine Covid-Maske und seine Baseballkappe aufsetzt. Er holt alles aus dem Kofferraum des Autos. Bleib ruhig, Joey. Bleib ruhig. Es läuft alles nach Plan. Bald wird alles vorbei sein. Er eilt zur Garage, während der stechende Schmerz in seinem Knöchel mit jedem Schritt schlimmer wird. Die Reisetasche hat er über die eine Schulter gehängt, die Plastikmappe mit den Akten unter den anderen Arm geklemmt.

Er findet Pat, der in seinem Ford Transit am Rande des Vorplatzes wartet. Pat beugt sich vor, um die Tür zu öffnen und bedeutet Joey, sich auf den Beifahrersitz zu setzen. Joey wirft die Plastiktüte in den Fußraum, streift die Reisetasche von der Schulter und steigt ein. Er übergibt Pat das Diktiergerät.

»Kumpel, du bist ein absoluter Star. Wo ist die Waffe?«

Joey klopft auf die Reisetasche. »Hier drin.«

»Hol sie raus.«

»Pat, das gefällt mir nicht.«

»Entspann dich, Joey.«

»Lassen wir das. Ich fühle mich nicht wohl dabei, wenn es herauskommt. Man weiß nie, was passieren könnte.«

»Ich werde das Ding nicht benutzen. Das verspreche ich dir.« Pat wird eindringlicher. Sein nervöses Zucken ist ausgeprägt, sein Kopf ruckt ständig. »Hol sie raus.«

Joey öffnet den Reißverschluss der Reisetasche und packt die Waffe aus. Er gibt sie Pat und hebt die Tasche mit dem Mantel, den Turnschuhen und dem Rucksack auf seinen Schoß. »Was willst du mit dem Zeug machen?«

»Mein Vater lebt auf dem Land in den Fens. Er ist ein ziemlicher Einsiedler. Wir sind oft bei ihm zu Gast. Er verbrennt ständig Sachen. Ich werde das alles in seine Verbrennungsanlage stecken.«

»Das würdest du für mich tun?«

»Ja, ganz sicher. Du bist ein guter Kerl, Joey. Ein seltener Typ. Es gibt nicht viele wie dich.«

Joey schmunzelt.

Pat dreht die Waffe in seiner Hand und untersucht sie.

Bilder von Maggie, die mit dem Ding herumfuchtelt, schießen Joey durch den Kopf. »Nimm sie runter.«

»Mach dir keine Gedanken. Ich weiß, was ich tue.« Er öffnet das Patronenlager, überprüft, ob die Waffe geladen ist, entsichert sie und hält sie Joey vor die Nase. »Du bist tot, Ronny.«

Joey hebt die Hände. »Auf keinen Fall.«

Pat lacht. »Beruhige dich. Das werde ich natürlich nicht tun. Ich hasse diesen Mann mehr, als ich jemals gedacht hätte, dass ich jemanden hassen könnte, aber ich bin kein Killer.«

Joey ist ein ganz normaler Typ, der emotional nicht dafür gerüstet ist. »Ich bin mir da nicht mehr so sicher.«

»Sei nicht dumm. Wir machen jetzt keinen Rückzieher.« Pats Stimme ist entschlossen. »Ich habe diesen Bastard viel länger ertragen als du. Er hat mich in den vergangenen drei Jahren durch die Hölle gehen lassen. Damit ist jetzt Schluss. Seine Zeit ist um.« Seine zischende Stimme klingt giftig. »Komm schon. Wir gehen rein.«

KAPITEL 40

Drinnen riecht es wie immer. Schmiermittel, Motoröl, Reifengummi – und metallisch, nach Blut. Die Luft ist so giftig, dass man daran ersticken könnte. Es ist kalt; eine Kälte, wie Joey sie noch nie erlebt hat, die sich in seine Knochen frisst. Zwischen zwei Autos, die auf einer Hebebühne stehen, läuft Musik aus einem Radio. Joey folgt Pat. »Bleib bei mir«, flüstert Pat, als sie auf Ronny zugehen, der unter einem der Autos arbeitet. Er steht mit dem Rücken zu ihnen. Joey erkennt das Auto wieder. Es ist das von Becca. Er muss es für sie reparieren. Ronny ist in seine Arbeit vertieft, pfeift und beachtet sie zunächst nicht. Dann spricht Pat selbstbewusst und richtet die Waffe in Ronnys Richtung. »Wenn du nicht willst, dass dir der Kopf weggeblasen wird, solltest du unsere Anwesenheit besser registrieren.« Pat kickt gegen eine Kiste mit Werkzeug. Schraubenschlüssel, Steckdosen und Schraubenzieher fliegen über den Betonboden.

Ronny dreht sich um. »Ich dachte, ich hätte dir gesagt, du sollst mir eine SMS schicken, wenn du angekommen bist?« Seine donnernden Augen huschen von Pat zu Joey, zu der Tüte mit den Akten und schließlich zu der Waffe. »Was soll das?« Er wirft einen Blick in das Büro am Ende der Werkstatt. Er sieht Joey an. »Was machst *du* denn hier?«

»Bleib, wo du bist!« Pats Gebrüll hallt durch das Gebäude. Falls er nervös ist, scheint er das gut zu verbergen. Seine Augen sind wie Kugeln, die den tödlichsten Blick abfeuern. »Das wird nicht lange dauern.« Pat geht auf Ronny zu, immer noch die Waffe auf ihn gerichtet. »Joey will dir etwas zeigen.«

Ronny verschränkt die Arme vor der Brust. Sein Kiefer ist zusammengebissen und seine Augen glühen vor Wut. Oder ist es Panik? Joey hält sein Handy in Ronnys Blickfeld, während Pat die Waffe auf Ronnys Kopf richtet, und drückt auf die Abspieltaste des Videos, das er vorhin aufgenommen hat. »Hier ist alles zu Ende, Ronny«, stellt Pat fest, während das Video abgespielt wird. »Du hast dir die falschen Leute ausgesucht. Es ist vorbei. Eine Kopie dieses Videos ist sicher in der Cloud gespeichert. Mehrere Leute wissen, wie sie darauf zugreifen können. Wenn du jemals wieder in die Nähe meiner Familie, von mir oder von Joey und seiner Familie kommst, werden deine Frau, deine Tochter und die Polizei eine Kopie davon bekommen, zusammen mit diesem Zeug.« Pat nickt Joey zu, der das Telefon in seine Tasche steckt, den Plastikbeutel öffnet und die Akten herausnimmt.

»All diese Leben, die du ruinierst. All die Drohungen, die du ausgesprochen hast, um Leute dazu zu bringen, deine Drecksarbeit zu erledigen. Ganz zu schweigen von den Menschen, die fast zu Tode geprügelt worden sind. Was ist mit deiner Schwester? *Du* hast sie hereingelegt. Du hast einen unschuldigen Jungen wie Joey dazu gebracht, deine Drecksarbeit zu machen. Du abscheuliches Stück Ungeziefer, das sich an den Schwachen vergreift. Du bist ein Schandfleck auf unserem Planeten. Ich warne dich.« Pat schnippt mit dem Handgelenk und bewegt die Waffe, die immer noch auf Ronnys Kopf gerichtet ist. »Wenn du uns noch einmal kontaktierst, wird deine Tochter das hier sehen.«

Ronnys Gesicht verzieht sich schockiert. Sein Kiefer zittert. »Das würdet ihr nicht tun.«

»Versuch's doch.« Pat stupst Joey an. »Lass uns verschwinden.« Joey geht zurück zum Ausgang. In Panik lässt er den Plastikbeutel fallen. Pat schubst ihn. Die Kühnheit in seinem Tonfall wird schwächer. »Ich sagte, wir gehen.« Joey bückt sich, um ihn aufzuheben. Pat schiebt ihn beiseite. »Lass das liegen. Ich werde mich darum kümmern. Geh einfach nach Hause.« Er schubst Joey in Richtung des Ausgangs.

Joey dreht sich auf den Fersen um und rennt nach draußen, wobei er den Schmerz seines verstauchten Knöchels zu unterdrücken versucht. Er humpelt zurück zu seinem Auto und geht abwechselnd auf Zehenspitzen, um den Druck auf seinen Fuß zu verringern. Nur so kann er die Schmerzen in den Griff bekommen. Es regnet in Strömen, aber er spürt das Licht am Ende des dunklen Tunnels der Verdammnis. Es ist vorbei. Emotionen durchströmen ihn. Der Albtraum, den er in der letzten Woche durchlebt hat, ist vorbei. Dann hört er es. Der ferne Knall eines Schusses, der durch seinen Kopf dröhnt.

Erinnerungen werden wach. Bilder von dem Blick in Maggies Augen, als sie den Abzug drückte. Ihr Blut, das über die Küchenwand spritzte. Beccas Schrei. Joey kann es nicht ertragen. Mit den Händen hält er sich die Ohren zu. Es ist so unwirklich, dass es ihm vorkommt, als wäre er in einem Kino und würde alles wie im Film miterleben. Er will zu seinem Auto rennen. Weglaufen, schneller als die Kugel, die gerade abgefeuert wurde, aber er bleibt vor

Schreck auf der Stelle stehen. Lauf weiter, Joey. Lauf einfach weiter.

Sobald er in seinem Auto sitzt, ruft er Pat an. Es geht die Mailbox ran. Er drückt auf die Taste zum Beenden des Anrufs. Sein Kopf pocht so stark, dass er kaum geradeaus sehen kann. Mehrere weitere Versuche bringen keinen Erfolg. Er hinterlässt eine Nachricht, dass sie miteinander reden müssen. Es kommt ihm wie eine Ewigkeit vor, dass er ziellos durch die Gegend fährt. Von Dorf zu Dorf fährt er über kurvige Landstraßen. Der Regen prasselt auf die Windschutzscheibe. Der heulende Wind ist wie eine anklagende Stimme. »Was hast du jetzt angestellt, Joey Clarke?«

Er hat Becca gesagt, dass er sie heute Abend anrufen wird. Aber er kann nicht. Nicht jetzt. Dann fällt es ihm ein. Das Handy. Was ist mit dem Handy von Ronny? Er hält auf einem Rastplatz an und ruft Pat erneut an. Der geht sofort ran. »Was zum Teufel ist passiert?«, fragt Joey, bevor Pat zu Wort kommen kann.

»Was meinst du?«

»Warum bist du nicht an dein Telefon gegangen?«

»Ich habe deine Nachricht gerade erst erhalten.« Seine Stimme zittert. Joey ist sich sicher, dass er lügt.

»Was ist passiert, als ich gegangen bin?«

»Ich bin kurz nach dir gegangen.«

»Ich habe auf dem Weg zu meinem Auto einen Schuss gehört.«

»Ich habe nichts gehört. Das muss dein Kopf sein, der dir einen Streich spielt.«

»Ist es nicht. Ich habe es gehört. Hast du ihn erschossen?«

»Joey, du musst dich beruhigen, Kumpel. Du darfst das nicht an dich heranlassen. Ich bin nach dir gegangen und direkt nach Hause gefahren. Es ist vorbei. Geh nach Hause zu deiner Familie.«

»Ich weiß, was ich gehört habe, Pat. Wenn Ronny tot ist, wird die Polizei überall sein, wenn seine Arbeiter morgen früh kommen. Sie werden auch bei ihm zu Hause auftauchen. Wir müssen zurück und sein Wegwerfhandy holen. Es wird Beweise für den Kontakt mit mir enthalten, bevor er mir meins gegeben hat. Wir dürfen auf keinen Fall mit ihm in Verbindung gebracht werden.«

»Beruhige dich. Mach dir keine Sorgen. Ich habe sein Telefon und alle Dateien. Es ist in meinem Van zusammen mit der Reisetasche. Triff mich morgen früh um acht Uhr an der Ecke Maze Road. Ich bringe alles morgen zu meinem Vater. Morgen Abend um diese Zeit wird alles weg sein.«

Joey kann sich des Eindrucks nicht erwehren, dass Pat etwas verheimlicht. »Aber ich habe einen Schuss gehört, Pat.«

»Du hast dich geirrt. Es ist vorbei, Joey. Er wird uns nie wieder zu nahe kommen.«

KAPITEL 41

MONTAG

Der Vorfall ist am Montagnachmittag überall in den lokalen Nachrichten. Eine Facebook-Seite der Gemeinde wird mit Kommentaren über den katastrophalen Unfall in der örtlichen Autowerkstatt in der Nacht zuvor überschwemmt; Einzelheiten darüber, wie der Mann ums Leben kam, wurden bisher nicht veröffentlicht.

Wie traurig. Ich habe ihn nicht gekannt. Ich bin in Gedanken bei seiner Familie.

Was für eine schreckliche Sache, die da passiert ist.

So ein freundlicher Typ. Er hat einmal mein Auto repariert. R.I.P., Ronny.

Joey liest sie schockiert, als er nach der Arbeit in seinem Auto sitzt. Weiß Pat das? Heute Morgen hat er noch nichts gesagt. Joey hatte zwei Kunden im Supermarkt belauscht, die sich über das unglückliche Ereignis unterhielten und sich gefragt, ob sie Ronny meinten, als sie den Tod eines Mannes in einer örtlichen Werkstatt erwähnten. Er ist schon den ganzen Tag nervös und wartet darauf, dass Pat anruft, um ihm zu sagen, dass er bei seinem Vater gewesen ist. Der Anruf kam jedoch nicht, obwohl Joey ihm mehrere Sprachnachrichten hinterlassen hat.

Joey starrt aus der Windschutzscheibe. Schmerzen schießen durch seinen Kopf. Er muss ein paar Tabletten finden. Ein Paar geht Arm in Arm am Auto vorbei. Der Kopf der Frau ruht an der Schulter des Mannes, ihr weiches blondes Haar fällt ihr über den Rücken. Er denkt an Becca. Diese Nachricht wird sie zerstören. Er sollte sie anrufen, aber zuerst muss er mit Pat sprechen, um herauszufinden, was genau in der letzten Nacht passiert ist.

Da er weiß, dass dies kein Gespräch ist, das man am Telefon führen sollte, fährt Joey direkt zu Pats Wohnung und ist erleichtert, als er seinen Ford Transit vor dem Haus stehen sieht. Er fährt in die nächste Straße, die Maze Road, und parkt dort. Genauso wie heute Morgen, als er sich mit Pat traf, um ihm das Handy zu übergeben. Er hatte ihm auch einen Teil des Geldes aus Ronnys Safe übergeben. Pat hatte gelächelt und gesagt: »Rache ist süß.« Er wirkte ein wenig abwesend. Joey führte das auf den Schock der Konfrontation am Vorabend zurück, fragte sich aber, ob etwas Schlimmeres passiert war.

Jeder Schritt zu Pats Haus ist schmerzhaft. Sein Knöchel wird nicht besser und die Schmerzen in seinem Kopf auch nicht. »Was machst du denn hier?«, murmelt Pat und hält seinen Hund davon ab, an Joey hochzuspringen.

»Ich habe versucht, dich anzurufen. Ich muss mit dir reden.«

»Warte hier.« Etwas widerwillig verschwindet Pat. Joey hört, wie er sagt: »Lust auf Gassi gehen?« Dann schallt ein wildes Bellen durch den Flur. Pat erscheint mit seinem Hund an der Leine und gesellt sich zu Joey nach draußen.

»Warum hast du nicht auf meine Anrufe geantwortet?«, hakt Joey nach.

Pat wirkt zurückhaltend. Er zögert, bevor er spricht. »Ich habe einen Tag hinter mir. Ich wollte es tun, aber ich wurde immer wieder abgelenkt. Mal ehrlich, es kommt nicht jeden Tag vor, dass man Beweise vernichtet, um eine Vielzahl von Verbrechen zu vertuschen. Tut mir leid, Kumpel.« Er schließt das Gartentor. »Du hast sicher schon von Ronny gehört.«

»Ich habe es aus den Nachrichten erfahren. Warum hast du mich nicht angerufen?«

Pat ignoriert seine Frage. »Weißt du, wie er gestorben ist?«

Joey schüttelt den Kopf. »Das letzte, was ich gehört habe, war, dass diese Details bislang nicht veröffentlicht wurden. Ich nahm an, dass er erschossen wurde.«

»Ich sage es dir immer wieder. Es gab keinen Schuss. Du musst es dir eingebildet haben. Das Auto ist auf ihn gefallen.«

»Was?«

»Das Auto, an dem er gearbeitet hat. Es ist auf ihn gefallen.« Pat hält seine Handflächen in Joeys Richtung hoch. »Und bevor du fragst. Ich war es nicht. Die Hebebühne funktioniert nicht. Es gab eine Rückrufaktion des Herstellers für die Hebebühnen in seiner Garage. Der Hersteller riet, sie nicht zu benutzen, bis sie mit einem Nachrüstsatz ausgestattet sind.«

»Woher weißt du das?«

»Ronny hat es mir vor ein paar Monaten gesagt. Er hat diesen Rat ignoriert. Der Bastard hat bekommen, was er verdient hat. Gut, dass wir ihn los sind«, stellt Pat fest.

»Ein Monster wie er hat es nicht verdient, auf dieser Erde

zu sein. Alles, was er mir angetan hat. Er hat uns in den vergangenen Jahren das Leben zur Hölle gemacht. Was siehst du mich so an?«

»Der Mann ist *tot*«, murmelt Joey.

Pat bleibt auf der Stelle stehen. »Du bist zu weich, Kumpel. Du musst dir ein paar Eier wachsen lassen. Denk daran, was er dir angetan hat. All den anderen Menschen in diesen Akten.«

»Trotzdem.« Joey packt Pats Arm. »Mein Knöchel bringt mich immer noch um. Ich kann nicht weit laufen.«

»Folge mir.« Sie biegen nach rechts in eine Gasse ab, die auf eine kleine Grünfläche führt. Pat steuert ihn zu einer Bank. Das Brummen eines kleinen Umspannwerks auf der gegenüberliegenden Seite der Grünfläche stört die ansonsten friedliche Landschaft. »Ich habe heute alles zu meinem Vater gebracht. Den Rucksack, die Turnschuhe, den Mantel. Sie sind alle weg. Zu Asche verbrannt.«

»Und die Telefone?«

»Seins, deins, meins, weg. Ich habe die SIM-Karten verbrannt und die Handys in den Stausee hinter dem Haus meines Vaters geworfen.«

»Was ist mit den Akten?«

»Auch weg. Ich habe keinen Sinn darin gesehen, sie zu behalten.«

»Und die Waffe?«

»Mach dir keine Gedanken. Wir können darüber reden, wenn du dich wieder beruhigt hast.«

»Was ist, wenn dich jemand gesehen hat?«

»Ich werde dich eines Tages zu meinem Vater mitnehmen. Dann kannst du dich selbst überzeugen. Denk mal an Ronnys Haus. Abgesehen von dem Nachbargrundstück ist es ziemlich abgelegen, oder? Das Haus meines

Vaters ist noch hundertmal abgelegener. Die nächste Person wohnt mindestens zwei Kilometer entfernt. Du kannst jetzt aufhören, dir Sorgen zu machen. Sie können uns in keiner Weise mit ihm in Verbindung bringen.«

»Das wird Becca umbringen. Sie hat ihn geliebt.«

Pats Hund zieht an ihrer Leine und zerrt an Pats Hand. »Ich sollte jetzt gehen.« Er zieht seinen Hund an sein Bein und streichelt ihren Rücken. Er sieht Joey an. »Wir bleiben in Kontakt, ja?«

»Ich glaube nicht, dass ich dich so schnell vergessen werde.«

Pat lacht. »Das glaube ich auch nicht.« Er hält inne. »Weißt du, ich habe nachgedacht. Warum fängst du nicht bei mir zu arbeiten an?«

»Ich? Ich weiß nichts von Klempnerarbeiten.«

»Ich könnte dich ausbilden. Dir einen Beruf geben. Wir könnten zusammen ins Geschäft einsteigen. Wenn es einen Menschen in unserem Leben gibt, dem wir beide vertrauen können, Joey, dann ist es der jeweils andere. Ich sage dir was. Wir werden nie ohne Arbeit sein. Klempner sind so rar gesät. Ich bin wahnsinnig beschäftigt. Der Terminkalender ist bis zum Sommer gefüllt.«

»Vielleicht.«

Pat legt seine Hand auf Joeys Schulter. »Du siehst furchtbar aus. Geh nach Hause und ruh dich aus, Kumpel.« Pat steht auf. »Es ist vorbei.«

KAPITEL 42

Joey fährt langsam nach Hause. Das Zucken seines rechten Auges sagt ihm, dass er den Punkt überschritten hat, an dem er nicht mehr zurück kann. Er muss dringend nach Hause. Er hat noch etwa zwanzig Minuten Zeit, bis sein Körper nicht mehr kann und ihm nichts anderes übrig bleibt, als sich in die Dunkelheit zu legen und zu warten, bis der Schmerz nachlässt. Der Schlafmangel der letzten Zeit ist nicht gerade hilfreich. Der Schmerz pulsiert in seinen tränenden Augen und trübt seine Sicht, während sich eine Enge in seinem Nacken ausbreitet und auf seinen Schädel drückt. Das schrille Klingeln seines Telefons lässt ihn zusammenzucken. Er wirft einen Blick auf den Bildschirm. Es ist Becca. Er kann nicht mit ihr reden. Der emotionale Kummer würde die unerträglichen Schmerzen nur noch verschlimmern.

Als er zu Hause ankommt, stolpert er durch die Eingangstür. Seine Mutter ruft ihm zu: »Hallo, Schatz.« Hetty wuselt um seine Füße herum. Er kann sich nicht einmal bücken, um sie zu begrüßen. Sie wirbelt herum und jagt ihrem Schwanz hinterher. Er kann sie zehnmal sehen. Sie dreht sich immer wieder im Kreis. Er kann nicht hinsehen. Er taumelt den Flur entlang und stützt sich mit einer Hand an der Wand ab, um sich zu beruhigen. Seine

Mutter wartet im Wohnzimmer auf ihn. Sie klopft auf das Sofa neben sich. »Ich möchte dir etwas sagen.«

»Nicht jetzt«, antwortet Joey und lehnt sich gegen den Türrahmen.

»Ich treffe mich nicht mehr mit Ade.«

Er ist verwirrt. Hat er sie richtig verstanden? »Was? Warum?«

»Es hat sich nicht richtig angefühlt.«

»Aber ich dachte, du magst ihn.«

»Das tue ich. Wirklich. Es ist nur nicht der richtige Zeitpunkt für eine Beziehung.«

»Warum nicht?«

»Die Intuition einer Mutter, Joey. Die Intuition einer Mutter.«

Sie kennt ihn so gut. Sie weiß, dass er in etwas Schlimmes verwickelt ist und ein Polizist am Tatort ist nicht das, was ihr Sohn braucht. Er ist schuld daran. Die Chance auf Glück, auf die sie so lange gewartet hat. Das alles nur wegen dieses verdammten Anrufs. Er hat so viel für sie alle zerstört. Er schließt die Augen, der Schmerz wird stärker. Sein Kopf fühlt sich an, als würde er brennen. »Migräne«, schafft er es noch zu murmeln, bevor er zu Boden fällt. Alles wird schwarz.

KAPITEL 43

DIENSTAG

Es ist der Geruch, der ihn aufweckt – die Frische von Erdbeeren und Minze. Eine kalte Kompresse bedeckt seine Augen und seine Stirn. Becca hält seine Hand, ihre kleinen Finger sind um seine geschlungen. Er nimmt sich einen Moment Zeit, um den Schmerz abzuschätzen und fragt sich, ob er die Kraft hat, die Kompresse zu entfernen und die Augen zu öffnen. Er streicht mit dem Daumen über die Seite ihrer Hand. »Wie lange bist du schon hier?«, fragt er.

»Die ganze Nacht.«

Er zieht die Kompresse weg und öffnet die Augen. Das schwache Sonnenlicht scheint durch die Vorhänge im Wohnzimmer. Er blinzelt und fragt sich, ob das Licht zu viel ist, aber das ist es nicht. Der Schmerz ist zu einem dumpfen Stechen im Nacken abgeklungen, was bedeutet, dass er das Schlimmste hinter sich hat.

Becca sieht so blass aus, wie er sich fühlt. Ihr Haar ist zu einem Pferdeschwanz gebunden. »Es tut mir leid«, sagt er.

»Warum?«

»Ich habe das mit deinem Onkel gehört. Ich wollte dich gestern Abend anrufen, aber ich muss eingeschlafen sein.« Er fühlt sich heiß und schlägt die Bettdecke weg.

»Ich weiß alles«, seufzt sie. »Du musst nichts mehr vor mir verbergen.«

»Was?«

»Ich war dabei.«

»Wo?«

»Sonntagabend, in der Werkstatt. Mein Vater brachte mich zu meinem Auto. Es war so kalt, dass wir im Büro saßen und darauf warteten, dass Ronny mit der Reparatur fertig wurde. Wir hörten, wie die Werkzeugkiste über den Boden geschleudert wurde und standen auf, um nachzusehen, was los war. Wir sahen, wie Pat die Waffe auf meinen Onkel richtete. Wir haben alles gesehen und gehört. Ich wollte raus, um dir zu helfen, aber mein Vater hat mich nicht gelassen. Er sagte, es sei zu gefährlich, wenn eine Waffe im Spiel ist. Er musste mich zurückhalten.«

Joey starrt sie misstrauisch an.

Sie wirkt bemerkenswert ruhig. »Ich weiß, dass du es warst, der Mum die Waffe gebracht hat. Ich weiß, dass Ronny dich dazu gebracht hat, sie zu liefern. Ich weiß, was Ronny dir und all diesen Leuten angetan hat. Ich habe es alles gehört. Ich fühle mich so schuldig und schäme mich.«

»Warum hast du ein schlechtes Gewissen?«

»Ich war diejenige, die Pat ihm vorstellte, als er einen Klempner brauchte. Ich war diejenige, die ihm Oz vorstellte, als Oz sein Auto reparieren musste. Ich habe ihm alles über dich erzählt. Ich hasse ihn für das, was er dir und all den anderen angetan hat.«

»Ronny ist tot«, beschwichtigt Joey.

»Ich weiß«, gesteht sie. »Mein Vater hat ihn getötet.«

KAPITEL 44

W as?«
»Mein Vater hat den Knopf gedrückt, damit die Hebebühne auf ihn knallt.« Becca zupft eine Feder aus der Bettdecke und starrt sie aufmerksam an. »Bevor Mum starb, schaffte sie es, Dad zu erzählen, was in jener Nacht passiert war. In einer Minute sprach sie noch, wenn auch langsam, undeutlich und manchmal völlig unverständlich. In der nächsten war sie fort. Sie sagte, Ronny habe ihr erzählt, dass Dad eine Affäre mit Jessica hatte. Er hat ihr eine Gehirnwäsche verpasst. Er ist das pure Böse. Er hatte sie dazu überredet, Dad unter Drogen zu setzen und seinen Selbstmord vorzutäuschen. Wie konnte sie oder Ronny jemals denken, dass sie damit durchkommen würde?«

Joey hebt ihr Kinn an, aber ihr Blick bleibt auf der Feder haften, während sie sie in ihren Fingern dreht. »Er muss deinen Vater wirklich gehasst haben«, überlegt er.

»Das hat er. Dad hat mir alles erzählt. Es war eine Menge zu verdauen, aber ich verarbeite es langsam. Ronny gab Dad die Schuld daran, dass Erin ihn verlassen hat. Dafür, dass er seine Tochter und sein Zuhause verloren hat. Er hat ihn von ganzem Herzen gehasst. Er sagte, dass Dad alles hatte und er nichts. Aber Dad handelte ehrenhaft und ließ ihn stillschweigend die Firma verlassen. Mein

297

Onkel ist ein kranker Mann. *War* ein kranker Mann.« In ihrer Stimme ist keine Reue zu hören, nur ein Hauch von Trotz. »Die Welt ist ohne ihn ein besserer Ort.«

»Trotzdem, Bex, der Mann ist tot.«

Ihre Augen huschen zu den seinen. Sie lässt die Feder fallen. »Er war kein Mann. Er war ein Tier«, seufzt sie verbittert.

»Hat Pat das alles gesehen?«

Sie nickt. »Das haben wir alle. Dad stürmte aus dem Büro, als du weggingst und befahl mir, dort zu bleiben. Pat geriet in Panik, als er Dad sah. Er sagte Dad, er solle weggehen, sonst würde er schießen. Dad versuchte, die Situation zu beruhigen und überredete Pat, die Waffe niederzulegen. Es war, als hätte Ronny gespürt, dass Pat die Nerven verlor. So hatte ich ihn noch nie erlebt. Er knurrte wie ein Verrückter und beschimpfte Pat und Dad mit allen erdenklichen Namen. Es war ein Chaos. Sie schrien sich gegenseitig an. Dad streckte seine Hand nach dem Hebebühnenschalter aus und das war's.« Ihr Gesicht ist vom Schmerz gezeichnet. Joey möchte sie in den Arm nehmen und drücken. »Mein Auto ist einfach runtergefallen. Es war furchtbar. Ich habe Pat angefleht, dir nichts zu sagen. Ich wollte, dass du das alles von mir erfährst. Er geriet in Panik, nachdem es passiert war. Aber nachdem Dad uns beruhigt hatte, waren wir uns alle einig, dass wir weitermachen müssen. Pat will da nicht mit hineingezogen werden. Ich möchte nicht, dass Dad wegen Totschlags angeklagt wird. Ich würde ihn auch verlieren. Das könnte ich nicht ertragen.«

»Es wird eine Ermittlung geben, Becca.«

»Diese Hebebühnen sind nicht sicher. Ronny wusste das. Er hat die Rückrufaktion des Herstellers ignoriert.

Ich weiß noch, wie er uns das an Weihnachten erzählte. Das seien die besten Hebebühnen, die er je gehabt habe, meinte er. Das Auto fiel auf ihn. Es war ein Unfall. Niemand kann jemals beweisen, dass einer von uns dort war. Er hat keine Videoüberwachung. Jetzt weiß ich, warum!«

»Ich habe gestern Abend einen Schuss gehört, kurz nachdem ich gegangen bin.«

»Du musst dich geirrt haben. Die Waffe ist nie losgegangen. Das verspreche ich dir. Das muss das Geräusch gewesen sein, als die Rampe nachgab und das Auto fiel.«

Das ergibt Sinn. Er erinnert sich daran, wie Ronny den Knopf bei seinem ahnungslosen Mechaniker drückte und an den Lärm, den das verursachte. »Wie kannst du so ruhig sein, Bex?«

»Weil ich glauben muss, dass ich das Richtige tue. Wenn ich zur Polizei gehe, verliere ich meinen Vater. Dich. Es wird alles ans Licht kommen. Ich werde mit nichts dastehen.«

»Die Polizei sucht immer noch nach der Person, die in der Nacht, in der sich deine Mutter erschossen hat, mit der Waffe weggelaufen ist.«

»Das haben wir abgedeckt.«

»Was meinst du?«

»Wir haben die Waffe in Ronnys Büro gelassen. Die Polizei wird sie finden. Sie werden die Kugel zuordnen und zu dem Schluss kommen, dass Ronny sie in der Nacht zu meiner Mutter gebracht hat.«

Joey starrt aus dem Fenster und versucht, alles zu begreifen. Er hofft, dass sie recht hat. »Ihr habt an alles gedacht.«

»Ich glaube, das haben wir. Ich hoffe, wir haben es.«

»Ich weiß nicht, was ich sagen soll.«

»Nichts. Du sagst nichts. Du erwähnst dieses Gespräch bei niemandem. Es ist alles vorbei.« Becca steht auf. Ihre Haare sind durcheinander und ihre Kleidung ist zerknittert von einer Nacht auf dem Boden. »Ich sollte gehen.« Sie setzt sich auf die Sofalehne und legt ihre Hand auf seine Brust. Er führt sie zu seinem Gesicht und drückt sie an seine Lippen.

»Bleib«, bittet er.

»Ich komme später wieder. Ich möchte sichergehen, dass es Dad gut geht.« Sie beugt sich nach vorn und küsst ihn auf die Lippen. Er versucht, aufzustehen. »Bleib hier und schlaf noch etwas. Ich sehe dich später«, sagt sie. »Ich liebe dich.«

Er sieht zu, wie sie geht. »Ich liebe dich auch«, flüstert er, als sie den Raum verlässt. Sie dreht sich um und lächelt. Es fühlt sich plötzlich kalt an. Er zieht die Bettdecke wieder über seinen Körper und hört, wie ihr Rucksack an ihrer Jeans schabt, während sie den Flur runter geht und durch die Haustür schlüpft.

Er starrt an die Decke und fühlt sich leer. Die Qualen der letzten Woche haben ihn ausgelaugt. Aber er hofft, dass Becca recht hat und es wirklich vorbei ist.

KAPITEL 45

FÜNF MONATE SPÄTER

Joey nippt an seinem Kokos-Daiquiri, während er Becca dabei beobachtet, wie sie von dem strohgedeckten Bungalow zu den Sonnenliegen schlendert. Sie trägt einen knappen weißen Bikini, dessen Farbkontrast den gesunden Glanz ihrer sonnengebräunten Haut unterstreicht. Nichts hat ihr je besser gestanden. Joey kann sich ein Lächeln nicht verkneifen. Obwohl es schon der siebte Tag in Folge ist, erfreut er sich an diesem Anblick. Die Sonne hat ihnen beiden gutgetan. Joeys früher blasse Haut strahlt jetzt in einem gesunden Braunton. Er hat in den vergangenen Monaten zugenommen und das steht ihm gut. Sie wirft ihm eine Tube mit Sonnencreme zu. »Cremst du mir den Rücken ein?«

Und ob er das tut. Joey springt von seiner Sonnenliege auf.

»Wo sollen wir heute Abend essen?«, fragt Becca und legt sich mit dem Gesicht nach unten auf ihr Handtuch.

»Alles geklärt«, antwortet er und spritzt einen Klecks der Creme in seine Hand. Sie riecht nach Mangos, ein berauschender Duft nach Urlaub. »Einer der Einheimischen hat mir von diesem tollen Restaurant an der Küste erzählt.« Der perfekte Ort für einen besonderen Anlass hatte ihm der junge Mauretanier gesagt. »Dort gibt es den besten Tintenfisch der Insel.«

Joey massiert die Creme in ihren Rücken und schaut auf den bunten Fallschirm, der über das türkisfarbene Wasser fliegt. Es sieht so einladend aus. Danach wird er schwimmen gehen. Sie hatten so viel Glück mit diesem Urlaub. Beccas Vater hat ihn zu Ostern für sie gebucht. Becca hatte wegen dem Stress durch den Verlust ihrer Mutter und der bevorstehenden Abschlussprüfungen viel abgenommen und Alan sagte, sie benötige etwas, worauf sie sich freuen könne. Joey bot an, die Reise zu bezahlen, aber Alan lehnte entschieden ab.

Die Hitze am späten Nachmittag macht ihm zu schaffen. Er bohrt mit den Zehen im feinen, seidigen Sand. Die Wellen plätschern an das Ufer. Daran könnte er sich gewöhnen. Vielleicht kann er das. Jetzt, wo er schuldenfrei ist und ein anständiges Einkommen hat. Er kann sich bis jetzt nicht daran gewöhnen, seinen blauen Lieferwagen mit der Aufschrift *P & J: Die Klempner* vor seinem Haus stehen zu sehen. Es gibt noch so viel zu lernen. Aber mit seinem Enthusiasmus, Pats geduldigem Unterricht und dem Schnellkurs, den er bald absolvieren wird, wird es nicht mehr lange dauern, bis er genauso gut ist wie sein Partner.

Jetzt muss nur noch Becca Ja sagen.

Träume weiter, Joey. Hör nie auf zu träumen.

Ein Kellner kommt, gekleidet in ein tropisch gemustertes Hemd, khakifarbene Shorts und einen Strohhut. In seiner ausgestreckten Hand trägt er ein Bambus-Tablett mit einem weiteren Kokos-Daiquiri für Joey und einer Flasche Wasser für Becca. »Bitte sehr, Sir«, sagt er mit einem strahlenden Lächeln, während er die Getränke auf dem niedrigen Tisch zwischen den beiden Liegen abstellt.

Der Telefonanruf

»Danke«, entgegnet Joey und wischt die überschüssige Creme von seinen Fingern an der Seite seines Handtuchs ab.

Becca dreht ihren Körper um und schraubt den Deckel von ihrer Wasserflasche ab. »Es sieht dir nicht ähnlich, tagsüber zu trinken.«

Sie hat recht. Aber heute braucht Joey eine riesige Portion Mut. »Der Tisch ist für sechs Uhr reserviert.«

Sie wirft einen Blick auf ihre Uhr. »Es ist jetzt vier.«

»Dann solltest du dich besser beeilen.«

★ ★ ★

Sie duschen schnell und nehmen ein Taxi zu dem mit Laternen beleuchteten Restaurant, das an einem weißen Sandstrand liegt. Becca geht zur Damentoilette und Joey bestellt eine Flasche Champagner an der Bar und genießt die leichte Brise, die durch den offenen Raum weht. Er tätschelt die Seitentasche seiner Camouflage-Shorts. Sie ist noch da – die Schachtel mit dem Diamantring, für den er in den vergangenen vier Monaten hart gespart hat. Er hatte noch etwas von dem Geld übrig, das er aus Ronnys Safe genommen hatte, aber das konnte er nicht für diesen Zweck verwenden. Der Diamant ist klein. Aber das ist in Ordnung. Eines Tages wird er ihr einen größeren kaufen.

Als Becca auftaucht, werden sie von einem Kellner zu dem Ecktisch geführt, den Joey auf Anraten des Einheimischen reservieren sollte. Von hier aus hat man die beste Aussicht, versprach er. Die traditionelle mauritische Musik, die ihnen in der letzten Woche ans Herz gewachsen ist, ertönt aus Lautsprechern, die im Grün auf dem Dach der Holzkonstruktion versteckt sind.

»Das ist der Himmel«, bemerkt Becca und zwirbelt eine Strähne ihres Haares um ihren Finger. »Schau dir den Sonnenuntergang an.« Sie zieht ihren Finger heraus und lässt eine Haarsträhne los. Sie trägt ein trägerloses Top. Ihr blondes Haar umhüllt ihre schlanken, gebräunten Schultern.

Joey dreht sich um, um die Palmen und die kontrastreichen Orangetöne der Sonne zu bewundern, die sich von ihnen für diesen Tag verabschiedet. Der Stress und die Strapazen des täglichen Lebens scheinen ein ganzes Leben lang weg zu sein.

»Du tischt groß auf. Was ist der Anlass?«, fragt Becca, als die Flasche Champagner und zwei Sektflöten auftauchen.

Joey zuckt mit den Schultern. »Ich hatte einfach Lust auf ein bisschen Schampus.« Der Kellner lässt den Korken knallen und füllt die Gläser.

»Gefällt mir«, sagt sie und hält ihr Glas hoch, um mit seinem anzustoßen.

»Auf uns«, sagt er.

»Auf uns«, wiederholt sie.

Er kippt seinen Drink in einem Zug herunter.

»Immer mit der Ruhe.« Sie runzelt die Stirn und neigt ihren Kopf zur Seite. »Du bist heute Abend so komisch. Was ist los?«

Joey kann sich nicht länger zurückhalten. Er kramt die kleine schwarze Schachtel aus seiner Tasche und reißt den Deckel auf. Er kann sich nicht dazu durchringen, vorsichtshalber auf die Knie zu gehen. Es sind zu viele Leute im Restaurant, als dass er sich so erniedrigen könnte, wenn er nicht die erhoffte Antwort bekommt. Er überreicht den Ring. »Becca, willst du mich heiraten?«

Sie schnappt nach Luft, ihre Augen weiten sich. Joey wartet darauf, dass sich auf ihren Lippen ein Lächeln bildet, ein Hauch von Glück, aber es kommt nicht. Stattdessen durchfährt ihn ein kreischendes Geräusch, als sie ihren Stuhl vom Tisch wegschiebt. Ihre Hände fliegen, um ihre Lippen zu bedecken. Entsetzt sieht er zu, wie sie rückwärts taumelt, von der Holzplattform auf den Strand tritt und von ihm weg stolpert.

Joey braucht etwa fünf Sekunden, um zu verarbeiten, was gerade passiert ist. Es ist, als brauche sein Gehirn diese Zeit, um den Schock über ihre Reaktion zu verarbeiten. Er springt auf und rennt ihr hinterher, vorbei an Paaren, die am Strand sitzen und den Sonnenuntergang genießen. »Bex, es tut mir leid!«, ruft er. Der Sand ist weich unter seinen Füßen. Es ist, als würde er bergauf laufen. Er kann sie vor sich sehen – eine einsame Gestalt in der nahen Ferne. »Bex, bleib stehen. Rede mit mir.« Als er sie eingeholt hat, zerrt er atemlos an ihrem Arm. »Bex, bleib einfach stehen.«

Sie wirbelt herum. Er packt sie an den Schultern und zieht sie zu sich heran, doch sie wehrt sich. »Es tut mir leid, Joey.« Sie stößt ihn mit aller Kraft von sich und lässt sich auf den Boden fallen. Sie stützt ihre Ellbogen auf die Knie, um sich abzustützen.

Er hockt sich vor sie. »Was ist denn?« Verwirrt, zerstört, verschiedene Szenarien schießen ihm durch den Kopf, während die Angst ihn packt. Die krankhafte Angst, dass er sie verlieren könnte. Ihre Beziehung ist tot.

»Ich hätte nie gedacht, dass es so weit kommen würde.« Sie presst ihre Lippen zusammen. Joey wartet darauf, dass sie weiterspricht und versucht, das Plätschern der Wellen am Ufer und das entfernte Geschnatter aus dem Restaurant auszublenden. Ihre Stimme ist alles, was er hören will. Dann knallt sie ihm etwas um die Ohren. »Es gibt etwas, das du wissen musst.« Sie zögert, ihre Unterlippe bebt.

»Was?«

»Mein Vater hat meinen Onkel Ronny nicht umgebracht. Ich war es.«

KAPITEL 46

Joey schüttelt den Kopf und versucht, ihr Geständnis zu verarbeiten. »Aber du hast doch gesagt ...«

»Wenn du mich heiratest, heiratest du eine Mörderin. Verstehst du das?«

Er kann ihr nicht antworten. Er verarbeitet das nur langsam. All diese Monate hat sie ihn belogen. Was ist mit Pat? Er musste es auch wissen. »Warum?«

»Ich war so wütend, Joey. Alles, was er dir und meiner Familie angetan hatte. Was er meiner Mum angetan hat. Ich gebe ihm die volle Verantwortung für ihren Tod. Mein Vater wollte ihr helfen, gesund zu werden, aber er hat ihr all diese Lügen über meinen Vater und Jessica erzählt. Ronny trieb sie dazu, das zu tun, was sie tat. Er war mein Onkel, um Himmels willen. Familie. Mein ganzes Leben lang hat er mich seinen Engel genannt. Er hat mich immer nach meinen Freunden in der Kneipe gefragt. Ich habe ihm eine Menge über die meisten Leute in den Akten erzählt, dich eingeschlossen. Ich weiß, dass er eine traumatische Kindheit hatte, aber nichts kann entschuldigen, was er getan hat. Er hat mich verraten. Er hat uns alle verraten.«

Joey zeichnet mit seinem Zeigefinger wirbelnde Muster in den Sand, während er zuhört, wie die Liebe seines Lebens ihre Mordtat verteidigt.

»Mein Vater musste mich an diesem Abend in der Werkstatt wirklich zurückhalten. Er hielt mich so fest, dass ich am nächsten Tag blaue Flecken am Arm hatte. Als du die Werkstatt verlassen hast, konnte ich mich von ihm losreißen und bin aus dem Büro gerannt. Er hat so sehr versucht, mich aufzuhalten. Als ich zur Hebebühne kam, sah ich rot und drückte den Knopf. Mein Auto stürzte auf Ronny.«

Joey versucht, ihre schockierenden Worte zu verdauen. Sie haben einen bitteren Beigeschmack. Gemischt mit dem Alkohol, den er getrunken hat, drehen sie ihm den Magen um. Ganz anders, als er sich den Abend vorgestellt hatte. »Warum hast du gesagt, dass dein Vater es getan hat?«

»Er bestand darauf und ich war so aufgewühlt, dass ich einwilligte. Er sagte, wenn die Polizei jemals herausfindet, dass wir in dieser Nacht dort waren, würde er sagen, dass er den Knopf gedrückt hat. Er steht dazu. Ich habe mein Leben zu leben, meinte er. Jetzt, wo Mum tot ist, ist seins vorbei.« Ihre Worte lassen sie beide stöhnen.

»Was ist mit Pat?«, fragt Joey.

»Wir haben ihn schwören lassen, dir nie die Wahrheit zu sagen. Sei nicht böse auf ihn, Joey. Er war genauso durcheinander wie wir durch das, was vorgefallen ist. Glaube mir, das war für uns alle eine Qual.«

Sie sitzen sich im Schneidersitz gegenüber. Joey hebt eine Handvoll Sand auf und lässt ihn durch seine Finger rieseln, während er ihr zuhört, wie sie ihr Herz ausschüttet. Sie nimmt seine Hand in ihre und drückt sie fest. Mit der anderen Hand hebt sie sein Kinn an, bis sich ihre Augen treffen. »Kannst du mir verzeihen?«, flüstert sie. »Wenn ja, lautet meine Antwort Ja.«

Dies ist nicht der Zug, den er nehmen sollte. Er hat sich auf dem falschen Bahnsteig wiedergefunden. Er dachte, sein Leben würde in eine andere Richtung gehen – eine Route der Ehrlichkeit, Integrität und des richtigen Handelns. Aber manchmal entgleisen Pläne und ein unerwarteter Umweg ist der Weg zum Glück. Das ist es, was ihm sein Herz jetzt sagt.

»Es darf keine Geheimnisse mehr zwischen uns geben. Keine Lügen mehr«, fordert er. »Keine. Niemals.« Sie sind jetzt gleichberechtigt. Beide sind auf ihre Weise Kriminelle. Aber sie werden einen Weg finden müssen, damit umzugehen.

»Frag mich noch einmal, Joey.«

Er geht auf ein Knie und holt den Diamanten hervor.

Ende

Deine Meinung zählt!

Hat dir dieses Buch gefallen? Dann lass uns deine Meinung da! Schreibe eine Rezension oder gib uns eine Sterne-Bewertung auf Amazon. Es ist ganz einfach: Gehe einfach bis ans Ende dieses Buches, und dein Kindle wird dich automatisch nach deiner Bewertung fragen.

Warum das Ganze? Bei Nornsweave Publishing stecken wir all unsere Energie und Mittel in die Übersetzung neuer Bücher und Serien. Groß angelegte Werbekampagnen können wir uns leider nicht leisten. Daher sind deine konstruktiven Rezensionen und Sterne-Bewertungen auf Amazon unglaublich wertvoll für uns. Damit hilfst du, die Sichtbarkeit dieses Buches

für neue Leser zu erhöhen und ermöglichst uns, noch mehr fantastische Bücher und Serien in die deutsche Sprache zu bringen.

Auf unserer Webseite https://nornsweave.de findest Du eine Liste der bereits veröffentlichten Bücher– lass Dich inspirieren und entdecke weitere Serien, die Dich begeistern könnten.

Vielen Dank für Deine Unterstützung!

Du möchtest immer sofort über neue Veröffentlichungen informierte werden? Kein Problem, unseren Newsletter findest Du hier:

https://nornsweave.de/newsletter/

Überblick über unsere Social-Media-Präsenzen:

https://nornsweave.de/soziale-medien/

Kontakt per E-Mail:

leserservice@nornsweave.de

ÜBER DIE AUTORIN

A. J. Campbell ist eine Amazon-Bestsellerautorin von (bisher) acht psychologischen Spannungsromanen und verspricht Geschichten voller Wendungen und Qualen. Ihr viertes Buch *Der Anruf* wurde im Juli 2022 veröffentlicht und stand mehrere Monate lang an der Spitze der Amazon-Charts. Es stand auf der Shortlist für den ›Adult Prize for Fiction‹ bei den Selfie Book Awards 2023. Ihren fünften Roman *The Wrong Key* veröffentlichte sie im Januar 2023 und ihren sechsten *Her Missing Husband* im Mai 2023. Im selben Jahr unterzeichnete sie einen Zwei-Bücher-Vertrag mit Bookouture. *My Perfect Marriage* und *Did I Kill My Husband?* wurden im Frühjahr 2024 veröffentlicht. A. J. arbeitet derzeit an ihrem neunten und zehnten Roman.

Sie lässt sich für ihre Geschichten von scheinbar unglaublichen Situationen inspirieren, in denen sich ganz normale Menschen befinden. Sie erschafft fesselnde Charaktere, die bei ihren Lesern Anklang finden. A. J. lebt in Großbritannien an der Grenze zwischen Essex und Hertfordshire mit ihrem Mann, ihren Söhnen und ihrem Cockerspaniel Max. Sie ist eine Hundeliebhaberin, ein Netflix-Junkie und egal ob sie liest, fernsieht oder schreibt, A. J. genießt nichts mehr, als sich in eine spannende Geschichte zu vertiefen!

Verbinde dich mit AJ online:
www.ajcampbellauthor.com
www.facebook.com/AJCampbellauthor
www.instagram.com/AJCampbellauthor

LESEPROBE: IHR VERMISSTER EHEMANN

Warum die Besessenheit?« Der glatzköpfige, schwarzäugige Mann beugt sich über seine Tasse Tee, seine Stimme ist nicht mehr als ein Flüstern. Diese Augen, wie sie sich in Loris Augen bohren.

Unbeeindruckt setzt Lori sich aufrecht hin. »Gerechtigkeit, Frankie. Gerechtigkeit für Betty Tailor.« Sie nippt an ihrem Kaffee. Der Geschmack der Bohnen ist so bitter wie ihre Gefühle für das Monster, das ihr gegenübersitzt.

»Um mich hinter Gitter zu bringen, meinst du.« Frankie klopft mit seiner Zigarettenschachtel auf den Tisch. »Damit du die Karriereleiter hochklettern kannst. Das ist alles, woran du interessiert bist.«

»Du bist schuldig wie die Hölle. Du weißt es. Ich weiß es auch. Ich habe die Beweise. Die Polizei jetzt auch.«

»Da liegst du vollkommen falsch.« Frankie Evans grinst, während er seinen Plastikstuhl vom Tisch wegschiebt und aufsteht. Die Metallbeine schrammen über den gefliesten Boden. Das laute Geräusch, das sich vom Gerede der anderen Gäste abhebt, zerrt an Loris überlasteten Nerven. Sein riesiger Körper überragt ihre zierliche Statur um Längen. Er grinst sie an. »Ich muss mal pinkeln.«

Lori spürt, wie sich ihre Lippe links unwillkürlich hebt. Ihre Nasenlöcher weiten sich. Der bullige Mann, den sie hasst, stapft durch das heruntergekommene Café, in dem es nach frittiertem Essen und billigem Kaffee riecht: ein beliebter Treffpunkt für Arbeiter, die früh morgens frühstücken oder mittags ein Sandwich essen. Als er um die Ecke zu den Toiletten verschwindet, schaut sie sich in dem schäbigen Café um und bemerkt, dass die gelben Formica-Tische zu den vom Nikotin vergilbten Wänden passen. Die Besitzer sollten dringend mal einen Maler rufen.

Ein Telefon brummt. Lori tätschelt die Tasche ihres Wollmantels. Es ist ihres. Sie holt es heraus und sieht den Namen ihrer besten Freundin auf dem Display aufleuchten – wie jeden Nachmittag um diese Zeit in den vergangenen drei Monaten. »Ich wollte mich nur mal melden«, sagt April. »Alles in Ordnung?«

Lori versucht, ihre Stimme normal zu halten. »Mir geht's gut. Ich kann gerade nicht reden.«

»Wo bist du?«

»Unterwegs. Ich melde mich später bei dir.«

»Klar. Ich bin den ganzen Tag hier. Ruf mich jederzeit an.« Lori beendet das Gespräch, als Frankie zurückkommt.

Er setzt sich hin und bläht seine Brust auf. »Du hast keine Ahnung, mit wem du es zu tun hast.«

»Ich habe keine Angst vor dir«, erwidert Lori. »Was sagt man über Tyrannen, Frankie? Ihr seid alle Feiglinge. Ihr wisst es nur nicht. Wenn du es wüsstest, würdest du es bestimmt nicht zugeben.«

Sein Lachen strahlt Bösartigkeit aus. »Du hast dich weit aus dem Fenster gelehnt, Fräulein. Viel zu weit.«

Eine Gruppe von Männern in weißen Overalls, die mit Farbe beschmiert sind, verlässt das Café. Sie lachen und beschimpfen einander im Scherz. Die meisten Tische bleiben jedoch besetzt – ein Sicherheitsnetz für Lori. »Du wirst für eine sehr lange Zeit einsitzen, Frankie. Bei dem, was ich gegen dich habe, werden sie den Schlüssel wegwerfen.«

»Du musst dich zurückhalten, sonst wirst du dich für den Rest deines Lebens umschauen.«

Jetzt ist Lori an der Reihe zu lachen, obwohl sie nicht sicher ist, wie überzeugend sie klingt. Sie lehnt sich wieder in den unbequemen Stuhl zurück. »Also, sag schon, worüber wolltest du heute mit mir reden?«

Er hält inne. Sie weiß, dass er eine Show abzieht. Er hebt sein Besteck auf, das in eine fadenscheinige Serviette eingewickelt ist, und zieht am Rand. Ein Messer und eine Gabel klappern auf den Tisch. Frankie schnappt sich das Messer und richtet die Klinge auf Lori. »Dein Mann.«

Lori spürt, wie ihr das Blut durch den Kopf schießt. Seine Worte treffen einen Nerv. »Was ist mit ihm?«

»Wie lange ist es jetzt her, dass du ihn das letzte Mal gesehen hast? Drei Monate? Was ist mit ihm passiert, Lori? Die Welt will es genauso sehr wissen wie du. Was ist mit Howie Mortimer passiert?«

Lori setzt sich wieder aufrecht hin, ihre kühle Gelassenheit geht in dem Feuer verloren, das er in ihr entfacht hat. Ein Feuer, das in den vergangenen Wochen auf Sparflamme gebrannt hat, aber jetzt wieder zu wüten beginnt.

Frankies gehässiges Lachen kehrt zurück – ein böses, bedrohliches Gackern. »Jetzt habe ich deine Aufmerksamkeit. Sag mir. Hast du vor, ihn zeitnah zu sehen?«

»Was weißt du schon?«

»Sieh sich einer den Schmerz in diesen hübschen, blauen Augen an. Die Traurigkeit. Oh, Lori, Lori, du könntest mir vielleicht leidtun, wenn du es nicht auf mich abgesehen hättest.« Er hält wieder die Klinge des Messers in ihre Richtung. »Warum ziehst du dich nicht zurück und kriechst wieder in dein Loch? Dann werde ich darüber nachdenken, was ich dir über das Verschwinden deines Mannes erzählen will.«

Loris Backenzähne pressen sich zusammen wie die Kiefer eines Schraubstocks, ihre Stimme ist eindringlich. »Du bluffst doch nur.«

Er treibt sie weiter an und trifft sie dort, wo er weiß, dass es weh tut. »Es ist mir ohnehin egal.« Er zuckt mit den breiten Schultern. »Aber für dich ...« Er stößt das Messer noch einmal in ihre Richtung. »Für dich, Lori, ist das eine andere Geschichte. Du weißt wirklich nicht, mit wem du es hier zu tun hast.«

Es ist so untypisch für sie, aber sie möchte ihn angreifen – ihre Finger in sein gebräuntes Gesicht graben und seine Hässlichkeit verdrehen, so wie er ihr Herz verdreht hat.

»Die arme Lori. Ihr Mann verschwindet.« Frankie hebt eine Hand. »Puff!« Er öffnet seine Faust in der Luft. Seine Hand fällt mit einem dumpfen Schlag auf den Tisch, während sein Blick Lori verlässt und er über ihre Schulter zur Tür des Cafés blickt. Zwei Polizisten kommen herein, begleitet von einem kalten Luftzug. Lori folgt Frankies Blick und zittert, als die Kälte sie erreicht. Sie gehen auf den Platz zu, der von den Malern frei gemacht wurde.

Frankies Hand greift über den Tisch und nimmt Loris kleine Faust. »Sieht aus, als hättest du kein Glück. Zeit vorbei.« Er senkt seine Stimme. »Ich weiß nicht, was mir mehr Spaß machen wird. Den Schmerz zu kennen, den du erleidest, weil du keine Ahnung hast, wo dein geliebter Mann ist, oder mich an dir zu rächen, wenn ich bei diesen lächerlichen Anschuldigungen für nicht schuldig befunden werde. Du bist eine wandelnde tote Frau, Lori. Lebe damit.«

**›Ihr vermisster Ehemann‹
als E-Book jetzt (vor)bestellen.**

LESEPROBE: IM LOCKDOWN

Das wäre nie gut ausgegangen«, murmelt die Frau, die neben mir steht, zu niemand besonderem.

Ich nicke zustimmend. Wir alle haben die Schatten des Leids in diesem verhängnisvollen Haus gesehen, wann immer wir an ihm vorbeigegangen sind. Wir alle haben über die ungesunde Beziehung geflüstert, die hinter diesen verschlossenen Türen herrschte.

Und jetzt das neueste Gerücht, auf das wir alle gefasst sind – die Aussicht auf mindestens eine Leiche, die dort drinnen liegt. Noch eine weitere Sache, die uns durch den Kopf gehen wird, sobald wir wieder in unseren Häusern eingesperrt sind.

Eisige Stille hat sich über die hier versammelten Menschen gelegt, die nur durch das Heulen von noch einer herannahenden Sirene durchbrochen wird. Wir halten so gut es geht Abstand zueinander und verständigen uns nur mit Blicken aus weit aufgerissenen Augen. Plötzlich scheint die Bedrohung durch eine Corona-Infektion nicht mehr so wichtig wie das, was die Polizei hinter den mit Vorhängen verschlossenen Fenstern finden wird.

»Gehen Sie in Ihre Häuser zurück«, durchbricht eine strenge und befehlende Stimme die unruhige Stille.

Aber niemand rührt sich. Eine zweite Stimme wird von dem ohrenbetäubenden Knall des Rammbocks übertönt, der einmal, zweimal und dann dreimal gegen die Tür kracht.

Während sich die Beamten hinter ihren Masken anschreien, können wir nur hilflos zusehen, so wie wir die ganze Zeit gezwungen waren hilflos zuzusehen.

Die Wucht jeden Stoßes erschüttert meinen Körper und ich bekomme Gänsehaut.

Nach dem vierten Stoß atmen wir alle hörbar auf, als die Tür mit einem letzten, lauten Krachen nachgibt und gegen die Flurwand fliegt. Als die Polizei ins Haus stürmt, halten wir kollektiv den Atem an.

>Im Lockdown<
als E-Book jetzt bestellen.

LESEPROBE: DAS FERIEN-COTTAGE

Ich drehe das Bügeleisen in meinen Händen herum. Seine unversehrte, bleierne Oberfläche lässt kaum erahnen, was es gerade getan hat. Einst war es nur ein Werkzeug zum Bügeln von Kleidung, jetzt trägt es die Schuld einer tödlichen Absicht.

Mord.

Es ist voller Staub und Fett, da es jahrelang als Türstopper in der Küche benutzt wurde, und jetzt hat es sich in etwas viel Unheilvolleres verwandelt.

Wollte ich, dass es tötet? Wenn ich ganz ehrlich sein soll – ja, wollte ich. Kann ich mit den unvermeidlichen Folgen umgehen? Kann ich damit umgehen, dass das, was ich getan habe, mein Gewissen bis ans Ende meiner Tage befleckt? Nein, ich glaube nicht, dass ich das kann. Ich beuge mich, um das Bügeleisen zu meinen Füßen abzulegen, als wollte ich mich davon distanzieren.

»Was hast du getan?« Die Stimme ist voller Vorwürfe.

Im Raum sind Würgegeräusche aus einer Ecke zu hören, die die schwere Stille durchschneiden. In einer anderen Ecke ertönt ein leises Schluchzen. Die Gesichter der Beobachter verschmelzen zu einem einzigen Gesicht, vereint im Schock, jeder Ausdruck unergründlich. Es ist eine berechtigte Frage. Was *habe* ich getan? Ich begegne ihren Blicken mit betäubter Resignation, unfähig, eine Antwort zu geben.

Mehrere Augenpaare huschen zwischen der leblosen Gestalt, die in einer Blutlache zwischen uns zusammengebrochen ist, und mir hin und her. Ich öffne den Mund, um zu sprechen, aber die Worte bleiben mir im Hals stecken und erdrücken mich mit ihrem Gewicht. Ich schließe die Augen und wünsche mir, dass die Szene vor mir verschwindet, wenn ich sie wieder öffne.

Aber sie ist immer noch da. Genauso wie das unaussprechliche Grauen, das auf jedem Gesicht auftaucht, wenn ich mich umsehe. Eines ist sicher – mein Schicksal liegt jetzt nicht mehr in meiner eigenen Hand.

Es liegt jetzt in ihrer Hand.

›Das Ferien-Cottage‹
als E-Book jetzt bestellen.